Gang zum Friedhof

AF239851

Gang zum Friedhof

Kriminalroman

Klaus Heimann

Über den Autor:
www.klausheimann.de

Schon als Jugendlicher liebte es Klaus Heimann, anderen Kindern Märchen oder
aus dem Stegreif erfundene Geschichten zu erzählen. Die Lust am Erzählen begleitete ihn ins Erwachsenenalter und er begann mit dem Schreiben.
Bisher verfasste er Kurzprosa, Lieder, ein Kindermusical und mehrere Romane.
Neben seiner Heimatstadt Essen und dem Ruhrgebiet liefern Klaus Heimann Rei-
seerlebnisse Inspiration für sein schriftstellerisches Schaffen.

Dieses Buch ist eine Neubearbeitung des Titels, erstmals erschienen unter
ISBN 978-3958131262, edition oberkassel, Düsseldorf 2018
Das Cover wurde gestaltet durch © 2025 Klaus Heimann mittels Adobe Photos-
hop unter Verwendung von eigenem Bildmaterial

Bibliografische Information der Deutschen Nationalbibliothek:
Die Deutsche Nationalbibliothek verzeichnet diese Publikation in der
Deutschen Nationalbibliografie; detaillierte bibliografische Daten sind im Internet
über dnb.dnb.de abrufbar.

© 2025 Klaus Heimann
Verlag: BoD · Books on Demand GmbH, Überseering 33,
22297 Hamburg, bod@bod.de
Druck: Libri Plureos GmbH, Friedensallee 273, 22763 Hamburg
ISBN: 978-3-7597-9638-7

Und damit ich mich wegen der hohen Offenbarungen nicht überhebe, ist mir gegeben ein Pfahl ins Fleisch, nämlich des Satans Engel, der mich mit Fäusten schlagen soll, damit ich mich nicht überhebe.

2. Korinther, Kapitel 12 Vers 7
Zitiert nach der Lutherbibel 1984

Allerheiligen

Der Morgen gebärdete sich völlig anders als der gestrige Abend. Von den unwetterartigen Wolkenbrüchen waren nur ein paar Pfützen übrig geblieben. Der tief stehenden Sonne gelang es leicht, einen Weg durch das stark gelichtete Herbstlaub zu finden.

Die Luft, die sie atmete, war feucht, wie gewaschen. Kalt war es nicht. Sie war früh von zuhause aufgebrochen, direkt nach dem spärlichen Frühstück. Die täglichen Wege zum Friedhof änderten zwar nichts, aber immer, wenn sie ihn über den Seiteneingang betrat – sie betrat ihn aus unerfindlichem Grund nur über diesen Seiteneingang, als ob Peters Tod dadurch zu etwas Unvollendetem würde –, gab er ihr ein wenig innere Ruhe und Gefasstheit. Es war genau dieses Gefühl, das sie hierherführte. Die Besuche an Peters letzter Ruhestätte waren für sie notwendig wie das tägliche Brot.

Vor beinahe drei Jahren war ihr Mann beim Tsunami-Unglück im thailändischen Phuket ums Leben gekommen. Am zweiten Weihnachtstag 2004. Aus einer perfekten Urlaubsstimmung heraus, aus der Mitte des Lebens. Dieses Jahr wäre Peter siebenundvierzig geworden. Sie selbst war etwas jünger.

Sie erinnerte sich an diesen zweiten Weihnachtstag wie an gestern oder vorgestern. Am Morgen war sie mit ein paar anderen Touristen zusammen an Bord eines Segelboots gegangen. Peter hatte diesen Trip heimlich gebucht und ihr an Heiligabend mit glänzenden Augen geschenkt. Ihr Mann wusste, dass sie begeistert vom Segeln war, von der spritzenden Gischt, wenn der schlanke Rumpf in schneller Fahrt das Wasser durchpflügte, von den geblähten Segeln, die den Wind auffingen. Peter wurde schnell seekrank und hatte darauf verzichtet, sie auf den Ausflug zu begleiten. Dieser Entschluss war sein Todesurteil.

Als die energiegeladene Strömung des Tsunamis unter ihrem Boot in Richtung Land walzte, waren sie einige Kilometer vor der Küste gesegelt. Auf dem Schiff hatten sie erst etwas davon bemerkt, als sich die pure Energie als haushohe Welle auf den Strand entlud.

Sie nahm dort sofort ihr tödliches Zerstörungswerk auf.

Wie viele alptraumartige Ereignisse sie verkraften musste, ehe sie Peter endlich auf dem evangelischen Friedhof in Essen-Haarzopf beerdigen konnte, drei Straßen von ihrer Wohnung entfernt. Die tagelange Ungewissheit, wo er steckte, der schreckliche Moment der Identifizierung, die Formalitäten für die Überführung, die organisatorischen Fragen der Bestattung – das alles im Zustand einer tiefen, traumatischen Trauer.

Jede Entscheidung bis zu seiner Beerdigung hatte sie gegen sich selbst erkämpft, für jede einzelne hatte sie Felsbrocken vor ihrem Denken wegschieben müssen. Die wirkliche Verarbeitung hatte im Grunde erst in der Sekunde begonnen, als sie Peter eine Blume ins Erdloch nachwarf. Ihr Bruder hatte mit beherztem Griff verhindert, dass sie wegen eines spontanen Schwindels auf den Sarg hinabrutschte. Seitdem umgab sie die Trauer wie ein zäher Teig, den sie tagtäglich gezwungen war zu durchwaten.

Dem Unglück waren etliche Therapiestunden gefolgt. Freunde begannen sie zu meiden, weil sie sich veränderte. Nun, um die war es kaum schade. Geblieben war der dunkle Schatten auf ihrem Leben, in dem sie nicht wieder richtig Fuß fasste.

Gestern, am Vorabend von Allerheiligen, war sie vor dem plötzlich einsetzenden Regen geflohen und deshalb nicht mehr bis zum Grab ihres Mannes gekommen. Sie hatte eine Kerze anzünden wollen auf Peters Grab wie so viele andere Hinterbliebene auf den Ruhestätten ihrer Verstorbenen.

Das drahtbespannte Eingangstor fiel hinter ihr zu. Sie ging an den Abfallcontainern vorbei, daneben war die Wasserzapfsäule mit den Gießkannen. Am schmiedeeisernen Haupttor, dessen senkrechte Streben weiß angemalte Verzierungen krönten, bog sie nach links in den Hauptweg ab. Die letzten Blätter der Lindenallee, die der Regen gestern verschont hatte, leuchteten strahlend gelb im Sonnenlicht.

Ihr Weg führte am ältesten Grab auf dem Friedhof vorbei. Im April 1905 war der Mann verstorben. Wenige Schritte entfernt fiel ihr Blick auf ein gen Himmel zeigendes Paar Schuhe. Sie wusste gleich, dass dort eine Leiche lag. Zögernd ging sie darauf zu – abgestoßen und angezogen zugleich. Zwei Unterschenkel tauchten auf. Dann sah sie den Toten ganz, ausgestreckt auf einer geräumten Grabstelle. In genau derselben Stellung hatte Peter damals dagelegen, sommerlich bekleidet mit Badeshorts und Hawaiihemd unter zerzausten Palmen.

Die alten Bilder krochen in ihr hoch. Die lange Reihe der Opfer, die sie entlanggeschritten war. Der süßliche Geruch von Verwesung stieg ihr wieder in die Nase.

Heute ging sie nicht zu Boden, nahm nicht den Kopf des Toten in die Hand, weinte nicht, dass die Tränen auf seine erstorbenen Gesichtszüge fielen. Stattdessen griff sie zu ihrem Handy, wählte die 110, teilte der geschäftsmäßigen Stimme ihren Standort mit und was sie entdeckt hatte. Erst dann taumelte sie die paar Meter zur nächsten Bank hinüber, die sie gerade rechtzeitig erreichte, bevor sie der Schwindel übermannte.

Der Schock von Phuket brach ein weiteres Mal aus ihrem Innersten hervor – unbewältigt. Sie stand wieder am Anfang der Trauer über Peters Tod, an dem Punkt, als sie ihm die Blume ins Grab warf.

Leichenfund auf dem Friedhof

Eckhard Schulz, mein Freund von der Schutzpolizei, den alle Ecki nennen, und ich sitzen in unserer Lieblingskneipe. Wir starren seit einer Weile stumm von unseren Barhockern aus ins verwaiste Innere des hufeisenförmigen Tresens aus dunklem Holz.

Aus reiner Sentimentalität war ich auf den Mord in Haarzopf zu sprechen gekommen. Er hatte mich seinerzeit emotional ziemlich aufgemischt. Mit Opfern von Gewalttaten war ich während meiner Berufsjahre als Hauptkommissar in der Mordkommission ständig in Berührung gekommen. Im Haarzopf-Fall hatte die emotionale Komponente eine besondere Dimension angenommen. Die Grenzen zwischen Täter und Opfer, zwischen Schuld und Unschuld, zwischen Glaube und Trost waren in diesem Fall ziemlich verschwommen.

In meinem Kopf sehe ich die arme Frau auf der Bank sitzen, völlig erstarrt, nicht ansprechbar. Verheult, als ob sie keine Tränen mehr besäße. Ich kann mich kaum erinnern, in meiner aktiven Dienstzeit jemals eine solche Verlorenheit gesehen zu haben.

Ich finde zur Sprache zurück. „In dem Zustand, in dem wir die Frau später fanden, hat es mich total gewundert, dass sie uns angerufen hat."

Ecki räuspert sich. „Unser Beruf ist manchmal ganz schön scheiße, was, Sigi?"

„Ist er. Aber irgendeiner muss ihn schließlich machen."

„Laufend hast du es mit Leuten zu tun, denen etwas Schlimmes zugestoßen ist, die bestohlen oder verletzt wurden. Ab und zu darfst du mal einen retten oder von einer Dummheit abhalten – das tut dann richtig gut. Nicht zu vergessen die Gefahren, denen unsereins ausgeliefert ist. Davon macht sich da draußen kaum jemand einen Begriff. Nimm nur dein Bein …"

Ja, mein Bein.

Im vorletzten Jahr hatte ich auf eigene Faust in einem ungelösten Fall ermittelt und war auf die Schnapsidee verfallen, meine

Verdächtigen bis nach Namibia zu verfolgen. Es war mir tatsächlich gelungen, die beiden zu stellen, war dabei aber lebensgefährlich angeschossen worden. Die Wunde im Bauchraum ist mittlerweile verheilt. Mein Knie, das die erste Kugel abbekommen hatte, will einfach nicht. Wegen meiner Behinderung wurde ich letzten Sommer in den vorzeitigen Ruhestand versetzt. Im Oktober bekam ich schließlich ein künstliches Gelenk. Heute, fünf Monate später, bin ich immer noch nicht richtig auf dem Damm. Für meine Eigenmächtigkeit habe ich bitter bezahlt.

Wegen Krankenhausaufenthalt und Reha war ich wochenlang nicht zu Hause gewesen. Seit einer gefühlten Ewigkeit sitze ich endlich mal wieder mit Ecki in der Kneipe. Mein Freund ist bei den Uniformierten. Er hat den Dienst satt, nur muss er noch ein paar Jahre. Meine eigene Ausstiegsstrategie sollte er sich nicht zum Vorbild nehmen.

„An meinem kaputten Knie trage ich eine Portion Mitschuld. Gestümpert habe ich."

„Trotzdem …"

Guido, der Wirt, kehrt aus den Tiefen seiner Gaststätte zurück und sieht zu uns herüber. „Noch'n Pilschen, die Herren?"

Ecki und ich nicken ihm synchron zu. Guido nimmt zwei Gläser vom Abtropfbrett und hält sie mit geübtem Schwung nacheinander unter den Zapfhahn. Unser Gastgeber stellt die perfekt gezapften Pilstulpen vor uns hin. „Wohl bekomm's."

Ecki hebt sein Glas auf Augenhöhe und schaut mich über den Rand hinweg an. Stumm spiegele ich seine Geste und wir trinken einen großen Schluck.

„Ich weiß noch, wie wir hier gesessen haben, auf ebendiesem Fleck, und du mir die Ermittlungen geschildert hast. Schlimme Geschichte."

„Ja. Tieftraurig. Das fing schon an, als wir auf den Friedhof kamen und dieses Häufchen Elend auf der Parkbank vorfanden. Den Tatort hatten die Kollegen da bereits abgesperrt."

*

Lotte und ich saßen am Frühstückstisch, als das Diensthandy mit diesen bescheuerten Martinshörnern auf sich aufmerksam machte. Na klar, am Feiertag. Den Klingelton hatte Erich aufgespielt, mein junger Kollege, den ich um die Inbetriebnahme des Teils gebeten hatte. Mir war es bisher nicht gelungen, die entsprechende Einstellung zu finden und einen gefälligeren Ton einzustellen. Scheiß Technik.

Unsere Tochter Lucy lag noch im Bett. Mit Eintritt in die Oberstufe hatte sie diese Unart an schulfreien Tagen angenommen. Mir passte das gar nicht. Aber richte einer was gegen ein eingespieltes Mutter-Tochter-Gespann aus. „Lass das Kind doch." „Warst du nie jung?" „Lucy muss ihren eigenen Weg finden." Da bist du ständig der Buhmann und auf diese Rolle im Familientrio habe ich überhaupt keinen Bock.

Das Diensthandy befand sich in der Jackentasche im Flur. Genervt stand ich vom Tisch auf und bequemte mich dorthin. Ich drückte die grüne Taste. Die Martinshörner gaben endlich Ruhe. „Siebert."

Lotte kam wissbegierig dazu.

Die Zentrale war am anderen Ende. Zum Zeichen, dass ich meinen Auftrag verstand, wiederholte ich die Schlüsselwörter. „Eine Leiche. Auf dem Friedhof."

„Ist das was Besonderes? Wo sonst sollten Leichen liegen, wenn nicht auf dem Friedhof?", quasselte mir Lotte dazwischen.

Ich registrierte die Abgebrühtheit, mit der meine Frau dem Tod im Berufsleben ihres Mannes begegnete. Aus den Augenwinkeln sah ich, dass sie selbst merkte, wie unangebracht ihr Kommentar war.

„In Haarzopf. Evangelischer Gemeindefriedhof. Aha. Wir kommen." Rote Taste. „Ich muss los, Schatz."

„War nicht anders zu erwarten. Schließlich haben wir bloß einen Feiertag."

Ich verzog das Gesicht. War es meine Schuld, dass in meinem Job jederzeit ein Einsatz drohte und ich Bereitschaft hatte?

Erich würde das als Nächster spüren. Meine Geduld wurde arg geprüft, ehe er endlich an den Apparat kam. „Ja?"

Seiner Stimme nach zu urteilen war er gerade erst ins Bett gekrochen. Ich wusste, dass er seit einem Monat auf Schürzenjagd war. Seine Lebensabschnittsfee hatte ihm den Laufpass gegeben. Erichs Pech mit dem anderen Geschlecht war im Präsidium bereits Legende. Er stürzte immer mit Vollgas in eine neue Beziehung hinein, vermochte jedoch nicht, eine Frau längere Zeit zu halten. Sein bisheriger Rekord lag gemäß Selbstauskunft bei anderthalb Jahren. Murrend sagte er zu, mich in einer halben Stunde einzusammeln.

Fünfunddreißig Minuten und zwei Scheiben Stuten mit Marmelade später stand mein junger Kollege bei uns vor der Haustür und hupte. Ich stand auf, drückte Lotte einen flüchtigen Kuss auf die Wange, der etwas klebte, denn ich hatte noch Marmelade auf den Lippen, streifte im Flur meine Jacke über und öffnete die Wohnungstür.

„Kommst du pünktlich zum Mittag?", rief mir Lotte nach.

Ich winkte ab, obwohl mich meine Angetraute vom Essplatz aus nicht sehen konnte. Diese Frage nach so langer Ehe und Jahren im Beruf war schlicht überflüssig.

Unten empfing mich ein Erich, dessen Gesicht wegen handbreiter Ränder unter den Augen markant verändert wirkte.

„Tach, Erich. Hast du getrunken?"

„Bisschen nur. Hab doch heute Bereitschaft."

„Du kennst den Weg zum evangelischen Friedhof in Haarzopf?"

„Klar, Chef. Anschnallen."

Ich war formal nicht Erichs Chef. Trotzdem hatte er sich diese Anrede angewöhnt, die mir ein wenig schmeichelte. Nun ja, eigentlich verhielt es sich zwischen uns beiden schon so, dass ich die Anordnungen traf und er mehr die ausführende Rolle einnahm. Er schien ganz zufrieden mit dieser Aufgabenteilung zu sein.

Erich war Anfang dreißig. Seit beinahe vier Jahren arbeiteten wir jetzt zusammen. Groß war er und seinen Körper beplankten stahlharte Muskeln. Seine Haltung war normalerweise straff, aber heute hing er hinter dem Steuer seines BMW wie ein Schluck Wasser in der Kurve. Seinen ohnehin nicht nennenswert intelligenten Gesichtsausdruck unter dem Stoppelschnitt durfte man mit

Wohlwollen als apathisch beschreiben.

Kaum zehn Minuten später stellte Erich sein Auto mitten auf der Zufahrt zum Friedhof ab, direkt zwischen Pfarrhaus und Kirche. Die wenigen Parkplätze auf der linken Seite wurden von zivilen Fahrzeugen und zwei Einsatzwagen belegt. Strammen Schrittes erreichten wir das Friedhofsgelände und sahen gleich beim Passieren des schmiedeeisernen Tores das polizeiliche Absperrband in der erstaunlich warmen Herbstluft flattern. Vier Uniformierte standen mit dem Rücken zu uns an der eingekreisten Stelle.

„Hallo Kollegen", grüßte ich, als wir bei ihnen ankamen. „Was gibt es?"

„Eine Leiche. Männlich. Da." Der Kollege, der diese Auskunft gegeben hatte, wies mit ausgestrecktem Arm auf die Stelle.

„Sigi, ich heute nicht." Mir war Erichs Manko, dass er sich schwer tat mit Leichen, bekannt. Wieder einmal fragte ich mich, was ihn ausgerechnet zur Mordkommission getrieben hatte.

Ich holte tief Luft, kletterte über das Absperrband und sah mir den Toten an. Er lag auf dem Rücken, ausgestreckt auf einer geräumten Grabstelle, die mit dem Herbstlaub der großen Linden nebenan bedeckt war. Seine Augen waren geschlossen, seine Hände gefaltet. Fast sah er aus, als ob er schliefe, wenn sein Mantel und seine Hose nicht derart durchfeuchtet gewesen wären. So klitschnass legte sich niemand schlafen.

„Komm her, Erich. Ist harmlos." Vielleicht gewöhnte sich der Bursche angesichts derart unspektakulärer Leichen an den Anblick. Meistens war es härter.

Erich reagierte nicht.

„Der sieht verdammt übernächtigt aus. Sollen wir den mal pusten lassen?", fragte mich einer der uniformierten Kollegen gespielt fürsorglich, um Erich ein wenig zu necken. Von dessen Seite kassierte er dafür einen mordlüsternen Blick.

Das hätte mir gerade gefehlt, Erich ohne Lappen. Wer würde mich dann kutschieren? Ich selbst hatte das Fahren nämlich vor Jahren aufgegeben. Es war mir einfach lästig. Außerdem bewegte ich mich gerne. Und ich machte mir nichts aus Autofahren. Was auch immer. Jedenfalls nahm ich kein Lenkrad mehr in die Hand.

„Hat 'ne schwere Nacht hinter sich. Den braucht ihr nicht pusten lassen."

Der übereifrige Kollege zuckte mit den Schultern und wandte sich wieder den anderen zu.

Erst jetzt wurde ich auf das Paar aufmerksam, das unmittelbar hinter der abgesperrten Fläche auf einer Bank saß, eine apathisch dreinschauende Frau und ein Mann, der beruhigend auf sie einredete. Kam mir unbekannt vor, der Knabe. Jedenfalls keiner von uns.

Ich gab Erich ein Zeichen, mir um die Absperrung herum zu folgen. Wir stiefelten zu den beiden hinüber, ich auf direktem Wege, das Absperrband an der anderen Seite überkletternd, Erich im weiten Bogen um die abgesperrte Fläche herum.

Das Zücken des Dienstausweises und meine Begrüßung verschmolzen zum eingeübten Ritual. „Guten Morgen. Siebert von der Kripo Essen. Das ist mein Kollege, Herr Terschüren."

„Von einem guten Morgen dürfte wohl kaum die Rede sein."

Es war der Mann, der meinen Gruß ins Zweifelhafte zog. Zwei vertrauenswürdige graue Augen fixierten mich.

„Unsere Umgangsformen kennen keinen schlechten Morgengruß. Recht haben Sie allemal."

„Darf ich Ihnen einen Rat geben?"

Was kam denn jetzt? „Nur zu."

„Sperren Sie den Friedhof ab. Wir haben Allerheiligen und gleich wird es hier wimmeln von Angehörigen."

Wirklich mitgedacht, der Mann. „Danke für den Tipp. Gibt es hier mehrere Eingänge?"

„Zwei. Den Haupteingang und den Weg links davon entlang einen Seiteneingang."

Ich formte die Hände um meinen Mund zum Trichter. „Hey, Jungs, sperrt mal das Gelände ab. Das Tor da unten und den Nebeneingang da drüben. Je ein Posten."

Gemächlich setzten sich zwei der Uniformierten in Bewegung, um meine Anordnung auszuführen.

Ich sah mir den Grauäugigen genauer an. Ich schätzte ihn

gleichaltrig, wie ich um die fünfzig. Sein Körperbau war etwas fülliger als meiner, eher gesetzt. So wie er dort neben der Frau auf der Bank saß, strahlte er irgendwie etwas Offizielles aus.

„Wie war gleich Ihr Name?"

„Kirch-Mann. Ich bin der Pfarrer dieser Gemeinde."

„Erich, schreib mal auf: Herr Kirchmann."

Mein junger Kollege zückte willig einen Block und blätterte umständlich eine neue Seite auf. Dann klopfte er die Taschen seiner Jacke ab. „Hast du 'nen Stift, Sigi? Hab ich wohl vergessen."

Seufzend griff ich in die Innentasche meiner Jacke. Ein Kindergarten war das manchmal. „Hier, fang." Ich warf Erich einen Kugelschreiber zu. Immerhin schnappte er ihn einigermaßen geschickt auf.

„Kirch-Mann – mit Bindestrich", stellte der Pfarrer richtig. Erst jetzt fiel mir auf, wie er den Namen aussprach und wie bezeichnend sein Nachname zu seinem Broterwerb passte. „Großartiger Name für einen Vertreter der Kirche."

„Finde ich auch. Als meine Frau bei unserer Hochzeit darauf bestand, ihren Namen ‚Mann' zu behalten, lag es nahe, dass ich meinen Familiennamen ‚Kirch' voranstellte. Viele glauben, ich würde sie auf den Arm nehmen, wenn ich mich vorstelle."

Das sprach für eine gewisse Selbstironie. Sympathisch.

Doch ich ging nicht weiter auf den Humorfaktor, den deutsches Namensrecht ermöglicht, ein und wandte mich an die Frau. „Und Sie sind bitte?"

Es antwortete wieder der Pfarrer. „Das ist Frau Zeuner. Sie hat die Polizei informiert, als sie die Leiche gefunden hat. Ihr geht es gar nicht gut. Darf ich sie vielleicht mit zu mir nach Hause nehmen? Einen Arzt verständigen?"

Ich sah mir die Frau genauer an. Sie sah wirklich unerhört mitgenommen aus. Ein Bündel Elend. Im Grunde sprach nichts gegen den Vorschlag. „Wo wohnen Sie?"

„Sie sind wahrscheinlich am Pfarrhaus vorbeigekommen. Direkt gegenüber der Kirche."

„Ach ja. Gehen Sie nur. Wir melden uns später bei Ihnen. Erich, besorge doch mal einen Arzt, der sich um die Zeugin kümmert.“

Pfarrer Kirch-Mann redete wieder mitfühlend auf Frau Zeuner ein und überredete sie, ihm zu folgen. Er hakte sie unter und schob sie mehr, als dass sie ging, auf Nebenwegen vom Friedhofsgelände herunter. Erich führte mit dem Handy ein kurzes Gespräch und nickte mir zu. Auftrag erledigt.

Mein Blick fiel auf die Abfallcontainer gegenüber der Bank mit der Wasserzapfsäule daneben. An einem ähnlichen Platz waren wir am Haupteingang vorbeigekommen.

„Kann mal jemand nachschauen, ob es da was für uns gibt?“, rief ich den beiden verbliebenen Polizisten über den Tatort hinweg zu und deutete mit ausgestreckter Hand auf die metallenen Müllbehälter.

„Die SpuSi kommt gleich. Sollten die nicht lieber …“

Der uniformierte Kollege hatte Recht. Natürlich ist das Aufgabe der Spurensicherung. Manchmal bin ich zu ungeduldig.

„Was machen wir jetzt?“, fragte Erich.

„Wir inspizieren das Gelände. Ganz für uns. Atmosphäre schnuppern.“

Widerwillig folgte mir Erich.

Wir schritten die Friedhofswege entlang, einen nach dem anderen, und ich grübelte, welche Spuren ein Täter hier hätte zurücklassen können. Gesetzt den Fall, es handelte sich um Mord und gesetzt den Fall, er war hier verübt worden. Grab an Grab, auf vielen eine brennende Kerze, herbstlicher Blumenschmuck – so wie ein Friedhof um diese Jahreszeit eben aussieht. Mich wunderte, dass nicht mehr Laub auf den Wegen lag, denn hier standen stattliche Bäume. Schließlich hatte ich genug vom Lustwandeln.

Als wir zum Tatort zurückkehrten, waren die Spezialisten eingetroffen. Doktor Frohmann, einer der Rechtsmediziner, beugte sich über die Leiche. Hartmut Dreute, das Spurengenie, ließ seinen Blick durch die massive Brille, die wie ein Aushängeschild für seine Profession auf seinem breiten Nasenrücken thronte, über die angrenzenden Gräber schweifen. Die Brillengläser erinnerten stark an Lupen.

Ich begrüßte die Neuzugänge. „Morgen, Hartmut, hallo, Herr Doktor Frohmann. Gibt es schon was für uns?"

„Genickbruch. Verursacht durch einen Schlag mit einem harten Gegenstand oder einen Stoß. Die Leiche wurde bewegt. Der Mann starb höchstwahrscheinlich nicht hier."

„Können Sie etwas zum Todeszeitpunkt sagen?"

„Fünfzehn Stunden plus/minus zwei."

Sachlich war der Tonfall des Arztes, seine Feststellungen Ergebnis langjähriger Berufserfahrung. Er zog ein Diktiergerät unter seinem weißen Fliesoverall hervor und murmelte die Ergebnisse der ersten Untersuchung hinein. Mit uns war er fertig. So kannten wir ihn.

„Nicht hier am Fundort ums Leben gekommen – war ja zu vermuten. So wie der daliegt. Na, Hartmut, dann weißt du ja, was zu tun ist. Sucht mal schön."

Der SpuSi-Mann strich sich mit der flachen Hand über die ausgeprägte Glatze, die von einem schwarzen Haarkranz umfriedet wurde, den erste Silberfäden durchzogen. „Der Feiertag ist im Eimer", hörte ich ihn noch meckern. Dann schnappte ich mir Erich und wir gingen zum Pfarrhaus hinüber.

Am Haupttor, das der abgestellte uniformierte Kollege großzügig mit Absperrband dekoriert hatte, trafen wir auf eine neugierige Menschentraube. Hälse wurden gereckt, was es Geheimnisvolles auf dem Friedhof gäbe. Gerade wehrte der Polizist aufdringliche Fragen ab. „Gehen Sie nach Hause. Der Friedhof bleibt vorerst geschlossen. Ich darf Ihnen keine Auskünfte erteilen. Gehen Sie heim."

Ohne weiter auf die Leute zu achten, drängelten Erich und ich durch die Meute hindurch. Ich ließ meinem jungen Kollegen den Vortritt, denn mit einer Größe von gewiss eins neunzig besaß er eindeutig die besseren Eisbrecher-Qualitäten. Neugierige Blicke folgten uns. „Die sind bestimmt von der Kripo", bemerkte eine feiertäglich herausgeputzte reifere Dame mit Perlenkette um den faltigen Hals gerade, als wir an ihr vorbeizogen.

„Möchten Sie eine Aussage machen?" Ich sah die Schlaubergerin scharf an, meine strengste Beamtenmiene aufsetzend. Gaffer provozieren mich regelmäßig.

Entsetzt fuhr die Frau zurück. „Nein, nein. Ich habe ja nichts gesehen."

„Dann leisten Sie jetzt der Aufforderung des Polizisten dort drüben unverzüglich Folge und räumen den Zugang zum Friedhof!"

Mäuschengleich zupfte die Perlenkettenträgerin eine andere Dame, die offensichtlich zu ihr gehörte, am Ärmel und suchte gemeinsam mit ihr das Weite.

Direkt hinter Erichs BMW parkte ein Opel Astra. Ein Schild klemmte hinter der Windschutzscheibe: Arzt im Einsatz. Das war schnell gegangen.

Erich klingelte am Pfarrhaus. Einen Moment später streckte ein auffällig hübsches Mädchen, schätzungsweise vierzehn Jahre alt, ihren Kopf zwischen Tür und Rahmen hindurch. Das freudige Lächeln auf ihrem Gesicht erstarb, als sie uns sah. „Ja bitte?"

Wieder übernahm ich unsere Vorstellung. „Guten Morgen. Siebert und Terschüren von der Kripo. Wir haben gerade mit Herrn Kirch-Mann gesprochen. Ist der hier?"

„Kripo? Aufregend. Papa sitzt mit Frau Zeuner im Büro. Ich glaube, ein Doktor ist auch da. Kommen Sie."

Der Teenager ließ Erich und mich herein und zeigte uns im Flur rechts eine Tür, hinter der gemurmelt wurde. „Da müsste er stecken."

Erich klopfte an.

„Hallo Simone. Da bin ich!"

Eine Mädchenstimme in unserem Rücken hatte das gerufen. Ich drehte mich um. Da lag das hübsche Pfarrer-Kind ihrem Besuch bereits um den Hals. Mir schwante, dass ihr Lächeln bei unserer Begrüßung der freudigen Erwartung dieser Freundin gegolten hatte und unser Erscheinen für sie eine Enttäuschung gewesen war. Die Teenager verschwanden im Haus, ohne uns weiter zu beachten.

Das Gespräch hinter der Tür verstummte. „Herein", rief der Hausherr. Wir traten ein.

Die linke Wand des Raums war komplett mit Bücherregalen bedeckt, gut gefüllt. Geradeaus stand ein betagter Schreibtisch, der bereits Pfarrer Kirch-Manns Vor-Vorgänger Dienste geleistet haben mochte. Auf dem Stuhl dahinter saß die Frau vom Friedhof und presste ein Stück Mull auf den entblößten Oberarm. Augenscheinlich hatte der neben ihr stehende Mann – das musste der Arzt sein – ihr eine Beruhigungsspritze verpasst.

„Guten Morgen", begrüßte ich den Weißkittel, der zur Erwiderung des Grußes nur die Augen zusammenkniff.

Der Pfarrer bestätigte mir, was ich mir zusammengereimt hatte. „Herr Doktor Remigius hat Frau Zeuner gerade behandelt. In einer Viertelstunde bringe ich sie nach Hause. Bis dahin soll die Spritze wirken."

„Erich, notierst du bitte die Adresse von Frau Zeuner. Darf ich Sie kurz vor der Tür sprechen, Herr Doktor Remigius?"

Wortlos folgte mir der Arzt in den Flur. Sorgfältig schloss ich die Tür hinter uns und sprach mit gedämpfter Stimme weiter. „Ich bitte Sie um Ihren ersten Eindruck: Was könnte diese starke Reaktion bei Ihrer Patientin ausgelöst haben? Ganz spontan?"

„Ein Schockzustand", gab sich der Weißkittel wortkarg, ohne meine Frage richtig zu beantworten.

„Ein Schockzustand wegen der Entdeckung der Leiche oder, nun ja, weil sie etwas getan hat, was ihr vielleicht leidtut?"

„Keine Ahnung. Ihr Job."

Wenig kooperativ, dieser Mensch. Ich setzte ihn in Gedanken auf die Liste der Weißkittel, denen ich möglichst nicht an Tatorten wiederbegegnen wollte. „Danke, Herr Doktor Remigius", presste ich mir noch ab, da war der Wortkarge bereits wieder im Büro verschwunden.

Durch die geöffnete Tür sah ich, wie er seinen Utensilien-Koffer schnappte und zum Abschied an seine Schläfe tippte. Er war draußen, ehe einer von uns ihm ein Wiedersehen zurufen konnte. Wäre es nicht seine Pflicht gewesen, die Patientin zu beobachten?

Ich ging ebenfalls zurück ins Büro. Diesmal fiel mir der Geruch nach altem Papier auf. Den hatte das Desinfektionsmittel vor der Verabreichung der Spritze vorhin verdeckt.

„Hast du alles, Erich?"

„Jawoll, Chef.“

„Was kann ich noch für Sie tun, meine Herren?“, meldete sich Pfarrer Kirch-Mann zu Wort.

„Bringst du bitte Frau Zeuner nach Hause, Erich? Und bleibe ruhig ein bisschen bei ihr. Ich möchte gerne mit dem Herrn Pfarrer reden.“

„Jawoll, Chef.“

Erichs aufgesetzt zackiger Ton karikierte die Anrede „Chef“. Das ärgerte mich. „Sieh zu, dass du Land gewinnst!“

Ohne lange Umschweife packte Erich Frau Zeuner unter den Achseln und stellte sie auf die Beine. Sie schwankte etwas, fing sich dann aber. Ich wusste, dass sie bei meinem jungen Kollegen in guten Händen war. Mit Frauen pflegte er einen höflichen Umgang. Da war er besser sortiert als ich.

Langsam trottete Frau Zeuner, von ihm gestützt, neben Erich her. Hinter ihnen fiel die Bürotür ins Schloss, dann hörten wir die Eingangstür zuschlagen.

„Ich kann es gar nicht begreifen. Ein Mord. Auf unserem Friedhof“, stellte der Kirchenmann in den Raum.

„Ob es ein Mord war, muss sich erst herausstellen“, dämpfte ich die voreilige Feststellung des Pfarrers. „Dazu ist zunächst eine Obduktion erforderlich. Müssten Sie eigentlich nicht in der Kirche sein? Wir haben doch einen Feiertag.“

Er lächelte das erste Mal, seit ich ihn kannte. „Nein. Heute sind nur die katholischen Priester dran. Wir Evangelischen haben frei.“

Sollte man sowas wissen?, schoss es mir durch den Kopf.

„Ein paar Leute stehen vor dem Haupteingang zum Friedhof. Da dachte ich, anschließend ginge man zur Kirche.“

„Mittlerweile gehen alle an Allerheiligen zum Friedhof. Sie zünden Kerzen an auf den Gräbern, wie es ihnen die Katholiken vorgemacht haben. Unser Gottesacker ist seit Langem für alle Konfessionen geöffnet. Wenn einer der Hinterbliebenen einer christlichen Kirche angehört, beerdigen wir hier. Und Sie glauben nicht, wie viele Ausgetretene Trost darin finden, für ihre Verstorbenen ein Licht anzuzünden. Brauchtum – Kultur – Glaube – Inszenierung – Event:

Das fließt doch heutzutage alles nahtlos ineinander."

Ich dachte daran, dass wir das Grab meiner Eltern in Pflege gegeben hatten und ich nur ganz selten zum Friedhof ging, obwohl sie in Essen bestattet waren. Sie waren vor fünf Jahren bei einem Autounfall ums Leben gekommen. Mir gab es nichts, vor ihrem Grabstein zu stehen. Meinem Kopf gelang es einfach nicht, diese kleine Parzelle mit zwei lebensfrohen, fitten Endsechzigern in Verbindung zu bringen.

Pfarrer Kirch-Mann nahm hinter seinem Schreibtisch Platz, wo vorhin Frau Zeuner gesessen hatte, und wies auf einen der Stühle davor. Genau hier mochten manchmal Trauernde sitzen, aber genauso Taufeltern oder Hochzeitspaare. Eng war er verbunden mit den Stationen eines Lebens, der Beruf des Pfarrers.

Ich setzte mich. „Haben Sie einen Blick auf die Leiche werfen können?"

„Flüchtig. Ich wurde durch das Blaulicht der Polizeiautos darauf aufmerksam, dass etwas nicht stimmte. Ich ging hinaus und traf vor dem Haus auf Ihre Männer. Sie fragten mich nach dem ältesten Grab auf dem Friedhof – in seiner Nähe sei eine Leiche gefunden worden. Ich ging vor. Den Toten habe ich nur kurz angesehen, denn gleich darauf entdeckte ich Frau Zeuner auf der Bank. Die hatte meine Hilfe dringender nötig."

„Sie können aber ausschließen, dass Sie den Mann zuvor schon mal gesehen haben? Trotzdem es so schnell ging?"

„Da bin ich mir ziemlich sicher. Sein Gesicht war ja gut zu sehen, so wie er dalag."

„Hat Frau Zeuner etwas gesagt?"

„Lassen Sie mich nachdenken. Ja, etwa so: Mein Mann liegt da. Er ist wiedergekommen. Als Toter."

„Ihr Mann? Was soll das bedeuten? Ist das Herr Zeuner?"

„Nein. Natürlich nicht." Mein Gegenüber sagte das etwas unwirsch.

„Was meint die Frau denn sonst damit?"

„Sie müssen berücksichtigen, dass Frau Zeuner einen Schock erlitten hat. Ihren Mann hat sie damals in Thailand bei diesem

Tsunami verloren. Sie trauert heute noch wie am ersten Tag um ihn. Manche kommen nie darüber hinweg …"

„Was heißt dann: Wiedergekommen?"

„Ich nehme an, sie meint damit die Bilder, die sie unverarbeitet in sich trägt. Ihr Mann in einer Reihe mit dutzenden anderen Leichen. Das Stehen am offenen Grab. Ihre Erinnerung wird wiedergekommen sein."

„Ach so." Ich war leicht enttäuscht. Wenigstens an einem Feiertag hätte man ja mal ermittlungstechnisch Glück haben können. „Ist Ihnen denn sonst etwas aufgefallen, was mit dem Toten in Zusammenhang stehen könnte? Heute, gestern oder in den letzten Tagen?"

Ich sah meinem Gesprächspartner an, dass er nur oberflächlich über meine Frage nachdachte. „Nein. Nichts."

„Können Sie mir einen Tipp geben, wem etwas aufgefallen sein könnte? Etwa jemandem, der oft auf den Friedhof geht, der aus seinem Wohnzimmerfenster draufschaut, jemandem, der dort arbeitet?"

„Tja. Natürlich wohnen wir nebenan. Aber Sie sehen ja selbst", der Pfarrer deutete mit einer flüchtigen Handbewegung auf das Fenster hinter sich, „die Tannen dort hinten im Garten verstellen uns die Sicht auf den Friedhof. Wir bekommen höchstens mit, wenn die Leute hier vorbeigehen. Das sind täglich viele."

„Wen könnte man denn dazu befragen? Wer hängt eng mit dem Friedhof oder der Gemeinde zusammen?"

„Unsere Küsterin natürlich und die Friedhofsverwaltung. Das Presbyterium. Wenn Sie wollen, auch der Chor. Die vielen Kreise, der Bibelkreis etwa oder die Frauenhilfe. Die jungen Leute, die in unserem Jugendkeller verkehren. Unser Gemeindeleben ist zum Glück recht lebendig. Ich bin stolz darauf."

„Können Sie mir bitte die Namen der wichtigsten Kontaktpersonen geben? Und am besten gleich ihre Kontaktdaten?"

„Nehmen Sie einen Gemeindebrief mit. Darin müssten alle erwähnt sein, die für Sie interessant sind."

Pfarrer Kirch-Mann nahm ein schmales Heft vom Schreibtisch und schob es mir über die Platte zu. Ich steckte es in die

Gesäßtasche meiner Jeans. „Danke."

Die Augen des Pfarrers wurden nachdenklich. Er versank so sehr in sich, dass er bestimmt nicht bemerkt hätte, wenn ich den Raum verließ. Was ging in ihm vor?

Ich gönnte meinem Gesprächspartner die kleine Auszeit. Es geschah häufiger, dass Zeugen plötzlich etwas einfiel, was ihnen vorher nicht aufgefallen war.

Nach bestimmt einer Minute verlor ich die Geduld. „Was ist mit Ihnen los?"

Meine Hoffnung, einen sachdienlichen Hinweis zu erhalten, versickerte in der Antwort. „Mir geht gerade auf, dass hier bei uns, im Schatten des Kirchturms sozusagen, ein Verbrechen begangen worden ist. Damit muss ich erst fertig werden. Meine Schäfchen – ich übernehme gerne das Bild vom guten Hirten, müssen Sie wissen –, werden mich auf der Straße darauf ansprechen, werden neugierig sein, werden tuscheln. Wer ist der Mörder? Was ist das für ein Mensch? Hat er aus Not getötet oder in geistiger Umnachtung? Wollte er sich bereichern, wollte er sich rächen? Besteht Gefahr für uns? Warum lässt Gott so etwas zu? Gerade auf Letzteres werde ich nur unzureichende Antworten für sie haben. Aus ihrer Sicht.

Und sie werden misstrauisch werden, meine Schäfchen. Vielleicht ist der Täter ja einer von ihnen? Der Nachbar? Der Vereinsfreund? Ein Angestellter der Gemeinde gar? Keine schönen Aussichten, einen Monat vor der Adventszeit."

„Ich sagte Ihnen bereits: Dass es um Mord geht, steht keinesfalls fest."

Die grauen Augen des Pfarrers ruhten auf mir. „Herr Siebert, Sie glauben doch selbst an ein Verbrechen. Machen wir uns nichts vor. So wie dieser Mensch dalag, ausgestreckt auf dem Rücken, die Augen geschlossen, die Hände gefaltet: So sieht kein Verunglückter aus. So fällt man nicht tot um. Man hat ihn regelrecht aufgebahrt, diesen Unbekannten. Sowas mache ich nicht, wenn jemand neben mir stürzt und sich dabei ernsthaft verletzt. Dann greife ich zum Handy und hole Hilfe. Vor allen Dingen bleibe ich bei ihm. Geben Sie es ruhig zu: Sie gehen von Mord aus."

Ich erkannte meine Gedanken wieder, als ich vor dem Toten gestanden hatte. Aufgebahrt – besser konnte man es kaum ausdrücken. „Ich stimme Ihnen zu, Herr Kirch-Mann. Es bleibt jedoch ein rein persönlicher Eindruck. Bis die Untersuchungen zu einem offiziellen Ergebnis kommen.

Da es nun ausgesprochen ist, machen wir gleich auf theoretischer Basis weiter. Wenn es ein Mord war: Wissen Sie von Spannungen in der Gemeinde, von Eifersüchteleien, Neid, Streit um irgendetwas, von besonders jähzornigen Menschen oder solchen, die zu Gewalt neigen?"

„Sie meinen, ich soll einen Verdacht aussprechen, wer zu einem Mord fähig wäre? Verzeihen Sie, dazu werde ich Ihnen bestimmt keine Auskunft geben. Selbst wenn ich etwas wüsste, wenn sich mir vielleicht sogar eines meiner Schäfchen anvertraut hätte: Ich werde meine Schweigepflicht nicht brechen. Wo kämen wir da hin, wenn sich die Leute in Notlagen selbst ihrem Pfarrer nicht mehr anvertrauen können."

Seine Augen nahmen einen harten und entschlossenen Ausdruck an. Ich spürte, dass ich einem konsequenten Menschen gegenübersaß, der seinen Beruf und seine Aufgabe ernst nahm, der beides verkörperte. Auch wenn mir das nicht passte: Damit stand er unwidersprochen auf der richtigen Seite. Von ihm aus betrachtet.

Im Moment fiel mir nichts mehr ein, wonach ich fragen konnte. Ich erhob mich. „Das wär's fürs Erste. Ich werde bestimmt wieder auf Sie zukommen. Danke für die Auskünfte."

Der Pfarrer stand ebenfalls auf. „Auf Wiedersehen, Herr Siebert. Wenn ich Sie zum Schluss um einen kleinen Gefallen bitten dürfte?"

„Schießen Sie los."

„Die Sache wird Staub aufwirbeln. Sie bringt Unruhe in unsere Reihen. Gehen Sie bitte behutsam vor, damit der Argwohn nicht zu sehr in unserer Gemeinde tobt. Schlimm genug, dass bei uns so etwas passieren musste."

Ich verstand den Pfarrer gut. Um Diskretion wurden wir in unserem Beruf immer wieder gebeten. Aber schließlich waren wir hier, um unsere Arbeit zu machen.

Ich speiste ihn mit einem Routinespruch ab. „Wir gehen so unauffällig wie möglich, dabei so konsequent wie nötig vor."

Der Pfarrer rümpfte die Nase. Er hatte verstanden, dass wir bei unseren Ermittlungen keine Rücksichten auf das besondere Umfeld nehmen würden. Trotzdem bedankte er sich für meinen Spruch.

Er begleitete mich zur Haustür. Ein kräftiger Händedruck, ein letzter Blick in die Augen, dann trennten wir uns.

Vorne an der Straße sah ich Erich auf einem freigewordenen Stellplatz einparken. Ich ging ein paar Schritte auf seinen Wagen zu. Erich stieg aus, entdeckte mich und kam mir entgegen. „Na, Sigi, fertig mit dem Heiligen?"

Ich ärgerte mich ein wenig über Erichs respektlose Frage, schluckte den Ärger aber hinunter. „Komm. Wir gehen zurück zur Fundstelle. Mal sehen, was die SpuSi herausgefunden hat."

Vor dem Haupteingang standen immer noch Leute herum. Einige gingen, andere kamen neu dazu. Wir wurden schief angesehen, als uns der uniformierte Kollege auf das Gelände ließ. Hinter uns hörten wir Geraune.

Auf dem Friedhof waren reichlich Gestalten in den typischen weißen Overalls der Spurensicherung unterwegs. Anscheinend hatte Hartmut Dreute Verstärkung angefordert. Doktor Frohmann war inzwischen gegangen, dafür hatte der Staatsanwalt hergefunden. Die Leiche lag unverändert an ihrem Platz.

Der Staatsanwalt kam auf mich zu. Seinem Aussehen nach hätte jeder gedacht, dass er längst in Rente wäre. Damit tat man Herhaus unrecht. Er war ein wacher Geist, der uns Ermittlern wenige Umstände bereitete. Ich tauschte mit dem Vertreter von Justitia die Notwendigkeiten aus und er verschwand wieder vom Ort des Geschehens.

„Kann ich dich kurz sprechen, Hartmut?", rief ich dem SpuSi-Mann zu, der sich immer noch innerhalb der abgesperrten Fläche aufhielt.

„Komme. Augenblick."

Erich und ich mussten nicht lange warten, bis Hartmut über das Flatterband kletterte. Sein Gesicht drückte wenig Begeisterung aus.

Ich wusste aus dem langjährigen Umgang mit ihm: Das bedeutete nichts Gutes.

„Wir haben bis jetzt nix für euch", bestätigte Hartmut meine Vermutung.

„Lass mich raten: keine Papiere, keine persönlichen Wertgegenstände, keine verwertbaren Spuren, keine Tatwaffe."

„Exakt."

„Der Doc hat vorhin angemerkt, der Mann sei nicht hier gestorben. Gibt es wenigstens Schleifspuren oder sowas?"

„Nichts. Es hat gestern Abend ziemlich stark geregnet. Der Tote liegt mindestens seit dreizehn Stunden auf dem Grab. Das wäre nach Aussage des Docs die kürzeste anzunehmende Frist. Lange genug, dass der Regen mögliche Spuren auf den Aschewegen hier wegwaschen konnte. Ein paar Fußabdrücke haben wir im aufgeweichten Lehm der Fundstelle sichergestellt. Außer denen vom Doc die von einem zweiten Mann. Ihr seid nicht draufgelatscht?"

„Sind wir Anfänger?"

„Ich frag ja nur." Bei seiner Feststellung schaute Hartmut durch seine Lupenbrille linkisch zu Erich hoch. Wegen seiner benebelten Birne entging dem der Blick.

Ich überspielte das. „Wie wollt ihr weiter vorgehen?"

„Wir suchen den gesamten Friedhof nach weiteren Spuren ab. Dann geht die Leiche in den Kühlkeller und wir nach Hause. Die Fundstelle bleibt einstweilen abgesperrt."

„Alles klar, Hartmut. Wir sehen uns morgen im Präsidium."

„Da hab ich frei. Ausgleichstag. Schick dir heute noch einen Kurzbericht per E-Mail ins Büro. Den Tag morgen gönne ich mir — ist ja keine Gefahr im Verzug, würde ich sagen. Bis Montag hat der Rest Zeit."

„Okay. Schönes Wochenende."

„Tschüss dann." Hartmut kletterte über die Absperrung zurück.

Wir verließen das Gelände diesmal durch den Seiteneingang zur benachbarten Straße Rottmannshof hin. Hier lungerten weniger Gaffer herum als vor dem Haupttor. Ihre Blicke klebten uns im Nacken.

An einer unverputzten Ziegelmauer entlang, die den Pfarrgarten zum Rottmannshof hin abschloss, gingen wir Richtung Hauptstraße. Mitten im Garten stand eine mächtige Blutbuche, wie ich trotz des ausgedünnten Herbstlaubs erkannte. Ihre Zweige streiften die Dachrinne des Pfarrhauses. Im Sommer waren die Räume auf dieser Seite mit Sicherheit recht dunkel.

Am Ende der Mauer bogen wir links ab. Ich warf einen kurzen Blick auf den dort angebrachten Schaukasten, der auf Veranstaltungen der Gemeinde hinwies. Wenige Schritte weiter erreichten wir Erichs Auto. Mein junger Kollege angelte den Schlüssel aus seiner Hosentasche. Die Zentralverriegelung klickte und wir steigen ein.

„Das ist nicht mein Morgen, Sigi."

„Ach was. Sag mir nur noch, ob was bei dieser Zeuner war, was uns weiterhilft – dann fährst du mich nach Hause und bist für den Rest des Tages entlassen."

„Die Jacke musste ich ihr ausziehen und dann musste ich sie auf die Couch bugsieren. Die Spritze hat sie von den Socken gehauen. Deshalb bin ich einen Moment länger bei ihr geblieben. Das wäre eigentlich Sache des Arztes gewesen, oder?"

„Nun ja. Brechen wir auf. Du haust dich in die Koje und ich komme pünktlich zum Mittagessen. Gut für die Stimmung daheim."

Identität unbekannt

Sie wusste nicht, wann alles angefangen hatte. Ihre Kindheit, hätte sie behauptet, war unbeschwert gewesen. Es gab keinen einzelnen Tag, kein einzelnes Ereignis, an dem sich die Veränderung ihres Vaters festmachte. Umso bedrückender wog ihre Ratlosigkeit darüber.

Geschlagen hatte sie der Vater nie. Nur dieses eine Mal. Auch niemand sonst hatte sie jemals geschlagen. Höchstens beim Zanken der kleinere ihrer beiden Brüder. Einzelfälle – keiner Erinnerung wert.

Ein wenig strenger war es bei ihnen zu Hause schon zugegangen. Das meinte sie im Vergleich zum Miteinander in anderen Familien feststellen zu können. Wenn sie Schulfreundinnen besuchte oder mit Cousins und Cousinen zusammentraf, etwa bei Familienfesten. Was bei ihnen daheim üblich war, unterschied sich im Grunde trotzdem nur in Nuancen von dem, was sie anderswo kennenlernte. Die Gebete vor jeder Mahlzeit gehörten dazu, die reihum gesprochen wurden. Sie hatte immer gern das „Komm, Herr Jesu, sei unser Gast und segne, was du uns bescheret hast" aufgesagt. Weil es so schön kurz war. Ihre Eltern hatten das akzeptiert. Es war ihrem Vater wichtig, dass gebetet wurde, nicht, dass es lange Gebete waren oder dass sie von einer tiefgläubigen Bedeutung getragen wurden. Bei dieser Übung gab es keine weitere Strenge.

Da war schon eher wichtig, wie sie sich kleidete. Kurze Hosen oder Röcke ohne Strickstrumpfhosen darunter kamen für sie gar nicht in Betracht. Sie beneidete die lässigere Kleiderordnung ihrer beiden Brüder, der eine drei, der andere fünf Jahre älter als sie – jüngere Geschwister besaß sie nicht. Während die Jungs im Sommer nur mit einer Badehose bekleidet im Garten herumtollen durften, wurde sie – selbst als es noch lange nichts Weibliches an ihr zu sehen gab – in besonders züchtige Badeanzüge eingepackt.

Auch musste sie der Mutter häufiger im Haushalt helfen als die Jungs. Ob das ebenfalls von ihrem Vater ausging, wusste sie nicht. Im Alter von elf hatte sie aus einer Laune heraus drei Wochen lang Tagebuch über die Zeitanteile der häuslichen Pflichten geführt. Die Notizen bestätigten ihr Gefühl. Die objektive Tatsache zur Sprache zu bringen, war sie zu feige gewesen. Das verhinderte nicht, dass dieser Umstand an ihr nagte, denn zum ersten Mal gab es einen Beweis dafür: Sie wurde im Vergleich zu ihren Brüdern anders behandelt.

Je älter sie wurde, desto mehr wuchs diese Feststellung zur Gewissheit. Für sie galten eindeutig mehr und andere Regeln. Während ihre Brüder mit den Kindern aus der Nachbarschaft ins Tälchen gehen und am Bach spielen durften, verbot ihr das der Vater. Sie könne ausrutschen und nass werden, sich einen Schnupfen holen. Als ob sie tollpatschiger wäre.

Oder bei den Ausgehzeiten. Den Jungs wurde bereits als Zwölfjährigen erlaubt, bis acht Uhr fortzubleiben. Selbst im Winter. Von ihr verlangte der Vater – egal zu welcher Jahreszeit –, mit Einbruch der Dunkelheit im Hause zu sein. In den Monaten, in denen es bereits um fünf stockfinster war, ging sie deshalb nie weg. Es lohnte sich nicht.

Mit einem Jungen alleine durfte sie nie in ihrem Zimmer spielen. Ihren Brüdern war das umgekehrt mit Mädchen erlaubt. Zu Geburtstagen lud sie vorsichtshalber nur Freundinnen ein. Sie hatte Angst vor der Blamage, den Jungen aus ihrem Freundeskreis im Nachhinein wegen eines Verbots absagen zu müssen.

Warum verhielt sich der Vater ihr gegenüber so anders?

Zu Hause sprachen wir nie über aktuelle Fälle. So hatte ich Lotte – die eigentlich Charlotte heißt und die Verstümmelung ihres Namens nicht wirklich mag, weil ‚Lotte‘ ihrer Meinung nach naiv klingt – auch diesmal nur berichtet, dass ein toter Mann, wahrscheinlich ermordet, wie aufgebahrt auf einer Grabstelle gelegen hatte. Damit war sie zufrieden gewesen. Viel wichtiger war für sie, dass ich pünktlich zum Mittagessen erschienen war.

Lucy bequemte sich ebenfalls an den Tisch. In Schlafanzug und Bademantel. Wie ich das hasste, wenn sie mittags unangezogen zum Essen erschien!

Lucy registrierte mich mit einem mürrischen „Morgen, Paps.“

„Guten Tag, gnädiges Fräulein. Habt Ihr wohlgeruht?“

Keine Antwort war auch eine Antwort.

Lotte, die ein untrügliches Gespür für aufkeimende Vater-Tochter-Scharmützel besitzt, mischte sich überspitzt freundlich ein, damit ihre Friedenstifter-Mission ganz bestimmt bei uns ankam: „So. Jetzt wollen wir friedlich unser Mittagessen einnehmen. Wir freuen uns, dass alle an den Tisch gefunden haben.“

Botschaft angekommen, mit den Zähnen geknirscht, Klappe gehalten.

Mir gelang es, alle weiteren spitzen Bemerkungen mit Kartoffeln, Gemüse und Schweinebraten herunterzuschlucken. Eine Glanzleistung, wenn man mich kennt!

Den Nachmittag nutzten Lotte und ich für einen Spaziergang in unserem Viertel. Bei dem strahlenden Wetter waren viele Leute unterwegs. Nach anderthalb Stunden kehrten wir heim und tranken Kaffee. Ausnahmsweise stand für jeden ein Stück Torte auf dem Tisch. Sogar für die streng Kalorien zählende und mittlerweile — oho! — ordentlich bekleidete und zu munterem Plappern erwachte Tochter des Hauses. Schwarzwälder Kirsch mit einem ordentlichen Kuss Kirschwasser. Lecker!

Eigentlich dachte ich wirklich erst am nächsten Morgen im Präsidium wieder über den Toten von Allerheiligen nach. Unser Neuzugang, Theodora Schmittkowski, erst wenige Tage im Nachbarbüro angekommen, war bereits vor mir am Arbeitsplatz erschienen und hatte sich an der Kaffeemaschine nützlich gemacht. Ein dicker Pluspunkt für das Mädchen.

Die kleine Rotmähnige, deren Körperbau einen leichten Schwerpunkt um die Hüften herum aufwies, tänzelte durch die Verbindungstür in meinem Rücken herein, um mir von ihrem starken Gebräu einzugießen. In meine seit Ewigkeiten ungespülte Tasse mit der schwarzen Patina, an der ich hänge, wie sie ist.

„Danke, Frau Schmittkowski. Schmeckt gut, Ihr Kaffee."

„Freut mich. Ist es denn recht, dass ich mich darum kümmere? Ich trinke den Tag über eine ganze Menge davon. Mir macht es nichts aus, für Nachschub zu sorgen."

„Klar ist das recht. Sehr recht sogar."

„An was arbeiten Sie denn gerade, wenn ich fragen darf?"

„Wir haben gestern einen neuen Fall hereinbekommen."

„Was? Am Feiertag?"

„Ja, am Feiertag. Die Spitzbuben nehmen heutzutage keine Rücksichten mehr auf uns schwer schuftende Ordnungshüter."

Die Kleine lächelte mir aufmunternd zu. „Wollen Sie davon

erzählen?"

Zwei saphirblaue Augen sahen mich unschuldig an. Es gelang der Neuen trotzdem nicht, einen erfahrenen Ermittler wie mich zu täuschen. Mir entging das Flackern der Neugier in diesen blauen Ozeanen nicht. Wenn schon. Neugier war bestimmt nicht die schlechteste Eigenschaft für eine Kriminalpolizistin.

„Warten wir, bis Erich da ist, ja? Dann sprechen wir zu dritt darüber."

Die Kleine tänzelte in ihr Kontor zurück. Ihre möhrenfarbene Lockenpracht winkte mir zum Abschied zu.

Ich öffnete Hartmuts E-Mail. Viel bot er uns nicht an. Da lag eine ganz nette Aufgabe vor uns.

Eine geschlagene Stunde mussten wir auf Erich warten. Plötzlich stürmte er herein, fröhlich, munter, ein ausgeschlafener, ein erholter Erich. „Morgen zusammen. Das hat gut getan! Elf Stunden habe ich diese Nacht gepennt. Und gestern Nachmittag auch schon."

„Du willst mir also zu verstehen geben, du bist ein ganz ausgeschlafener Kriminalbeamter."

Ein wenig verzog Erich das Gesicht. Doppeldeutigkeiten waren ihm zuwider. Immerhin hatte er sie mitbekommen, was gestern nicht der Fall gewesen wäre.

Im Nachbarbüro war das Auftauchen des Kollegen bemerkt worden. Theodora Schmittkowski kam herein, die Kaffeekanne in der Hand.

„Guten Morgen, Erich. Möchtest du?"

Aha, die beiden duzten sich bereits. Das war schnell gegangen. Keine zwei Wochen war die kleine Rote hier. Unser männlicher Polizeinachwuchs und die Frauen! Dabei entsprach die Kleine bestimmt nicht seinem Beuteschema.

„Gerne möchte ich einen Kaffee. Danke, liebe Theodora."

Nach dem Eingießen blieb die Rothaarige einfach stehen. Die Neugier in ihrem Gesicht hatte sich bis zur Nasenspitze vorgearbeitet.

„Was meinst du zu der Leiche gestern, Erich?", fragte ich über den Schreibtisch hinweg.

„Da gibt es nicht viel zu meinen. Ein Mann in den Fünfzigern liegt da wie dekoriert, völlig durchnässt … sonst noch was?"

„Natürlich. Vollbart und volles, gescheiteltes Haar. Die Augen geschlossen. Keine Papiere, kein Geld, keine sonstigen persönlichen Gegenstände. Ein Schlag in den Nacken. Nach vorläufiger Einschätzung des Docs nur einer. Keine Tatwaffe bisher, wie Hartmut in seiner E-Mail schreibt. Starb nicht am Fundort. Um die fünfzehn Stunden tot. Das ist einiges mehr, wie ich finde."

Erich rümpfte die Nase. Die indirekte Rüge seiner Oberflächlichkeit war bei ihm angekommen. Er war wirklich ausgeschlafen.

„Gibt es ein Foto?", fragte die kleine Rote.

„Bestimmt. Nur haben wir bisher keines vorliegen. Dreute von der SpuSi hat heute frei", klärte ich sie auf.

„Gibt es Zeugen?"

„Gefunden hat die Leiche eine Frau. Die war ziemlich fertig. Erich hat sie nach Hause begleitet. Ansonsten haben wir bisher nur mit dem Pfarrer gesprochen. Ich vergaß zu erwähnen, dass der Mann auf einem Friedhof gefunden wurde."

„Auf einem Friedhof? Soso. Deutet das auf eine Besonderheit in diesem Fall hin?"

Pfiffig, unser Neuzugang. Daran hatte ich auch bereits gedacht. Ich beschloss, sie ein wenig zu prüfen. „Könnte natürlich sein. Lassen Sie Ihren Gedanken freien Lauf. Ich höre gerne zu."

„Na, ich frage mich: Wenn der Mann auf dem Friedhof ermordet wurde und der Fundort nicht dem Tatort entspricht – warum hat man ihn transportiert? Weil der Tatort eine Spur legen würde? Etwa einen Hinweis auf das Motiv oder sogar den Täter gibt?"

Erich mochte es nicht, dass ich der Kleinen Raum gab, ihre Gedanken zu äußern, das merkte ich genau. Sein Gesicht zeigte Konzentration wie selten. „Er kann auch außerhalb des Friedhofs ermordet worden sein und der Mörder hat seine Leiche erst nach der Tat hingeschafft."

„Das hieße, der Täter wählte absichtlich den Friedhof. Hat sein Opfer dort abgelegt. ‚Dekoriert' hast du eben gesagt, Erich. Warum? Was sagt er uns damit? Ist er religiös oder sowas? Besteht eine persönliche Beziehung zwischen ihm und seinem Opfer, dass er sich solche Mühe mit ihm gibt?", spekulierte die Rothaarige weiter.

Ich bremste die Kollegin. „Berechtigte Fragen. Trotzdem gehen Sie mir zu weit. Erst muss die Rechtsmedizin zweifelsfrei feststellen, dass es ein Mord war. Wir sollten vor allen Dingen herausfinden, wer der Mann ist. Alles andere bleibt Spekulation und gehört nicht hierher.

Einen kleinen Hinweis hatte Hartmut übrigens noch für uns: Sie haben keine Schleifspuren an den Schuhabsätzen des Toten gefunden. Die hätten zu erkennen sein müssen, wenn jemand die Leiche beim Transport hinter sich hergeschleift hätte. Es ist mithin anzunehmen, dass mindestens zwei Personen an dem Transport zum Fundort beteiligt gewesen sind. Auf dem Rasen, wo der Mann gefunden wurde, haben sie nur Fußtritte von einem fremden Schuh gefunden. Ihr merkt: Wir haben ausreichend Rätsel zu lösen."

„Den kriegen wir." Die kleine Rote hatte diese Worte energisch ausgestoßen und mit der rechten Faust in die geöffnete linke Hand geschlagen. Wunderbar – ein wenig Temperament in der Hütte.

Erich langweilten meine Überlegungen sichtlich. Ich erschrak jedes Mal, wie bräsig er in solchen Momenten aussehen konnte.

Das Gesicht von Theodora Schmittkowski sprach eine ganz andere Sprache. Der reine Eifer. „Soll ich bei der Rechtsmedizin anrufen und fragen, ob sie die Leiche untersucht haben?"

„Glauben Sie mir: Die werden erst Montag tätig. Ich weiß nicht mal, ob die Obduktion gestern noch angeordnet worden ist. Bis dahin legen die alle Toten nur in den Kühlschrank."

Mein Telefon klingelte. Der Chef war dran. „Hallo, Sigi. Komm doch bitte zu mir. Ich möchte mehr über den neuen Fall wissen."

„Komme sofort." Ich drückte den Anruf weg. „Schluss mit unserer Plauderstunde. Ich gehe zum Chef. Da kann ich gleich vorfühlen, wie es um die Obduktion steht."

Ab war ich durch die Mitte.

*

Es wird voller bei Guido. Vier, fünf Figuren sind mittlerweile neu aufgekreuzt. Alle haben am hufeisenförmigen Tresen Platz genommen.

„Mit deinem alten Chef, dem Manni, konntest du es ganz gut", erinnert sich Ecki.

„Ein völlig anderer Typ als dieser Oberarsch Gelbarth. Mit Manni bin ich sozusagen großgeworden bei der Kripo. Das war einer von uns. Vor allem hat er uns den Formalitätenkram mit der Staatsanwaltschaft und der Presse vom Hals gehalten. Man konnte sich ganz auf die Fälle konzentrieren."

„Ich bin vor Urzeiten mit Manni Streife gegangen. Kommt mir vor wie aus einem anderen Leben. Ein Mann, der sein Handwerk von der Pike auf gelernt hat. Was macht der heute eigentlich?"

„Dem geht es, glaube ich, ganz gut. Ist zu seiner Tochter nach München gezogen. Ab und zu telefonieren wir."

Ecki trinkt einen Schluck. Er putzt sich den Mund mit dem Handrücken ab. „Merkwürdig. Ein Stadtteil, der nach einer Frisur heißt …"

„Haarzopf, meinst du? Das fand ich auch immer komisch. Dann hat mich ein Altvorderer aus dem Stadtteil aufgeklärt. Die gängigste Version ist diese: Im Mittelalter hieß die Gegend ‚Hartzappe', was man mit Hirschbach übersetzen könnte. Daraus ist über etliche Zwischenstufen irgendwann das Haarteil geworden."

„Was du nicht alles weißt." Ecki grinst verschmitzt zu mir herüber.

„Schadet einem Hauptkommissar nix, wenn er vielseitig interessiert ist", gebe ich zurück. „Na, jedenfalls habe ich dem Manni damals den Stand der Ermittlungen geschildert und er hat mir ein schönes Wochenende gewünscht. Es machte wenig Sinn, planlos herumzustochern. Erst mal mussten die hilfreichen Geister ran, das Labor und die Rechtsmedizin. Eigenhändig hat er mit jemandem von der Presse- und Öffentlichkeitsarbeit eine Pressemitteilung verfasst. Erst in der nächsten Woche ging es richtig los …"

*

Noch lief mir der Fall nicht nach. Meine Spürnase war auf nichts gestoßen, was mein Kriminalistenhirn in Wallung brachte. Das verregnete Wochenende versank in Nichtstun. Ein Zustand, den ich überhaupt nicht mag.

Am Montag brach ich wie gewohnt zu Fuß zum Polizeipräsidium auf. Keine zehn Minuten später schaltete ich den Computer ein. In meinem E-Mail-Postfach fand ich drei Fotos der Leiche: ein Foto des Fundortes, vom Weg aus aufgenommen, eine Totale des Toten aus seitlicher Perspektive und ein frontales Porträt. Hartmut Dreute war also bereits zugange.

Für einen Verstorbenen besaß das Opfer erstaunlich bittere Gesichtszüge. Da die Muskeln nach dem Eintritt des Todes entspannen, tragen die meisten Gesichter nach dem Ableben einen friedlichen, zufriedenen Ausdruck. Die Bitterkeit hatte sich lange vor dem Sterben eingraviert.

Mithilfe des Mausrädchens vergrößerte ich das Porträtfoto und verschob den Ausschnitt, um es genauer betrachten zu können. Ich entdeckte keine besonderen Merkmale wie Narben oder Muttermale. Unter den Augenlidern klaffte seltsamerweise nicht die geringste Spalte. Da hatte gewiss jemand nachgeholfen und sie zugedrückt.

„Ist er das?"

Ich hatte gar nicht bemerkt, dass die kleine Rothaarige neben mich getreten war. Aufmerksam betrachtete sie die Aufnahme.

„Was ist Ihr erster Gedanke, wenn Sie den da sehen?"

„So alt wie Sie, wenig sympathisch. Ein Nörgler."

Sie hatte es recht treffend auf den Punkt gebracht, unser Nachwuchstalent. Ein Nörgler.

„Wollen Sie etwas zu tun haben? Außer Kaffee kochen, meine ich."

„Gerne."

„Ein Schuss ins Blaue. Aber versuchen Sie doch mal, den Meister hier in unserer Verbrecherkartei zu finden. Vielleicht haben wir ja Glück. Vorher bringen Sie mir aber bitte einen kräftigen Schwarzen."

„Schon unterwegs."

Keine Minute später dampfte es aromatisch aus meiner Tasse. Ob ich Hartmut schon belästigen durfte? Ich versuchte es einfach.

Der Kollege von der SpuSi war schnell dran.

„Na, Sigi. Fahrt aufgenommen? Bist jetzt gespannt, was ich dir zu sagen habe, oder?"

„Du sagst es. Und? Hast du was Neues für mich?"

„Nicht viel. Was die Absätze der Schuhe unserer Leiche angeht, hatte ich dir ja bereits in meine erste E-Mail gepackt. Wäre er über den Friedhof geschleift worden, hätte es Abriebspuren geben müssen. Gibt es aber nicht."

„Er wurde also von mindestens zwei Personen an den Fundort transportiert, wenn es nicht ein besonders kräftiger Träger war", schloss ich mit diesem Detail ab.

„Sieht so aus. Seine Schuhe weisen aber eine andere Besonderheit auf. Der Mann trug Einlagen und die Sohlen wurden von einem orthopädischen Schuhmacher bearbeitet. Ich habe so etwas noch nie gesehen. Vielleicht ist das was für euch?"

„Stecke sie in einen Plastiksack. Das erledigt Erich. Ich schicke ihn gleich runter."

„Nee, lass man. Ich bringe die Schuhe hoch. Die Neue soll ja ganz fantastischen Kaffee kochen. Bis gleich."

Hartmut legte auf. Dass sich der Kaffee bis in seinen Keller herumgesprochen hatte, zeigte mir mal wieder, was für ein Tratschverein das Polizeipräsidium war.

Unser Kollege von der SpuSi ist ein gewöhnungsbedürftiger Typ. Er ist beileibe kein Schlechter, aber ihn zeichnet eine gewisse Kauzigkeit aus. Als Hobby sammelt er Schmetterlinge. Ich habe ihn mal besucht. Jeder freie Platz in seiner Bude ist mit kleinen Kästen vollgestopft, aus denen einen tote Insektenaugen anglotzen. Die Wände sind übersät mit seinen Trophäen. In der Kunstwelt nennt man sowas „Petersburger Hängung", wenn die Exponate nicht nur in einer Reihe hübsch nebeneinander, sondern auch übereinander an die Wände gepappt sind. Habe ich bei irgendeinem Museumsbesuch aufgeschnappt.

Hartmuts Mausoleum ist bestimmt mit ein Grund dafür, dass ihm vor zwei Jahren die Frau abgehauen ist. Und dann immer diese Geheimnistuerei mit seinen Mumien! Ergattert er ein neues Objekt seiner Begierde, beschreibt er es uns erst in Bausch und Bogen. „Habe ihn gerade aus dem Urlaub in Norditalien mitgebracht. Selbst gefangen und präpariert. Seine Grundfarbe ist gelb. Die Vorderflügel haben meist nur winzig kleine rote Flecken. Typisch sind die blauen Flecken am Rand der Hinterflügel. In der Mittelzelle der Hinterflügel trägt er eine kaffeebohnenartige schwarze Zeichnung. Na, kennt ihr ihn?"

Als ob jemand bei uns an diesem Insektenzeugs interessiert wäre!

Wenn Hartmut, den wir wegen seiner Leidenschaft gelegentlich auch „Falter" nennen, sich ausgetobt hat mit Rätselraten, dann strahlt er übers ganze Gesicht. „Es ist der Osterluzeifalter. Zerynthia polyxena. Ein Prachtexemplar, das mir da ins Netz gegangen ist!"

In Hartmut besitzen wir andererseits einen besonders gewissenhaften Spurensicherer. Seinem bebrillten Auge entgeht nichts – wie ihm kein Schmetterling entgeht. Ähnlich wie seine toten Viecher durchbohrt er die dokumentierten Spuren mit Stecknadeln und spießt sie auf einer großen Papptafel in seinem Kellerloch auf. Leider tobt Falter seine Quizleidenschaft in Sachen Schmetterlinge manchmal auch bei der Herausgabe von Informationen im Zusammenhang mit seinem Job aus. Das nervt regelmäßig.

Zeitgleich mit Hartmut stolperte Erich herein. Er sah ähnlich mitgenommen aus wie am Donnerstagmorgen, aber sein Gesicht zeigte ein glückliches Mienenspiel. Ich wusste, was das zu bedeuten hatte: Seine Pirsch am Wochenende war von Erfolg gekrönt worden.

„Nadine! Ich sage nur: Nadine!", bestätigte Erich gleich meine Vermutung. Ihm war völlig gleichgültig, dass Hartmut mithörte und seine Schwärmerei selbst der kleinen Roten im Nachbarraum kaum verborgen bleiben konnte.

„Lass mich raten: blond, sportlich schlank, temperamentvolle Draufgängerin." Selbst bis in Hartmuts Verlies war das Abziehbild von Erichs Frauengeschmack durchgedrungen.

Der merkte nichts. „Genau. Kennst du sie?"

Hartmut und ich lachten gleichzeitig auf. „Nee. Aber die davor und deren Vorgängerin sahen genauso aus", wieherte ich.

„Wenn schon", schmollte Erich. „Mit Nadine werde ich alt."

Unser Lachen legte noch einen Zahn zu. Beleidigt warf sich Erich auf seinen Stuhl.

Endlich kriegte ich mich wieder ein. „Schluss jetzt mit Weibergeschichten. Zeig her, was du uns mitgebracht hast, Hartmut."

„Erst eine Tasse von eurem sagenumwobenen Kaffee."

„Frau Schmittkowski, sind Sie so freundlich?", rief ich ins Nachbarbüro.

Die Rothaarige kam prompt zu uns herein, die Kanne in der Hand. Ihr Blick studierte dabei den Plastikbeutel mit den Schuhen, den Hartmut in der Hand hielt.

„Guten Morgen, junge Frau. Wie hat er Sie gerade gerufen, unser Sigi? Schmittkowski?"

„Ja. So heiße ich. Theodora Schmittkowski."

„Ich bin der Hartmut. Verzeihen Sie, aber Ihr Name ist mir etwas kompliziert. Wenn ich Sie so ansehe, dann sehe ich vor allem Ihre wunderschönen roten Locken. Wie frische Möhrchen!"

Mir war die direkte Art von Falter etwas peinlich. Außerdem hatte er das Gesprochene derart übertrieben intoniert, dass es einer Anmache gleichkam.

Unser Neuzugang errötete dezent. Die kleine Rote strahlte den Charmeur alter Schule an. „Ich mag meinen komplizierten Namen auch nicht besonders. Dann nennen Sie mich doch einfach so: Möhrchen."

„Nenn DU mich so …"

Verdammt. Wer war eigentlich der Platzhirsch in diesem Büro? „Ich bin der Sigi", beeilte ich mich, in den Verbrüderungskanon einzustimmen. Okay. Hätte ich etwas eleganter rausbringen können und zu anderer Gelegenheit. Was Frauen angeht, bin ich eben ein Stoffel.

„Jetzt möchte ich von deinem Kaffee probieren, Möhrchen. Der ist hier im Präsidium bereits berühmter als die Sachertorte", raspelte

Falter weiter Süßholz. Der alte Bock!

Die Sommersprossen in Möhrchens Gesicht schienen zu leuchten. Lag das daran, dass sie noch mehr errötete? Beim Spurenlesen in weiblichen Gesichtern besitze ich wenig Geschick. Das bekomme ich bei Frau und Tochter oft genug zu spüren.

Ich kramte eine unserer Gästetassen aus der untersten Schreibtischschublade. Die kleine Rote schüttete Falter Kaffee ein.

„Darf ich ein wenig Milch?"

„Hole ich!" Möhrchen verschwand nach nebenan und kehrte mit Kondensmilch und einem Löffel in der Hand zurück.

Hartmut fügte seinem Kaffee einen kräftigen Schluck Milch hinzu und rührte um. Er schlürfte den heißen Trank mit wohligem Grunzen. In sein Gesicht zog gnadenlos schlecht geschauspielerte Entzückung ein. Das ging mir jetzt wirklich zu weit: zwei Liebestolle. Wir waren zum Arbeiten hier.

„So, Hartmut. Butter bei die Fische. Was hast du uns mitgebracht?"

„Hier."

Diesmal blieb uns Falters Quizleidenschaft erspart. Er kam erstaunlich schnell zum Punkt, indem er den Plastikbeutel mit den Schuhen vor mir auf den Schreibtisch pfefferte.

Ich nahm den Beutel auf und betrachtete seinen Inhalt eingehend. Ja, an diesem Schuh war wirklich etwas merkwürdig. Seine Sohle schien nachträglich erhöht worden zu sein und dort, wo der Vorderfuß saß, entdeckte ich eine Vertiefung. Um diese Stelle herum war das Paar deutlich stärker abgetreten.

„Hat einer von euch sowas schon mal gesehen?", fragte ich in die Runde und erläuterte meine Entdeckung.

Erich stand noch ganz unter dem Hormonschirm des Wochenendes. „Nee."

Möhrchen zuckte nur die Schultern.

„Dann klärt das mal auf, während ich mit unserer Kaffee-Göttin noch eine schöne Tasse trinke", teilte überraschend Falter die Arbeit ein. Das schlug dem Fass endgültig den Boden aus.

„Lieber Hartmut, du gehst wieder zurück in deinen Keller und schaust dir die anderen Klamotten von unserer Leiche an. Du, Erich, gehst in die Klarastraße. Da gibt es einen orthopädischen Schuhmacher. Den fragst du, was es mit dieser umgebastelten Sohle auf sich hat. Und Sie, Frau Schmittkowski …"

„Du und Möhrchen, bitte."

„Tschuldigung. Kam etwas plötzlich. Also du, Möhrchen, kennst deine Aufgabe. Ich werde unterdessen das Foto einstecken, Richtung Haarzopf aufbrechen und schauen, ob jemand im Umfeld der Gemeinde unseren Kandidaten kennt. Alles klar?"

Unwilliges Murmeln der versammelten Männerwelt, eifriges Nicken seitens der anwesenden Frau. Meine Aufträge waren bei allen angekommen.

Ich nahm meine Jacke aus dem Garderobenschrank, steckte das Porträtfoto des Toten in ihre Innentasche und verließ das Polizeipräsidium. Draußen atmete ich eine wunderbare, etwas modrig riechende Herbstluft. Warum mit dem Bus fahren? So weit war es nicht bis Haarzopf. Die vier, fünf Kilometer konnte ich leicht auf Schusters Rappen bewältigen. Ich kenne die Verbindungswege zwischen den Stadtteilen gut. Lotte und ich starten gerne von der Haustür aus zu Wanderungen im nahen Umfeld.

Zunächst bog ich in die Virchowstraße ein, der ich ein Stück folgte. Am Hundertwasserhaus unterquerte ich die ehemalige Bahntrasse und nahm den Külshammerweg. An seinem Ende erreichte ich die Lührmannstraße. Hier hielt ich mich rechts, überquerte die Sommerburgstraße und stieg den Hang zum Tommesweg hinunter.

Unter meinen Schritten raschelte das bunte Herbstlaub. Ich ging nach links weiter und nahm dann den Abzweig, der zum Einstieg in die Folkersbeck führt. Ich folgte der am Anfang recht steilen Folkersbeck und zweigte nach rechts in den versteckten Weg durch eine Senke ab, den nur der feste Belag von einem Trampelpfad unterschied. So erreichte ich schließlich die Schrebergartenanlage direkt beim Haarzopfer Ortskern. Von hier waren es nur wenige hundert Meter bis zu meinem ersten Ziel, dem Gemeindegelände.

Während dieser knappen Stunde Fußmarsch ging mir einiges

durch den Kopf. Natürlich ging ich von Mord aus, da hatte Pfarrer Kirch-Mann recht gehabt, wenn ich es auch Möhrchen und Erich gegenüber nicht eingestanden hatte. Die beiden sollten sich daran gewöhnen, möglichst wenig zu spekulieren.

Welche Personengruppen zählten zum Kreis der Verdächtigen? Mussten wir den Täter im Umfeld der Gemeinde suchen, bei Leuten, die etwas mit Kirche und Friedhof verband? Welches Motiv könnte dabei eine Rolle gespielt haben? Bestand tatsächlich eine Beziehung zwischen Opfer und Fundort? Die Lage der Leiche und die gefalteten Hände deuteten jedenfalls darauf hin. Sollte etwa ein Zeichen damit gesetzt werden?

Oder hatte der Tote überhaupt nichts mit der Gemeinde zu tun? War der Fundort der Leiche rein zufällig ein Friedhof, hätte genauso gut eine Bushaltestelle oder ein Park sein können?

Wenn so wenig klar war wie in diesem Fall, dann gingen die Gedanken regelmäßig mit mir spazieren, obwohl ich den Kollegen etwas anderes einbläute und obwohl ich als erfahrener Kriminalbeamter wusste, dass dieses Stochern im Nebel keinen Sinn ergab. Ohne Fakten waren wir aufgeschmissen. Geduld war gefordert.

Derart beschäftigt mit mir selbst stand ich plötzlich auf dem Bordstein der Raadter Straße vor der Kirche. Eine Glocke schlug elfmal. Mein Blick wanderte am Turm empor. Auf jeder seiner vier Seiten war eine große schwarze Uhr mit goldenen römischen Ziffern und goldenen Zeigern angebracht.

Es war ein Gebot der Höflichkeit, zuerst bei Pfarrer Kirch-Mann vorbeizuschauen. Ich ging zum Pfarrhaus hinüber, erklomm die wenigen Stufen vor der Haustür und klingelte. Es dauerte eine Weile, bis mir eine Frau in mittlerem Alter öffnete.

„Sie wünschen?"

Ich zückte meinen Dienstausweis. „Mein Name ist Siebert. Ich bin Kriminalbeamter. Wegen des Toten – Sie wissen davon?"

„Ja, natürlich. Mein Mann hat mir davon erzählt. Schreckliche Sache."

„Dann sind Sie Frau Kirch-Mann?"

„Nur Mann. Entschuldigen Sie. Ich hätte mich vorstellen sollen.

Aber dieser Tote hat uns alle etwas verwirrt."

„Darf ich hereinkommen? Ich hätte ein paar Fragen."

„Mein Mann ist unterwegs."

Die Frau machte den Eindruck, als ob es ihr unangenehm wäre, die Polizei im Haus zu haben. Ihr Körper signalisierte das durch seine verkrampfte Haltung. Hier war ich wenig willkommen.

„Ich habe auch Fragen an Sie. Sollen wir das an der Tür besprechen?"

Meine Taktik ging auf. Mit aufgerissenen Augen bat mich die Pfarrersfrau herein. „Kommen Sie, kommen Sie. Das muss wirklich keiner mitbekommen – ein Kriminalpolizist an meiner Haustür."

Ich wurde geradeaus in ein Wohnzimmer geführt, das auf ganzer Länge die hintere Seite des Hauses einnahm. Aus den beiden Fenstern sah man über die Ziegelmauer hinweg, an der Erich und ich an Allerheiligen vorbeigeschlendert waren, den Rottmannshof.

Die Möblierung des Raums war eher schlicht gehalten, Schränke und Polster, die wahrscheinlich aus der Anfangszeit der Gründung des gemeinsamen Hausstandes stammten. Frau Mann bot mir Platz an ihrem Esstisch an. Sie benutzte offensichtlich nicht das Büro. Das war wohl für den offiziellen Teil der Arbeit des Pfarrers reserviert.

Frau Mann setzte sich mir schräg gegenüber. Sie verschränkte die Hände über der Brust. Eine Abwehrhaltung gegenüber der Situation oder gegenüber dem Gesprächspartner?

„Ich habe ein Foto des Toten dabei. Das möchte ich Ihnen zeigen", eröffnete ich den Fragereigen.

„Nur zu. Der Tod ist fester Bestandteil der Arbeit meines Mannes. Sein Angesicht schreckt mich nicht mehr."

Nicht mehr? Stumpften Geistliche und ihre Angehörigen gegenüber dem Tod genauso ab wie Polizisten und ihre Frauen?

Ich zog das Foto aus der Jackentasche und legte es auf den Tisch. „Kennen Sie diesen Mann?"

Meine Gesprächspartnerin nahm die Hände von der Brust und beugte sich vor, um das Bild von Nahem zu betrachten. Keine Sekunde später schüttelte sie den Kopf. „Nie gesehen."

„Hier am Pfarrhaus gehen doch viele Leute vorbei zum Friedhof …"

„… oder über den Rottmannshof durch den Nebeneingang."

„Den wir aus Ihrem Wohnzimmer heraus sehen, stimmt's?"

„Richtig."

„Ist Ihnen am Mittwoch vor Allerheiligen etwas Verdächtiges aufgefallen? Waren etwa verdächtige Fremde da?"

„Um Allerheiligen herum ist immer viel los auf dem Friedhof. Gerade zu dieser Zeit kommen etliche Leute, die man sonst nie sieht."

„Sie haben niemanden bemerkt, der sich anders als der übliche Besucher des Friedhofs verhalten hat, etwa nervös wirkte oder angespannt?"

„Ich schaue nicht den ganzen Tag aus dem Fenster."

Sie machte es mir schwer, die Frau Mann. „Das sind Routinefragen. Bitte denken Sie nach."

„Nein, ich habe nichts bemerkt."

„Wer hat denn sonst noch so eine gute Aussicht auf die Besucher des Friedhofs?"

„Na, die Anwohner des Rottmannshof beispielsweise. Manche parken drüben auf der anderen Seite der Raadter Straße vor der Bäckerei, wenn sie zum Friedhof wollen. Da könnten Sie auch nachfragen."

„Hier auf dem Gelände sonst niemand?"

„Unsere Kinder. Aber mit denen haben mein Mann und ich schon gesprochen. Denen ist nichts aufgefallen."

„Ihrer Tochter?"

„Wir haben noch zwei Söhne."

„Gut. Sollte Ihnen nachträglich etwas einfallen: Hier ist meine Visitenkarte. Sie erreichen mich jederzeit über Handy."

Ich legte das Pappkärtchen mit meinen Kontaktdaten neben das Foto des Toten und steckte die Aufnahme wieder ein. Frau Mann machte keine Anstalten, die Visitenkarte an sich zu nehmen.

Wir erhoben uns und die Pfarrersfrau folgte mir bis zur Haustür. „Auf Wiedersehen, Herr Siebert."

„Wiedersehen."

Schon stand ich draußen. Wenig bemüht war Frau Mann gewesen, mir zu helfen. Nun gut. Wenn sie nichts wusste.

Als Nächstes querte ich die Hauptstraße und ging zur Bäckerei hinüber. Dort zeigte ich mein Foto vor. Die Verkäuferin sagte aus, dass sie am fraglichen Mittwoch keinen Dienst gehabt hätte. Auch sonst sei ihr zu keiner Zeit irgendetwas Verdächtiges aufgefallen. Ich solle bei Lehmann klingeln. Die olle Lehmann'sche hinge den ganzen Tag hinterm Fenster.

Die Lehmann'sche, eine gepflegte Dame, die die Siebzig mit Sicherheit überschritten hatte, war gestern erst von einem Besuch bei ihrer Schwester zurückgekehrt. Abgereist war sie am Dienstag letzter Woche. Und im Übrigen beobachte sie nur äußerst selten den Parkplatz vor dem Haus. Nein, diesen Kerl habe sie nie gesehen.

Mein Anklopfen bei den drei Reihenhäusern am Anfang des Rottmannshof, dem Pfarrhaus gegenüber gelegen, verlief ebenfalls erfolglos. Niemand kannte den Toten, niemandem war am Mittwoch etwas Verdächtiges untergekommen. Witzlos, das Ganze. Was trieb ich hier eigentlich?

Blieb mir nur, den Tatort zu beschnüffeln, wie ich das gerne nannte.

Ich betrat den Friedhof durch den Nebeneingang. Wieder benutzte ich den Hauptweg. Mir fiel auf, dass die Grabsteine hier älter waren als auf dem Rest des Gottesackers. Das polizeiliche Flatterband von der immer noch bestehenden Absperrung des Fundorts versperrte mir den weiteren Weg. Ich zweigte rechts davor ab und zog weiter meine Runden an äußerst gepflegten, wenigen verwahrlosten, älteren und neueren Gräbern vorbei.

Sprühregen setzte ein. Entmutigt rief ich Erich an, damit er mich abholte. Eine Viertelstunde später bog sein Wagen in den Rottmannshof ein, wo ich gegenüber dem Nebeneingang, etwas geschützt durch Sträucher und Bäume, die noch etwas Laub trugen, auf ihn wartete.

„Na, Erfolg gehabt, Sigi?"

„Würde ich nicht behaupten. Wie sieht es bei dir aus?"

45

„Ich weiß jetzt immerhin, warum die Schuhe so komisch aussehen. Aber ob uns das hilft?"

„Schieß los."

Erich legte den Gang ein und brauste los, während er mich aufklärte: „Schmetterlingsrolle – so nennt man das in Fachkreisen. Wird bei bestimmten Verformungen des Vorderfußes in den Schuh eingearbeitet. Als Ergänzung zu orthopädischen Einlagen. Hat Hartmut davon etwas erwähnt?"

„Von Einlagen hat er am Telefon gefaselt. Gibt es das häufig?"

„Keine Ahnung. Habe ich nicht nachgefragt."

„Sagt uns das was über unsere Leiche?"

„Nur, dass er verbogene Füße hatte. Der Schuhmacher hat übrigens gesagt, dass viele seiner Kollegen den Schuh kennzeichnen, zum Beispiel mit einer Nummer."

„Davon hat Falter nichts erwähnt. Kannst du gleich mit ihm besprechen, wenn wir im Präsidium sind."

„Okay."

„Und Möhrchen kann das an die Rechtsmedizin weitergeben. Die können der Sache anatomisch auf den Grund gehen." Jetzt, verspätet und nicht mehr in der angeätzten Laune von heute Morgen, schmunzelte ich über „Möhrchen". Hartmut hatte Einfälle!

„Okay", spielte Erich sein eigenes Echo.

Kurz nach unserem Eintreffen rief Hartmut an. „Erich steht bei mir. Das da mit den Schuhen – in einem war mal ein Aufkleber drin. Ist entweder abgefallen oder jemand hat ihn abgeknibbelt. Das Gleiche mit den Einlagen. Dort, wo sie gekennzeichnet waren, sind nur die Klebereste zu sehen."

„Mist, das mit dem Aufkleber. Durchgedrückt hat sich nichts an den Schuhen? Kugelschreiber zum Beispiel?"

„Nix zu löten an der Holzkiste. Da muss ich euch enttäuschen."

„Und die Einlagen?"

„Es gibt Schuhmacher, die prägen ihren Namen drauf. Dieser hier nicht. Sonst hätte ich dir das bestimmt schon gesagt."

„Hast du sonst noch was rausbekommen?"

„Die Jungs und Mädels sind dran. Da besteht wenig Hoffnung, wenn du mich fragst. Die Klamotten von dem Typen sind Massenware. Die kannst du überall kaufen. Also keine Geschäftsadresse eingenäht oder dergleichen. Sehr enttäuschend, was uns der Knabe hinterlassen hat."

„Danke trotzdem, Hartmut. Wenn du noch was findest …"

„… rufe ich dich sofort an, klaro. Tschüss derweilen. Und Grüße an Möhrchen!"

„Tschüss Hartmut." Ich legte auf.

Wenig später trudelte Erich von seinem Besuch in Falters Keller ein. „Wie gehen wir weiter vor, Chef?"

„Wir sind gezwungen, mehr Leute nach unserem Toten und nach Auffälligkeiten im Umfeld des Friedhofs zu befragen. Warte. Der Pfarrer hat mir doch diesen Gemeindebrief zugesteckt." Ich packte in die Gesäßtasche meiner Jeans und zog das mittlerweile arg verknitterte Druckerzeugnis hervor. „Hier ist eine ganze Seite mit Adressen und Telefonnummern. Wir überlegen jetzt gemeinsam, wer wichtig für uns sein könnte, und dann bitten wir Möhrchen, Termine mit denen zu vereinbaren."

Es war erstaunlich, wie viele Personen an so einer Gemeinde dranhingen. Wir lernten, dass es einen zweiten Pfarrer, genauer: eine Pfarrerin, und eine zweite Kirche gab, die unter „Gemeindezentrum Fulerum" lief. Wir fanden eine Gemeindeverwaltung, eine Küsterin, die an anderer Stelle in einer Doppelfunktion als Hausmeisterin auftauchte. Dann waren da noch die Presbyter, der Kantor, ein nur nachrichtlich erwähnter Kirchenchor mit ungenannten Mitgliedern. Jemand betrieb einen caritativen Laden mit fairen Produkten. Daneben wurden etliche Frauen- und Männerkreise aufgeführt sowie ein Jugendkeller, der von einer Jugendleiterin betreut wurde.

„Au Backe. Mit denen sollen wir alle sprechen?", resignierte Erich, bevor er überhaupt angefangen hatte.

„Ich schlage vor, wir stürzen uns erst auf die Festangestellten. Die werden mit den meisten Leuten in Kontakt kommen, die für uns interessant sind. Dann sehen wir weiter."

In diesem Moment stieß zufällig Möhrchen zu uns. Sie hatte

meinen Vorschlag gehört. „Wer verwaltet eigentlich so einen Friedhof? Ich meine, wenn das Geheimnis, das wir suchen, mit dem Ort zu tun hat, wäre das doch die wichtigste Quelle."

Respekt, Mädchen! „Gut mitgedacht. Wenn ich die Ansprechpartner hier so sehe, müsste das Aufgabe der Gemeindeverwaltung sein. Da machst du uns so schnell wie möglich einen Termin, bitte."

„Versuche ich sofort. Ansonsten morgen."

Fünf Minuten später informierte uns die kleine Rote darüber, dass unter der Nummer des Gemeindeamts ein Anrufbeantworter lief. Morgen um neun würde das Büro wieder geöffnet sein.

„Da fahren wir direkt morgen Früh hin."

Ehrlich gesagt: Der Fall hatte mich immer noch nicht richtig in seinen Bann gezogen. Eher unspektakulär. Eine männliche Leiche liegt auf einem Friedhof. Wahrscheinlich ermordet – zumindest sprachen die Indizien dafür. Ein weiterer Mord in meiner langen Laufbahn bei der Kriminalpolizei.

Dafür, dass wir einen neuen Fall zu bearbeiten hatten, machte ich recht früh Feierabend. Erich war bereits gegangen, Möhrchen steckte ihre Nase immer noch in unsere digitale Verbrecherwelt. Fleiß und Elan durfte man der kleinen Roten kaum absprechen. Mal sehen, wie es mit ihren analytischen Fähigkeiten stand. Ich versprach mir wenig von der Verbrecherkartei. Da kaum anderes anstand, hatte ich diese Aufgabe eher aus der Verlegenheit heraus vergeben.

„Tschüss, Möhrchen", rief ich der Kollegin durch die geöffnete Zwischentür zu.

„Ich bleibe hier noch ein bisschen dran. Schönen Feierabend, Sigi."

„Danke. Ebenfalls. Bis morgen."

In die Jacke geschlüpft und weg.

Der Nieselregen vom Vormittag war in einen strammen Guss übergegangen. Meine Vergesslichkeit, was das Utensil Regenschirm anging, bescherte mir einen Heimweg, der mich buchstäblich bis auf die Haut durchnässte. Nun gut. Ich bin in dieser Hinsicht Stoiker.

Zu Hause drückte ich zuerst Lotte einen Kuss auf. Sie wischte sich angewidert den Mund. „Pfui. Leg dich erst mal trocken."

Ich gehorchte, streifte die Schuhe ab, hängte meinen Mantel im Flur auf einen Kleiderbügel und sah zu, dass er an der Garderobe frei hing und keine anderen Kleidungsstücke einfeuchtete. Anschließend ging ich auf Socken ins Bad, zog mich komplett aus und frottierte mich ab, beginnend mit meinem Stoppelschnitt. Die Klamotten legte ich in der Badewanne ab.

Als ich, wie Gott mich erschaffen hatte, quer über den Flur ins Schlafzimmer gehen wollte, bemerkte ich im letzten Moment Lucy, die gerade aus ihrem Zimmer trat. Blitzartig zog ich mich ins Bad zurück. Das hätte ein Hallo gegeben: nackter Vater im Flur. FKK-Alarm hätte meine Tochter geschlagen und Lotte hätte mich abgekanzelt und ein weiteres Mal meine mangelnde Sensibilität gegenüber den Schamgefühlen unseres Nachwuchses gerügt. Da war mir was erspart geblieben.

Mit einem Handtuch um die Hüften gelang mir dann doch die Überquerung der Freikörper-Sperrzone. Ich warf mir einen leichten Feierabenddress über und war damit wieder tauglich für die familiäre Öffentlichkeit.

Eine Weile wuselte ich herum, las in der Zeitung, was ich beim Frühstück übersprungen hatte, stellte mich an die Balkontür und starrte in die Dunkelheit hinaus. Die Zeit der Adventsbeleuchtung stand in wenigen Wochen bevor. Dann würden sich die Nachbarn wieder gegenseitig übertreffen mit ihren Illuminationen. Mir war sowas schnuppe. Wenn meine Angetraute nicht regelmäßig auf einer Lichterkette am Balkongeländer bestehen würde, bliebe unsere Bude dunkel.

Lotte rief zum Abendbrot in die Küche. Ich setzte mich an den gedeckten Tisch. Lucy war noch nicht erschienen. An den Wochenenden sah ich ihr das morgens ja nach, aber um diese zivile Zeit?

„Wo steckt denn unsere Tochter?"

„Die isst später. Hat Stress mit Lernen."

Seit sie in der Oberstufe war, nahm Lucy das Lernen ziemlich ernst. Das freute uns Eltern natürlich. Leider besaß sie ein erbärmliches Zeitmanagement. Nicht nur, was Mahlzeiten anging. Es konnte sein, dass sie einen Nachmittag damit verbrachte, altes Kinderspielzeug hervorzukramen und sich irgendwo hinzuträumen, wo wir Eltern keinen Zutritt hatten. Dann fiel ihr plötzlich die Klausur am nächsten Tag ein und sie saß bis in die Puppen über ihren Büchern.

Alle Versuche meinerseits, unserer Tochter auf die Sprünge zu helfen bei ihrer Zeiteinteilung, waren bislang an ihrem Dickschädel gescheitert. Gerade heute war mir danach, ihr eine weitere Unterrichtseinheit zu erteilen.

„Ich gehe mal zu ihr", setzte ich Lotte in Kenntnis und entwischte temporeich ihrem Versuch, mich zurückzuhalten.

Lucy hockte konzentriert über Unterlagen aus der Schule, als ich nach kurzem Anklopfen in ihr Zimmer trat. Sie schaute auf.

„Mensch, Papa. Was willst du?"

„Ich möchte dir eine kleine Lernpause verschaffen und dich bitten, essen zu kommen."

„Kann nicht. Stecke mitten in einer verzwickten Matheaufgabe."

„Das Abendbrot steht eigentlich meistens zur selben Zeit auf dem Tisch. Geht das nicht, dass du das einplanst?"

„Nee. Verschwinde."

Mich störte dieser gereizte Ton. „Du kommst jetzt mit."

„Komme ich nicht. Mach endlich die Tür zu. Von außen!"

„Bitte, Lucy."

„Kapierst du es nicht: Ich muss lernen! Andere Eltern wären froh, wenn ihre Kinder sich so intensiv um schulische Dinge kümmern würden."

„Darüber bin ich froh. Wirklich. Ich würde dich aber gerne wenigstens bei den Mahlzeiten sehen."

Lucy wurde hysterisch. Jedenfalls würde ich ihren Tonfall als hysterisch bezeichnen, Lotte natürlich nicht. „Dann kleb' dir ein Foto auf meinen Platz. Verschwinde!"

Das energische „Verschwinde" rief, wie im Drehbuch bei Sieberts vorgesehen, die Mutter auf den Plan. Lotte kam aus der Küche geschossen.

„Musst du Lucy immer wegen Kinkerlitzchen schikanieren?

Unsere Tochter wird neunzehn."

Die Front wechselte. Wie so häufig, wenn es um unseren Nachwuchs ging.

„Ich möchte doch nur, dass unsere Tochter wenigstens beim Abendbrot mit mir zusammensitzt. Danach kann sie gerne lernen."

Lucy mischte sich wieder ein. „Ach. Wenn ich mich abrackere, das ist dem fürsorglichen Vater egal. Aber seine Regeln, die müssen befolgt werden."

„Genau, Lucy-Kind. Das kannst du uns ruhig mal erklären, Sigi."

Ach scheiße. Wenn beide Frauen gegen mich standen, hatte ich sowieso keine Chance. Ich steckte zurück – wie meistens.

„Okay. Mach weiter, Lucy. Ehe ihr mir im Doppelpack aus meinen ellenlangen Überredungsversuchen den nächsten Strick dreht, lassen wir die Diskussion bleiben. Bin ja hier eh nur der Trottel."

„Genau", fauchte Lucy.

„Frechheit", schnaufte Lotte.

Das war die Fanfare zum Aufmarsch eines sehr, sehr schweigsamen Abends.

Stochern im Nebel

Dass für sie andere Regeln galten als für ihre Brüder – das hatte während der Jahre der Kindheit die Liebe zu ihren Eltern auszubalancieren vermocht. Mit ihrem Eintritt in die Pubertät spitzten sich die Dinge zu. Kaum zeigte ihr Körperbau die ersten zarten Veränderungen auf dem Weg zur Frau, wurde der Blick des Vaters ein anderer. Jetzt lag mehr als Strenge in seinen grauen Augen. Argwohn und Misstrauen lauerten darin. Sie spürte diesen Blick oft auf sich liegen, vermied, ihn offen zu erwidern. Sie wusste nicht, was sie sich zu Schulden hatte kommen lassen. Zunächst war das alles. Die Regeln verschoben sich nicht, wurden nicht enger.

Die Mutter nahm sie eines Tages beiseite und erklärte ihr, was mit ihrem Körper vorging. Das kannte sie bereits aus der Schule, traute sich jedoch nicht, es zu sagen. Geduldig hörte sie zu, bis die Mutter fertig mit ihr war. Der Vater wäre völlig hilflos gewesen, hätte er dieses Gespräch mit ihr führen müssen – das ahnte sie. Erst viel später erkannte sie, wie verklemmt er wirklich war.

Ihr fiel auf, dass er sie beobachtete. Vielleicht hatte er das immer schon getan, aber erst jetzt wurde es für sie offensichtlich. Häufig geschah es, dass sie sich umdrehte und ihn dabei erwischte, wie er sie insgeheim betrachtete. Ertappt schlug er dann die Augen nieder und machte, dass er fortkam. Sie blieb verunsichert zurück.

Der Vater zog seinen Beobachtungsring mit ihrem fortschreitenden Erwachsenwerden immer enger um sie zusammen. Einmal fasste sie den Mut, ihre Mutter zu fragen, was der Vater von ihr wolle. Die Mutter wich ihr aus und tat, als ob alles in Ordnung wäre. Sie bilde sich da etwas ein. War die Mutter blind? Oder entsprangen die geheimen Blicke des Vaters tatsächlich nur ihrer Einbildung?

Die Reaktion der Mutter ließ sie an ihren Verdächtigungen zweifeln. Es war etwas Wahres dran: In manchen Momenten zuckte sie zusammen, weil sie den väterlichen Blick auf sich ruhen spürte. Wenn sie dann abrupt aufsah, um ihn zu stellen, war da nichts. Der brennende väterliche Blick – eine Täuschung.

Missgelaunt wegen der heimischen Episode vom Vortag startete ich am nächsten Morgen ins Präsidium. Möhrchen empfing mich mit ihrem wunderbaren Kaffee. Das hob meine Stimmung.

Kurz vor neun tauchte Erich auf. „Fahren wir sofort los?"

„Auf zum Gemeindeamt."

Keine Viertelstunde später erreichten wir unser Ziel und gingen zwischen Kirche und Pfarrhaus weiter Richtung Friedhof. Hier lag rechter Hand, durch einen kleinen Spielplatz vom Kirchenbau getrennt, ein weiteres Haus. Im Parterre war ein Kindergarten untergebracht, eine Etage höher das Büro einer Firma. Das Gemeindeamt lag im zweiten Obergeschoss.

Wir verzichteten darauf, den Aufzug zu benutzen, und stiegen stattdessen die U-förmige Treppe hinauf. Oben standen wir vor einer Glastür mit Metallrahmen. Erich betätigte die Klingel.

Ein junger Mann, etwa im Alter meines Begleiters, öffnete uns. Seine schulterlangen, glatten, braunen Haare trug er in der Mitte gescheitelt. Leinensakko zur Jeans, offener Hemdkragen. Eine Erscheinung, wie sie hier nicht erwartet hätte. Aufmerksam, dabei freundlich, sah er uns durch seine Brille mit schwarzer Kunststofffassung an. „Was kann ich für Sie tun?" Er besaß eine angenehm warme Stimme.

Erich kam mir ausnahmsweise zuvor. Er hielt dem jungen Mann den Dienstausweis direkt vor die Nase. „Wir kommen von der Kripo."

„Ach. Wegen des Toten von Allerheiligen."

„Sie sind im Bilde?", hakte ich ein.

„Gestern gab es kein anderes Gespräch hier im Büro. Die Leute sind aufgeschreckt. Und sie haben Angst, es könnte ihnen genauso ergehen. Völlig hysterisch. Als ob bei uns ein Friedhofs-Ripper umginge. Aber kommen Sie doch herein. Meine Kollegin kommt auch gleich."

Der junge Mann gab den Eingang frei und wir folgten ihm durch die zweite Tür, die rechts vom Flur abging, in ein Büro. Während er sich anschickte, hinter einem Schreibtisch, der quer im Raum stand, Platz zu nehmen, wies er uns die Plätze davor an, zwei Holzstühle.

Wir setzten uns gleichzeitig. Wieder brachte Erich das Gespräch in Gang. „Wer sind Sie, bitte?"

Die Frage war unserem Gegenüber sichtlich peinlich. Ich traute ihm zu, dass er sich normalerweise vorstellte, wenn er Besuch erhielt, der ihn nicht kannte. Er wurde sogar leicht rot. „Entschuldigung. Sie verstehen, das macht Eindruck, wenn man plötzlich einen Polizeiausweis entgegengestreckt bekommt. Mein Name ist Möller. Ralf Möller. Ich bin hier der Gemeindeamtsleiter."

„Gemeindeamtsleiter?" Ich wunderte mich. So ein junger Kerl.

Möller lachte ein kleines sympathisches Lachen. „Sie haben bestimmt eine Frau in rentennahem Alter und grauem Kostüm, weißhaarig mit Dutt-Frisur erwartet. Das tun alle. Und ich glaube, oft wird diese Erwartung sogar erfüllt. Ich bin eine echte Ausnahme."

„Was macht man denn so als Gemeindeamtsleiter?", war sich Erich nicht zu schade zu fragen.

„Na ja. Mit ‚Leitung' ist es bei mir als Vollzeitkraft und einer Aushilfe nicht weit her. Ich mache halt alles, was verwaltungsmäßig so anfällt. Zur Hälfte ist das der Friedhof. Gräber aussuchen mit den Angehörigen, Termine koordinieren, der Papierkram, der am Sterben dranhängt, und so weiter. Und dann alles, was noch getan werden muss. Haushalt aufstellen, Rechnungen prüfen und anweisen, Terminkalender führen, Mädchen für alles, Tröster und Helfer, Ansprechpartner für Dienstleister und Gemeindemitglieder, Layouter für den Gemeindebrief. Haben Sie jetzt eine Vorstellung?"

„Vage", gab Erich zu.

„Bitte erschrecken Sie nicht. Wir möchten Ihnen etwas zeigen." Ich legte das Foto des Toten auf den Schreibtisch. „Kennen Sie diesen Mann?"

Ralf Möller nahm das Foto in die Hand und betrachtete es eingehend. Dabei legte er den Kopf leicht schief, als ob er es so besser erkennen könnte. Seine Nase zuckte leicht. Ein leises Kopfschütteln beendete seine Begutachtung. „Nie gesehen. Und ich kenne wirklich viele Leute hier im Stadtteil. Das dürfen Sie mir glauben."

Ich war leicht enttäuscht. Aber was hatte ich erwartet?

Die Korridortür klappte. Eine Sekunde später stand eine Frau, die Möllers Typologie einer typischen Gemeindeamtsleiterin insoweit entsprach, dass sie außer dem grauen Kostüm alle geschilderten

Attribute besaß, im Türausschnitt zu seinem Büro und erstarrte, als sie Erich und mich sah. „Besuch?"

„Die Herren sind von der Kripo. Wegen des Toten von Allerheiligen. Komm herein, Rosa, und sieh dir das Foto an."

Er schob seiner Kollegin das Bild über die Tischplatte zu. Ihre neugierigen Augen schnappten danach.

„Das isser? Kenn ich nich. Aus Haarzopf is der nich. Jedenfalls keiner aus einer Alt-Haarzopfer Familie."

Ich nahm das Foto wieder an mich und steckte es zurück in die Innentasche meiner Jacke.

Erich wurde wieder förmlich. „Sie sind, wenn ich fragen darf?"

„Rosa Dörfler. Ich helfe hier ein paar Stunden aus. Heute und Donnerstag."

„Sie sitzen wahrscheinlich nebenan?"

„Ja."

„Lassen Sie sich von uns nicht stören. Wenn wir weitere Fragen haben, kommen wir später auf Sie zu", kürzte ich Erichs Verhörversuch ab. Rosa Dörfler verschwand. Nebenan raschelte Papier.

Mir war aufgefallen, dass die Fenster der Dachgaube in Möllers Büro zum Friedhof hinausgingen. „Darf ich da mal hinausschauen?"

„Gerne. Mein Reich. Ich scherze gerne, dass ich tausende Leute unter mir habe."

Ich presste mir ein Schmunzeln ab. Erich brauchte ein Weilchen. Dann platzte ein heftiger Lachanfall aus ihm hervor. „... der ist gut. Tausende Leute unter sich. Hahaha ..."

Verständnislos schaute ich unseren Polizeinachwuchs an. So witzig war der Scherz wirklich nicht.

Aus dem Fenster hatte man einen guten Überblick über den Friedhof. In der Mitte der Hauptweg, die Lindenallee. Rechts im Anschluss an die Glashäuser der benachbarten Gärtnerei eine größere Freifläche. Vom linken Rand her schienen sich die Grabfelder dorthin vorzuarbeiten. Auf der gegenüberliegenden Seite – hinter der Weißdornhecke, die das Friedhofsgelände zur Straße hin abgrenzte –, verlief der Rottmannshof. Ein in sich geschlossener, eigentlich der Ruhe vorbehaltener Kosmos.

„Sie haben am Mittwochabend nichts bemerkt?", fragte ich Ralf Möller, der am Schreibtisch sitzen geblieben war.

„Nein. Wir schließen mittwochs um sechzehn Uhr. Da herrschte draußen das übliche Gewimmel kurz vor Allerheiligen. Jeder muss noch ein Kerzchen anstecken, selbst die, die sonst ihre Angehörigen das ganze Jahr über vergessen. Sommerschlussverkauf auf dem Friedhof gewissermaßen."

„Wenn sie nicht unbedingt Kerzen anzünden: Warum gehen die Menschen auf den Friedhof?"

„Sie möchten in Stille trauern, Erinnerungen an die Toten wachhalten, das Unbegreifliche begreifen, die Gräber pflegen, um im guten Gefühl nach Hause zu gehen, etwas für die Verstorbenen getan zu haben. Oder um den Nachbarn keine Gelegenheit zu geben, sich das Maul über Unkraut und Vernachlässigung zu zerreißen.

Wissen Sie: Jeder, der hierherkommt, trägt seine eigenen Gefühle auf den Friedhof. In den ersten Wochen und Monaten dominiert meistens die Trauer. Manche kommen darüber nie richtig hinweg. Das Verhältnis der Hinterbliebenen zum Grab ist höchst komplex und unterschiedlich. Bis hin zu denen, die merken, dass sie nichts mit einem verbuddelten Leichnam anfangen können. Die bestellen dann eine Grabpflege beim Gärtner und sind fertig damit. Ein Kerzchen an Allerheiligen schadet trotzdem nicht."

Wieder fiel mir das Grab meiner Eltern ein. Ehe es eine Chance erhielt, mir ein schlechtes Gewissen zu machen, richtete ich mich an Erich: „Hast du noch etwas?"

Meinen Kollegen hatten Ralf Möllers Ausführungen wenig interessiert, das sah ich ihm an. „Nö."

Die Korridortür klappte erneut und eine vergnügte Stimme drang zu uns vor. „Hallo Ralle. Unten steht eine Übernachtung ohne Frühstück!"

Die zur Stimme passende korpulente Frau walzte zu uns herein. „Oh, Verzeihung. Du hast Besuch."

„Morgen, Klara. Ich komme."

„Was hat das zu bedeuten, Übernachtung ohne Frühstück?", fragte ich.

Die Korpulente gab die Antwort: „Ein Leichnam wird angeliefert. Wir legen ihn ins Leichenhaus bis zur Beisetzung."

„Und warum ‚ohne Frühstück'?" Erich war wieder wach.

„Na, weil die Damen und Herren in der Regel keine Brötchen mehr verzehren. Wäre unangenehm, falls doch", belehrte ihn Ralf Möller. „Bitte entschuldigen Sie mich einen kleinen Augenblick. Ich muss mich um den Gast kümmern und ihm sein Zimmer aufschließen."

Bei meinem Kollegen fiel der Groschen. Sein Gesicht sagte mir, dass ihm der respektlose Ton im Umgang mit dem Tod wenig behagte. Ich war das, wie man weiß, von zuhause her gewöhnt.

Ralf Möller verschwand nach unten. Ich wandte mich an die Frau. „Darf ich fragen, wer Sie sind?"

Die Korpulente wurde leicht patzig. „Und wer sind Sie?"

Nur nicht provozieren lassen. „Siebert von der Essener Kripo. Das ist mein Kollege, Herr Terschüren."

Der Dienstausweis stutzte die kesse Klappe der Dame auf Normalmaß. Richtig erschrocken sah sie aus. „Sie sind wegen des Mannes von neulich hier? Schreckliche Geschichte!"

„Welche Funktion üben Sie hier aus?"

„Ich bin so etwas wie Hausmeisterin und Küsterin in einem."

„Und heißen?"

„Klara Möller. Ich bin die Mutter von Ralf."

„Ich zeige Ihnen jetzt ein Foto von dem Opfer. Kennen Sie den Mann?"

Ich kramte das Konterfei des Toten wieder hervor. Klara Möller nahm es mir aus der Hand und studierte es aufmerksam. Dann schüttelte sie den Kopf, zuerst zaghaft, dann immer heftiger. „Nie gesehen."

„Ist Ihnen am Vorabend zu Allerheiligen etwas Verdächtiges auf dem Gelände aufgefallen?"

„Nichts, Herr Kriminaldirektor. Nichts, was ich in Verbindung mit dem Mann hier bringen würde."

Ich musste trotz des Ernstes der Angelegenheit lächeln. „Kriminaldirektor bin ich nicht. Hauptkommissar bin ich. Sie dürfen mich aber ruhig mit ‚Herr Siebert' anreden. Ich lege keinen Wert auf Formalitäten."

„Sie sahen so streng aus – da dachte ich, ein bisschen Honigbesen kann nicht schaden."

Hm. Hatte schnell zur alten Forschheit zurückgefunden, Ralf Möllers Mutter.

„Ist Ihnen möglicherweise sonst etwas Ungewöhnliches auf dem Friedhof untergekommen? Haben Sie beispielsweise etwas gefunden, was dort nicht hingehört? Sie sind doch wahrscheinlich häufiger auf dem Gelände. Haben Besucher Ihnen etwas Verdächtiges erzählt?"

„Ganz bestimmt nicht, Herr Siebert."

„Wenn Ihnen noch etwas einfällt …" Ich drückte Klara Möller meine Visitenkarte in die Hand, die sie in ihrer Kitteltasche versenkte. Unschlüssig blieb sie bei uns stehen.

„Sie können ruhig weiter Ihrer Arbeit nachgehen. Wir wären fürs Erste fertig."

Klara Möller machte auf dem Absatz kehrt und verschwand im Nebenbüro bei Rosa Dörfler. Die Tür flog zu und wir hörten durch die dünne Zwischenwand ihr heftiges Lamentieren, das von ihrer Kollegin ebenso lautstark erwidert wurde. Dabei ging es unzweifelhaft um unseren Fall, um Mutmaßungen und Fantasiegespinste – nichts, was für uns relevant gewesen wäre.

Ralf Möller kehrte zurück. „So, unser Gast wäre damit aufgenommen. Kann ich noch etwas für Sie tun?"

„Für den Moment nicht, danke. Hier meine Karte." Ich legte die Visitenkarte auf den Schreibtisch.

„Sollen wir nebenan weitermachen?", fragte mich Erich.

„Lassen wir die beiden in Ruhe. Vielleicht ist es hilfreich, wenn sie sich untereinander austauschen. Könnte ja sein, dass sie ohne uns eher Dinge hervorbringen, die bei den Ermittlungen weiterhelfen. Wiedersehen, Herr Möller!"

„Tschüss, die Herren. Ich melde mich, wenn irgendwas hochkommt."

Nachdem auch Erich ein „Tschüss" gemurmelt hatte, stiegen wir die Treppe hinab und traten vors Haus. Aus dem Kindergarten drang munteres Gejohle. „Sollen wir da auch rein?", fragte Erich.

„Lass man. Mit denen sollten wir einen Termin vereinbaren, wenn die Lütten nicht da sind. Bei dem Gekreische wird das sowieso nix."

In diesem Moment trat der Pfarrer aus seinem Haus. Er ging in unsere Richtung. Als er uns erkannte, hob er die Hand für ein fahriges Winken. Seine Miene blieb dabei neutral. Es war ein Gruß des Erkennens, keine freudige Begrüßung. Als er bei uns eintraf, gaben wir uns die Hände und wünschten gegenseitig einen guten Morgen.

„Wenn ich Sie schon mal treffe: Wollen Sie heute Abend zur Sitzung des Presbyteriums dazu kommen? Dann hätten Sie die meisten der wichtigen Leute in der Gemeinde beisammen. Dazu kommt, dass wir uns nur einmal im Monat in diesem Kreis besprechen, und das ist heute."

„Wann und wo wäre das?"

„Um 19 Uhr im Gemeindezentrum Fulerum. Adresse steht im Gemeindeblättchen."

„Ich kann heute Abend nicht", setzte mich Erich ins Bild.

„Ich aber. Soll ich gleich zu Beginn kommen?"

„Ja, gerne. Dann haben wir das hinter uns."

„Sonst irgendwelche Neuigkeiten?"

„Nein. Sie waren eben im Gemeindeamt?"

„Ja. Wir haben mit Herrn Möller und seiner Mutter gesprochen."

„Und?"

„Hat uns nicht weitergebracht. Einen jungen Mitarbeiter haben Sie da. Ich war gar nicht darauf gefasst, einen so jungen Mann als Friedhofsverwalter anzutreffen."

Pfarrer Kirch-Mann lächelte ein wenig stolz. „Er macht seine Sache wirklich gut, der Ralf. Mir war es wichtig, ein Zeichen zu setzen gegen Jugendarbeitslosigkeit und Zeitverträge. Ralf Möller ist zudem ein Kind unserer Gemeinde, ist mit den Leuten hier aufgewachsen. Durch seine Mutter war er immer mittendrin. Ein Glücksfall für uns. Ich habe ihn gegen manchen Widerstand im Presbyterium durchgeboxt.

Etwas leichter hat er es mit seinem Job, weil Trauernde sich gegenüber einem jungen Menschen anders verhalten als gegenüber einem älteren. Irgendwie hemmt sie die augenscheinliche Jugend ihres Ansprechpartners, ihr Herz auszuschütten. Wenn ihn seine Kollegin vertritt, muss sie sich viel mehr von den Angehörigen anhören, Krankheitsgeschichten, familiären Streit, finanzielle Probleme, Traurigkeit, Verzweiflung. Da bleibt Ralf einiges erspart."

„Wir sehen uns heute Abend." Ich tippte mit dem Finger an die Stirn und wandte mich zum Gehen.

„Bis heute Abend." Der Pfarrer verschwand im Gebäude.

„Und jetzt?", fragte Erich.

„Ins Präsidium. So langsam müsste der Autopsie-Bericht eintrudeln."

Wir schlenderten zum Wagen und stiegen ein. Erich fuhr gemütlich, was sonst gar nicht seine Art war, zurück.

Im Polizeipräsidium lauerte uns Möhrchen auf. Kaum betraten wir unser Büro, steckte sie die rote Wuschelmähne durch die Verbindungstür. „Der Autopsie-Bericht ist vor einer halben Stunde gekommen."

Ich drohte der Kollegin spaßeshalber mit dem Zeigefinger. „Hast du ihn etwa gelesen? Immer erst die großen Onkels vorlassen!"

Möhrchen zog eine gespielt schuldbewusste Schnute. „War sonst nix zu tun."

„Her damit. Und wenn wir fertig sind, tauschen wir uns darüber aus. Auch du, Möhrchen."

Es kam mir vor, als würde jede einzelne Sommersprosse im Gesicht der kleinen Roten strahlen. Dass sie mit uns über den Bericht diskutieren durfte, hob ihr Selbstwertgefühl sichtlich. Natürlich beabsichtigte ich damit, Erichs Ehrgeiz zu kitzeln und seinen Denkapparat durch weibliche Konkurrenz auf Trab zu bringen.

Möhrchen legte jedem von uns einen Schnellhefter auf den Tisch. „Habe zwei Kopien angefertigt, damit ihr parallel lesen könnt."

Es stand nicht viel Spannendes drin. Neben den üblichen Angaben zu Größe, geschätztem Alter und Gewicht unserer Leiche interessierten mich vor allen Dingen die Vermutungen zur möglichen Mordwaffe, ließ die doch meistens auf das Täterprofil schließen.

Erich war schneller als ich. „Einen schönen Chemie-Cocktail hatte der Bursche intus. Blutdrucksenker, Psychopharmaka, Reste von Schlafmitteln. Alt werden ist scheiße, sagt mein Opa immer."

Ich schickte Erich einen kühlen Blick hinüber. Mitte fünfzig wurde der Mann im Bericht geschätzt, unwesentlich älter als ich. „Möhrchen, kannst kommen", rief ich, statt meinen Kollegen zu tadeln, durch die Zwischentür.

Im Nebenraum wurde ein Stuhl zurückgeschoben und schon stand unser Neuzugang bei uns. Ich beschloss, sie und Erich ein wenig gegeneinander auszuspielen. „Nun, ihr beiden: Was hättet ihr erwartet, was nicht?"

Erich fühlte sich gemüßigt, schneller als die kleine Rote zu sein. „Sagte ich ja bereits: Vollgepumpt mit Medikamenten war der Mann."

Möhrchen beeilte sich, ihren Senf dazuzugeben. „Stimmt. Bluthochdruck haben viele. Aber warum Psychopharmaka?"

Erich eiferte weiter. „Warum er dieses Psychozeugs nahm, werden wir erst wissen, wenn wir die Identität des Mannes kennen und sein Umfeld befragt haben. Die kaputte rechte Hüfte, steht hier, geht einher mit Missbildungen an den Füßen. Daher diese Schwalbenschwänze …" „Schmetterlingsrollen", verbesserte Möhrchen. „Meinetwegen, diese umgebauten Schuhe halt. Wenigstens ein kleiner Anhaltspunkt, der zur Identifizierung des Opfers führen könnte. Bluthochdruck – na ja, der hilft nix. Die Zähne sind leider unauffällig. Keine besonderen Prothesen oder auffällige Zahnbehandlungen. Da wird es vermutlich schwierig." Diesen Punkt führte Erich wohl deswegen ins Feld, weil wir die Leiche aus unserem letzten Fall anhand der Zähne identifiziert hatten. Er dachte gerne in vertrauten Mustern, mein junger Kollege.

Möhrchen ergänzte die Aufzählung dessen, was uns nicht weiterhalf: „Operationsnarben gibt es auch nicht. Die Organe waren soweit gesund."

Ich half den beiden auf die Sprünge. „Woran ist er denn gestorben?"

Die kleine Rote zitierte den Bericht, obwohl sie ihn nicht schriftlich vor sich liegen hatte: „Bruch der Halswirbelsäule, verursacht durch einen stabilen, wahrscheinlich runden Gegenstand."

„Bingo. Und? Haben wir so einen gefunden bisher?", fragte ich in die Runde.

Die Antwort kam wie aus einem Mund. „Nö."

„Wo könnte der denn wohl zu finden sein?"

„Beim Täter?", mutmaßte Erich.

„Auf dem Friedhofsgelände", hielt Möhrchen dagegen.

„Genau. Auf dem Friedhofsgelände. Denn da ist der Mann aller Wahrscheinlichkeit nach umgebracht worden. Also: SpuSi, rücke aus. Informierst du bitte die Kollegen, Erich."

Mein junger Kollege zog ein langes Gesicht. Er konnte schlecht vertragen, dass unser Neuzugang das letzte Wort behalten sollte. Wenig freundlich rief er Hartmut Dreute an.

Möhrchen trug ihren Stolz unterdessen zurück in ihr Büro.

*

Der Geräuschpegel in Guidos Etablissement nimmt ständig zu. Der Raum ist angefüllt mit frohem Lachen und munterem Geplauder.

Ecki zwinkert mich an. „Gib's zu, Sigi: Möhrchen hat sich ganz schnell unentbehrlich bei dir gemacht."

„Habe ich dir jemals etwas anderes vorgemacht? Erich ist bestimmt fleißig und willig, da lasse ich nichts drauf kommen. Nur reicht das oft leider nicht. Die Kleine ist einfach auf Scheibe. Und wenn Erich in Weibergeschichten steckt, dann is sowieso nix los mit dem Knaben. Dann kannste ihn soeben noch als Fahrer gebrauchen."

Ecki winkt Guido über den Tresen zu und bestellt auf diese Art zwei frische Pils. „Möhrchen hat euch ganz schön flott gemacht. Rapide zugelegt hat sie später. Du hast sie ja immer im Innendienst schmoren lassen."

„Als sie anfing bei uns, da ist sie noch halbwegs schlank gewesen. Nun gut – ein Problem um die Hüften hatte sie da bereits." Ich sehe kess auf Eckis Äquator hinunter. An dem prallt das ab.

Ein wenig enttäuscht, dass Ecki derart über meinen stichelnden Blick hinweggeht, fahre ich fort: „Die Sportprüfungen und den zur Einstellung bei der Polizei erforderlichen BMI hat Möhrchen nur knapp geschafft. Hätte sie nicht unbedingt Kriminalbeamtin werden wollen, wäre ihr unterwegs mit Sicherheit die Puste ausgegangen. Als sie bei uns ins Team kam, hat sie schnell zugelegt. Ein kleines Pummelchen ist sie geworden.

Ihre Stärke lag nicht draußen, am Tatort oder bei Verhaftungen. Die lag woanders. Sie war diejenige, die im Hintergrund Distanz zu den Fällen behielt, den klaren Kopf. Diejenige, die alle uns zur Verfügung stehenden Quellen anzapfte und die wichtigen Kleinigkeiten an den Tag brachte. Unser Recherche-As. Sie nahm schnell diese Rolle im Team ein. Sie wurde eine Art Assistentin für mich.

Möhrchen wiederum liebte diese Rolle. Das ging so weit, dass sie manchmal am Telefon der Hafer stach und sie sich schalkhaft als ‚Kriminalassistentin' vorstellte. Obwohl es bei uns so eine Amtsbezeichnung seit den Fünfzigern nicht mehr gibt.

Wir haben uns eine eigene kleine Welt geschaffen, wir drei. Jeder im Team wusste, wo sein Platz war, jeder übernahm klaglos die Arbeiten entsprechend seiner Fähigkeiten, die Jobs, die ihm am besten entsprachen. So funktionierte das. Eine schöne Zeit.

Nun gut – dass wir die Mordwaffe auf dem Friedhof suchen sollten, darauf war ich damals lange vor Möhrchen gekommen. Lag ja auf der Hand."

Guido nahm die leeren Gläser vom Bierdeckel herunter und ersetzte sie durch die vollen. Ich bedeutete ihm, die beiden Striche diesmal bei mir zu machen.

„War ja dann auch erfolgreich, die Suche", warf Ecki ein.

„Irgendwie schon. Wenn auch nicht auf dem geraden Weg …"

*

Nach Erichs Telefonat mit Hartmut gingen wir erst mal in der Kantine essen. Im Anschluss starteten wir wieder Richtung Haarzopf.

Als Erich nahe dem Nebeneingang zum Friedhof auf dem Rottmannshof einparkte, stand dort bereits ein uniformierter Kollege und empfing uns. „Herr Dreute erwartet Sie hinten bei der Fundstelle der Leiche."

Ich dankte dem Mann und ging mit Erich hinüber. Auf dem Weg dorthin fiel mir zum ersten Mal ein hohes steinernes Grabkreuz auf. Es war leicht verwittert. In der Mitte trug es eine Scheibe, einem keltischen Kreuz ähnlich, deren Rund sieben Rosen zierten. Links daneben las ich auf einem Grabstein, dass hier 1905 der erste Tote beerdigt worden war. So alt war der Friedhof also schon.

Hartmut stand in einer Traube von weißen Overalls. Er teilte gerade die Mannschaft ein. Dann wandte er sich uns zu. „Hallo, die Herren. Ob wir viel finden werden, weiß ich nicht. Haben wir eigentlich alles letzten Donnerstag bereits durchgekämmt."

„Da wussten wir aber noch nicht, wonach wir genau suchen sollten. Du weißt, wonach?"

„Hat Erich uns am Telefon durchgegeben. Ein stabiler, wahrscheinlich runder Gegenstand. Ein Rohr oder so was."

„Genau. Und dehnt eure Kreise ruhig etwas weiter aus. Geht zwischen die Sträucher am Rand des Friedhofs, sucht draußen entlang der Straße, nehmt euch die Abfallcontainer vor. Dreht alles, wo man so etwas verschwinden lassen könnte, auf links."

Ich gab Erich einen Wink, mir zu folgen. Schließlich sollten wir uns auch nützlich machen. Zu zweit schritten wir die Begrenzung des Geländes ab, zuerst die Weißdornhecke zur benachbarten Straße Rottmannshof, dann den Grünstreifen an seiner Hinterseite. Die bildete keine gerade Linie, sondern knickte an einer Wasserstelle nach rechts vorne ab. Kurz hinter einem Feld mit Kriegsgräbern vollzog sie eine erneute Wendung nach links. Wir gingen an einer Hecke aus Lebensbäumen vorbei und gelangten an ein Tor aus Drahtgeflecht. Die Fläche dahinter schien ebenfalls zum Friedhof zu gehören. Ein riesiger Haufen Sträucher-Schnitt lag direkt gegenüber dem Zugang. Vorne konnte ich die Trümmer alter Grabsteine erkennen, an der anderen Seite Grabeinfassungen. Für die trockene Aufbewahrung irgendwelcher Dinge dienten offensichtlich zwei Fertiggaragen. Daneben stand ein kleiner Bagger. Natürlich: Das Bild vom Totengräber besaß längst historischen Charakter.

Ich fasste an die Klinke. Das Tor war verschlossen. „Hilf du den Kollegen, Erich. Ich schau mal beim Pfarrer vorbei, ob er einen Schlüssel hierfür hat."

Ich verließ den Friedhof und ging hinüber zum Pfarrhaus. Dort schellte ich an. Wieder öffnete mir die hübsche Tochter. „Ach, Sie sind es. Sie suchen den Vater?"

Ich nahm mir ein paar Sekunden Zeit, das Mädchen genauer zu betrachten. Aus ihrem eher runden, ebenmäßigen Gesicht sahen mich zwei grüne Augen an. Ihre zierliche Nase schmückten ein paar Sommersprossen. Die mittelblonden Haare fielen ihr üppig in den Rücken. Kein Zweifel: Dieses Mädchen besaß bestimmt viele Verehrer.

Plötzlich fiel mir die Peinlichkeit auf, wie lange ich das Mädchen auf meine Antwort warten ließ. „Guten Tag. Ja, Ihren Vater suche ich. Wo kann ich ihn finden?"

„Er wollte in die Kirche gehen. Die Tür ist offen."

Damit war das Notwendige gesagt und die Hübsche zog sich ins Haus zurück.

Ich ging quer über die Zufahrt zur Kirche und betrat sie durch die schwere hölzerne Pforte. Als die Tür hinter mir zuschlug, mussten sich meine Augen erst an die Dunkelheit gewöhnen. Vor mir wusste ich einen Schriftentisch, links fiel durch die schmalen Fensterschlitze einer zweiflügeligen Tür etwas Licht aus dem Kirchenschiff ein. Ich drückte gegen den rechten Flügel und gelangte in einen weiteren kleinen Vorraum. Von dort führte die nächste Doppeltür endgültig ins Kirchenschiff hinein.

Der Innenraum, den ich betrat, kam mir eher schlicht vor. Vier rechteckige Fenster auf jeder Seite. Ihre einfarbig und hell gehaltenen Scheiben trugen Bleiverglasungen, die sie in verschiedene geometrische Ornamente gliederten. Zwischen ihnen sprangen die tragenden Gebäudeteile als rechteckige Halbsäulen in den Raum hinein. Der Sockel unterhalb der Fenster war in Dunkelrot gehalten. Schmale Doppelbänder nahmen seine Farbe auf, trugen sie in das himmelblau getünchte Tonnengewölbe und verbanden auf diese Weise optisch die gegenüberliegenden Wände.

Ich lenkte meine Schritte zum Mittelgang, der durch steillehnige Bänke aus tiefdunklem Eichenholz links und rechts der Mittelachse markiert wurde, und hielt auf den Altar zu, einen eher schlichten, wenn auch wuchtigen Tisch, den zwei silberfarbene Kerzenleuchter und ein paar Herbstblumen schmückten. Er stand ein paar Treppenstufen erhöht in einem baulich abgesetzten, eigenständigen Altarraum, der den Querschnitt des Kirchenschiffs in verkleinerter Form fortsetzte. Diesen Gebäudeteil hatte man in kräftigem Blau angestrichen.

Mir fiel das runde, bleiverglaste Chorfenster über dem Altar auf. Ein symmetrisches Kreuz teilte es in vier gleich große Segmente. Seine Mitte trug eine stilisierte, weiße Blüte, umgeben von einem Ring, in dem weitere acht Blumen in ähnlichem Stil ausgeführt waren, allerdings in Rot. Nach außen hin umgab diesen Blütenkranz ein letzter Kreis, der bis an den Rand des Fensters reichte. Er zeigte einen Strahlenkranz. Strahlen und Hintergrund der Blüten traten in Dialog mit den Blautönen des Kirchenraums.

Eine Weile hielt mich das Chorfenster gefangen. Durch seine Symmetrie und Symbolik strahlte es eine gewisse Ruhe aus. Ich erkannte eine Ähnlichkeit zur Formensprache des steinernen Kreuzes auf dem ältesten Grab des Friedhofs. Selbst ich als Laie spürte, dass darin eine Botschaft versteckt lag, dass die unterschiedlichen Blüten und der Strahlenkranz in Verbindung mit dem Kreuzsymbol eine Aussage transportierten. Ich musste Pfarrer Kirch-Mann unbedingt danach fragen.

Das Chorfenster wurde auf beiden Seiten durch das hölzerne Gehäuse der Orgel eingerahmt, die ihre Pfeifen wie die Flügel eines Engels um sein Rund ausbreitete. Das imposante Instrument war sichtlich jüngeren Datums als der Rest der Kircheneinrichtung. Links im Altarraum war etwas erhöht eine Kanzel eingebaut, beschirmt von einem überdimensionierten Schalldeckel, der dem

Prediger Stimme verleihen sollte. Rechts im Altarraum gab es eine Sitzbank aus demselben dunklen Holz wie die Bänke im Kirchenschiff, ehemals vermutlich den Presbytern der Gemeinde zugedacht.

Ich hatte meine Betrachtungen von einem Standplatz im Mittelgang aus angestellt, eingefangen vom Kirchenbau und seiner Stimmung. Plötzlich ertönte hinter mir ein lauter Knall. Soeben noch in Gedanken über die Symbolik des Chorfensters versunken, wirbelte ich erschrocken herum. Über einem Raumteiler, der sich mit Ausnahme der beiden Eingänge zu seinen Seiten über die gesamte Breite erstreckte, befand sich eine ockerfarbene Empore, von der aus das Geräusch gekommen war. Dem Knall folgte von dort oben ein klägliches Wimmern. Ein menschliches Wimmern.

Mordwaffe gefunden

D ie Folge ihrer Verunsicherung war, dass sie sich zunehmend abschottete. Sie sprach nur noch das Nötigste mit ihrer Familie, am wenigsten mit dem Vater.

Ihren Brüdern schien das gleichgültig zu sein. Der ältere hatte längst entdeckt, dass Mädchen nicht nur auf der Welt weilten, um als doofe Zicken herumzunerven und der jüngere stand ebenfalls im Begriff, das andere Geschlecht mit neuen Augen zu sehen. Seltsamerweise versuchten es beide nicht mit Mädchen aus dem Freundeskreis ihrer Schwester, obwohl es durchaus praktisch gewesen wäre, sie in Anbahnungsdingen als Unterhändlerin zu bemühen.

Ahnten die Brüder etwa das Konfliktpotenzial mit dem Vater?

Der kam seinen Söhnen jedenfalls nie in die Quere. Sie hingen mit ihren Eroberungen im Jugendkeller der Gemeinde ab oder trieben sich sonst wo mit ihnen herum – niemand stellte zuhause diesbezüglich Fragen.

Sie hätte sich so etwas nie getraut. Den Jugendkeller mied sie ebenso wie irgendwelche Feten. Der Vater stellte sie ohnehin oft genug zur Rede. Wo sie herkäme, wo sie hinginge, mit wem sie unterwegs gewesen sei. Je älter sie wurde, desto ausschließlicher bewegte sich die Kommunikation mit ihm um diese Fragen herum. Selbst ihr Erfolg in der Schule blieb seinerseits unerwähnt. Das Loben blieb der Mutter überlassen, die sparsam genug damit umging.

Was war in den Vater gefahren? Das beschäftigte sie viele Nächte. Welchen Verdacht hegte er gegen sie? Sprach er mit der Mutter darüber? Oder sogar mit ihren Brüdern? Warum nicht mit ihr? Vielleicht wäre da etwas klarzustellen gewesen, zu diskutieren. Vielleicht hätten sie wieder den Dreh gefunden, sich offener zu begegnen.

Die Antworten blieben aus. Zaghafte Versuche, einen Tipp von der Mutter zu erhalten, waren ergebnislos. Über dem Thema lag ein Dickicht des Schweigens. Mit dreizehn Jahren drohte ihr Leben das einer zurückgezogenen, freudlosen, einsamen jungen Frau zu werden.

Bis sie sich eines Tages davon befreite.

„Ist da wer?"

Keine Antwort. Nur das Wimmern.

Ich erinnerte mich, dass vom Eingang, den ich beim Hereinkommen benutzt hatte, keine Treppe zur Empore abgezweigt war. Ich versuchte es mit der Tür links des Raumteilers. Richtig. Hier fand ich den Weg hinauf, eine knarrende Holztreppe. Zwei Stufen auf einmal nehmend, eilte ich die enge Stiege empor. Oben angelangt, erreichte ich durch einen Gang die zum Kirchenschiff offene Empore. Licht spendete hier ein weiteres Rundfenster, ausgefüllt mit einem gelben Davidstern. Ich sah die Pfeifen der ursprünglich eingebauten Orgel und Reihen gestapelter Stühle. Einige von ihnen waren umgefallen und lagen als chaotisch durcheinander gepurzelter Haufen herum.

„Hallo?"

Wieder das Wimmern. Diesmal konnte ich es orten. Es kam unter dem wirren Haufen Stühle hervor. Sie hatten vermutlich den Knall verursacht. Jetzt erblickte ich auch das Paar abgewetzter Schuhe. So, wie es unter dem Möbelhaufen hervor sah, lag dort ein Mensch auf dem Bauch.

„Sind Sie verletzt?"

Beherzt begann ich damit, die umgestürzten Stühle beiseite zu räumen. Bald gaben sie den Blick auf eine Männergestalt frei, die unbeweglich liegen blieb. Ihr Wimmern ging in langgezogenes Stöhnen über. Als ich den letzten Stuhl vom erstarrten Körper zog, sprang der Mann mit einem Mal auf. Ich fuhr derart zusammen, dass es mir einen regelrechten Schlag in den Magen versetzte. Hätte der Typ nicht seine Hände beschwichtigend in meine Richtung ausgestreckt, wäre er Gefahr gelaufen, von meinem Fausthieb zu Boden gestreckt zu werden.

„Wie können Sie mich derart erschrecken!"

„Weiche, Satan. Ich habe nichts getan!"

Ich sah mir den komischen Kauz genauer an. Mit seinen verfilzten Haaren und seinem struppigen Vollbart assoziierte ich ein Zoogehege für kleine possierliche Plagegeister. Der Typ trug mehrere Lagen Hemden und Pullover auf dem Leib, was mir eine Einschätzung ermöglichte, wie hager er war, denn er sah darin schon schmächtig aus. Die oberste Schicht seiner Isolierung wurde von einer dreckstarrenden Jeans und einer Army-Jacke gebildet, deren Tupfenmuster komplett verblasst war. Was ihr Stoff noch an Muster zur Schau trug, ergraute ebenfalls unter Dreck. Kein Zweifel: ein Stadtstreicher.

„Nix Satan. Hauptkommissar Siebert von der Kripo. Haben Sie sich verletzt?"

Beim Wort „Kripo" fuhr ein Zucken durch den Körper des Zerlumpten. Der Mann sackte auf der Stelle zusammen, kauerte sich auf den Boden und hielt seine Arme schützend wie ein Geprügelter über sich. „Ich habe nichts getan. Ehrlich, Herr Polizei. Ich habe nichts getan."

Meine Erfahrung wehrte sich dagegen, einen solchen Menschen wie diesen auf die Liste der Verdächtigen in einem Mordfall zu setzen. Wenn es zu Tätlichkeiten solcher Straßenmenschen kam, dann fast ausschließlich in den eigenen Kreisen. Außerdem schien ich einen Verwirrten vor mir zu haben.

„Darf ich denn mal vernünftig mit Ihnen sprechen? Vor mir müssen Sie keine Angst haben."

„Nichts getan, nichts getan …", blieb der Kerl sein eigenes Echo. Es klang wie das Wimmern vorhin. Aus dem würde ich so schnell nichts herausbekommen.

Das Geräusch einer klappenden Tür schallte aus dem Kirchenschiff zu uns herauf. Eine bekannte Stimme rief in die Kirche hinein: „Ist da jemand? Ludwig, du vielleicht?"

Jetzt kam Bewegung in den Tippelbruder. Im Nu war er auf den Beinen, stieß mich beiseite, dass ich beinahe stürzte, und stürmte die Treppe hinunter. „Satan ist hinter mir her, Herr Pfarrer. Satan steht hier."

Ich trat ans Geländer der Empore und schaute ins Kirchenschiff hinunter. Richtig. Pfarrer Kirch-Mann war es gewesen, der gerufen hatte. Der Verwirrte erreichte ihn soeben.

„Sachte, Ludwig, sachte. Satan lasse ich nicht in meine Kirche hinein. Ich kenne den Herrn. Von dem hast du nichts zu befürchten."

Angewidert sah ich mit an, wie das schmutzige Lumpenbündel

den Pfarrer umarmte und anfing zu heulen. Er war sich nicht zu schade, ihm beruhigend den Rücken zu tätscheln. Was für eine bewundernswerte Größe, solche Menschen körperlich anzunehmen!

„Ich würde gerne mit dem Mann reden. Helfen Sie mir dabei, zu vermitteln? Unsere erste Begegnung war, sagen wir mal, nicht ganz glücklich."

„Mit Ludwig reden? Versuchen können wir's. Versprichst du mir, bei mir zu bleiben, wenn Herr Siebert jetzt herunterkommt?"

Die Augen eines verängstigten Tieres musterten mich. Dann verfiel der Kopf, zu dem sie gehörten, in ein beinahe unmerkliches Nicken, eher ein Zittern. Behutsam löste ich mich vom Geländer und stieg möglichst geräuschlos die Treppe hinab. Als ich bei den beiden ankam, hielt Pfarrer Kirch-Mann Ludwig an der Hand. Als wäre er ein Kind.

„Was wollen Sie denn wissen, Herr Siebert?"

Ludwig fiel dem Pfarrer ins Wort. „Nein. Sie fragen."

„Woher soll ich wissen, was Herr Siebert von dir wissen will?"

„Sie fragen", blieb der Berber stur.

Mit hochgezogenen Augenbrauen sah mich Pfarrer Kirch-Mann an.

Ich ermunterte ihn. „Probieren Sie's. Im Prinzip kennen Sie das Programm ja bereits." Das versprach, ganz interessant zu werden.

„Na gut. Setzen wir uns."

„Nein, stehen. Nur der da setzt sich." Der Zerlumpte zeigte auf mich.

Es schien mir klug, Abstand zu halten, also suchte ich mir einen Platz drei Bankreihen entfernt.

Der Pfarrer startete das seltsame Verhör. „Ludwig, du erinnerst dich doch an Allerheiligen. Den Tag, an dem die Leute nicht auf den Friedhof durften."

„Ja."

„Und an den Tag davor, als am Abend dieser fürchterliche Regen fiel."

„Ja."

„Wo warst du da, als der Regen losging?"

71

„Friedhof."

Fast hätte ich alles vermasselt und wäre aufgesprungen. Im letzten Moment fiel mir ein, warum ich hier auf Beobachterposten saß. Als Ersatzhandlung kratzte ich mir die Stirn. Lauter Furchen. Typisch für mich, wenn es kniffelig wurde. Die Bulldogge in mir hatte Witterung aufgenommen.

„Wo auf dem Friedhof?"

„Hinten bei den Soldaten."

Ich kannte die Stelle.

„Waren viele Leute auf dem Friedhof?"

„Erst ja. Dann sind alle weggelaufen. Wegen des Regens."

„Und du?"

„Bin auch weg. In die Kirche."

Ich stieß leise Luft durch die Zähne. Wieder vergeblich.

„Ist dir jemand aufgefallen? Jemand, den du nicht kanntest, den du vorher nie auf unserem Friedhof gesehen hast?"

„Ein Mann auf drei Beinen."

„Wie meinst du das: drei Beine?"

„Na, drei Beine halt."

„Kein Mensch hat drei Beine, Ludwig. Was hast du gesehen?"

„Weiß nicht."

„War da sonst noch jemand?"

„Sonst noch jemand!"

„Wer?"

„Hatte 'ne Frau dabei."

„Also ein dreibeiniger Mann und eine Frau?"

„Genau."

„Waren sonst noch Leute da?"

„Alle weg."

„Und was haben die auf dem Friedhof gemacht, der dreibeinige Mann und die Frau?"

„Weiß nicht. Nix. Nur so rumgelaufen."

Einen völlig erschöpften Eindruck machte der Tippelbruder auf mich. Das bisschen Konzentration auf Pfarrer Kirch-Manns Fragen schien ihn sehr angestrengt zu haben.

„Darf ich ihm das Foto zeigen?", fragte ich von meinem Sitz aus.

„Meinetwegen. Mehr bringen wir heute sowieso nicht aus ihm heraus. Ein Wunder, dass er überhaupt ein Gespräch mit uns führt."

Das Foto aus der Jackentasche kramend, ging ich bedächtigen Schrittes auf das ungleiche Paar zu. Ich hielt dem Pfarrer das Bild hin und bat ihn mit den Augen, die entscheidende Frage zu stellen.

Pfarrer Kirch-Mann verstand. Er zeigte Ludwig das Porträt des Toten. Dabei sah er ihn auffällig durchdringend an, als wolle er das letzte Stück Aufmerksamkeit aus seinem verwirrten Gehirn herauspressen. Irgendetwas gefiel mir allerdings nicht an diesem Blick. Mir kam es so vor, als läge eine Art Verschwörung mit dem armseligen Tropf darin.

„Sieh mal: Ist das der Dreibeinige?"

Das Gesicht des Berbers nahm wieder den panischen Ausdruck an, den ich bereits kannte. „Satan, Satan", schrie er und stürzte mehr, als dass er lief, auf den Ausgang der Kirche zu. Schon war er verschwunden und wir hörten die Pforte draußen zuschlagen.

Ich wollte hinter ihm her, aber Pfarrer Kirch-Mann verhinderte das, indem er meinen Arm packte. „Bleiben Sie hier, bitte. Der ist fertig für heute. Vor dem nächsten Laden werden Sie ihn finden, eine Pulle lauwarmen Korn am Hals. Da kommt nichts Vernünftiges mehr zutage."

Still gab ich dem Pfarrer Recht. Das hatte wenig Zweck.

„Wo kommt der Kerl her und was macht er hier?"

„Ludwig Wermelt heißt er. War früher mal ein patenter Schreiner hier im Stadtteil. Leider handwerklich besser drauf als mit den Finanzen. Hat eine Pleite hingelegt, wie sie im Buche steht. Haus weg, Frau weg, Kinder weg. Wie das so gehen kann. Ludwig hat das nicht weggesteckt. Ist auf der Straße gelandet, hat das Saufen angefangen.

Zigmal haben wir ihm eine Entziehungskur vermittelt, zigmal ist er rückfällig geworden. Letztes Jahr hat er ein paar Bänke hier ausgebessert. Seitdem hängt er an der Kirche, ein Schutzraum für ihn. Heute wäre er zu solchen Reparaturen nicht mehr fähig. Ein Wrack, leider. Ist gerade dabei, den letzten Rest Hirn auch noch wegzusaufen. Es tut weh, das mitansehen zu müssen.

Ich habe Ludwig erlaubt, hier zu übernachten. Hinten im Turm haben wir eine Toilette und ein Waschbecken. Da kann er wenigstens etwas an seiner Hygiene arbeiten. Viel Zweck hat das nicht. Was glauben Sie, wie oft der sich in besoffenem Kopp bepisst oder sogar bescheißt. Na, Sie haben sich ja selbst ein Bild machen können."

Mir kam die Umarmung wieder in den Sinn. Ich schüttelte mich. „Wie Sie ihn da vorhin an sich rangelassen haben … Hut ab!"

„Meinen Sie, das fällt mir leicht? Aber schließlich bin ich Pfarrer. Wer sollte sich solcher Gestrauchelter annehmen, wenn nicht wir. Das ist Teil meines Auftrags. Selbst diese Gestrandeten haben das Bedürfnis nach Nähe, nach menschlicher Wärme. Mir vertraut Ludwig, wie Sie miterlebt haben. Sonst lässt er kaum jemanden an sich heran. Wie sollte ich ihn von mir stoßen und am Sonntag über Barmherzigkeit predigen?"

Ich wechselte das Thema, denn mir war diese Art menschlicher Größe eher fremd. „Kann man seiner Aussage trauen?"

„Ich bin nicht sicher. Ein Mann mit drei Beinen …"

„Warum ist er vor dem Foto geflüchtet?"

„Ah, ich verstehe. Sie meinen, unser Toter ist der Mann mit den drei Beinen?"

„Könnte doch sein, oder?"

„Könnte. Könnte nicht. Wer weiß schon, wie es in Ludwigs Kopf zugeht." Mir war es etwas zu oberflächlich, wie Pfarrer Kirch-Mann über das Thema der Verlässlichkeit einer Zeugenaussage hinwegging. Wie leicht er das nahm, zeigte auch, dass er mir im selben Atemzug anbot: „Darf ich Ihnen meine Kirche zeigen?"

Ich war zu sehr mit meinen kriminalistischen Gedankengängen beschäftigt, um gleich zu verstehen, wie mein Gesprächspartner das meinte. „Ich stehe mittendrin."

„Erklären möchte ich Ihnen meine Kirche. Haben Sie Zeit?"

„Ja, warum nicht." Das passte mir eigentlich gar nicht, hatte ich doch bloß den Schlüssel zum Gelände hinter dem Friedhof holen wollen. Halb, weil ich in Gedanken noch beim Verhör dieses Ludwigs verweilte, halb aus Höflichkeit willigte ich ein.

„Sie müssen wissen: Baugeschichtlich ist das eine besondere

Kirche. Einer der frühen modernen Kirchenbauten im Rheinland. Ihr Architekt, Max Benirschke, kam als Neuerer von Wien an die Düsseldorfer Akademie. Er hatte eine Dorfkirche im Sinn, als er die Pläne zeichnete. Sie müssen sich das damals, 1913, hier als Landgemeinde vorstellen. Wenige Bauernhöfe und Kotten lagen locker verstreut in der Gegend. Einen Siedlungsbau, so wie heute, gab es noch nicht."

Er wurde ganz eifrig, während er erzählte. Er wies auf die Farbgebung des Innenraums hin, Rot als Symbol für die Erde und damit die Farbe der Menschen, Blau als Farbe des Himmels und damit die Farbe Gottes. Die roten Doppelbänder, die vom Sockel ins Gewölbe hinaufreichten, deutete er mir als Austausch der Menschen mit Gott.

Dann kam der Pfarrer auf die beiden Rundfenster zu sprechen. „Das Fenster im Bereich der Empore zeigt den Davidstern als Symbol für das Alte Testament. Während der Nazi-Herrschaft hatte man es hinter einer Holzverkleidung verborgen, weil es als jüdisches Symbol galt. Bei einem Bombenangriff blieb es so als einziges der Fenster unbeschädigt.

Im Chor sehen Sie unser wunderbares Fenster des Neuen Testaments. Die weiße Rose in der Mitte steht für die Unschuld Jesu, die roten Rosen im Kreis darum für sein Opfer. Außen zeigt uns der Strahlenkranz, dass er dieses Opfer für uns alle gebracht hat."

Der Pfarrer wies mich noch auf mehrere andere Details der Innenausstattung hin. Sein Vortrag mochte fünf Minuten gedauert haben, bis ich endgültig zu ungeduldig wurde.

„Verzeihen Sie. Ich brauche jetzt dringend den Schlüssel zum Tor im hinteren Friedhofsteil. Gleich dämmert es und die Kollegen müssen dort noch suchen. Was ist das überhaupt für ein Gelände?"

Pfarrer Kirch-Mann war derart tief in seinen Vortrag versunken gewesen, dass er bei meinem Einwurf regelrecht zusammenzuckte. Ich hatte ihn damit von weit her in die Realität zurückgeholt.

„Ähm, das ist der Wirtschaftshof. Wofür benötigen Sie Zutritt dort?"

„Wir suchen die Mordwaffe."

„Auf dem Wirtschaftshof?"

„Auch dort. Haben Sie denn nun einen Schlüssel?"

„Ja. Natürlich. Verzeihen Sie. Wenn es um meine Kirche geht, vergesse ich alles."

Ich folgte dem Pfarrer zum Pfarrhaus hinüber, wo er mich in das mir bekannte Büro führte. Kaum hatte ich es betreten, wurde mir in einem Sekundenbruchteil der Zusammenhang zwischen einem dreibeinigen Mann und dem, was ich in einer Ecke des Raums entdeckte, klar.

Ich griff zu meinem Handy und rief Erich an. Es dauerte etwas, bis er dranging. „Richte Hartmut bitte aus, er kann die Suche unterbrechen. Und dann kommt beide hierher ins Büro des Pfarrers. Die Tatwaffe wartet hier auf euch."

„Willst du uns verarschen?", hörte ich Erich im Lautsprecher unverblümt seine Meinung zu dieser Info äußern.

„Nein und tschüss." Ich drückte das Gespräch weg.

Pfarrer Kirch-Mann stand wie ein Fremdkörper in seinem eigenen Büro. „Sie verraten mir jetzt, um was es geht, oder?"

Ich zeigte in die rechte Ecke des Raums. „Woher stammt diese Gehhilfe?"

„Die was? Ach, die. Die hat die Dame vom Katzenschutzbund hier abgeliefert. Sie müssen wissen, auf dem Friedhof gibt es ein paar verwilderte Exemplare. Die werden von der Dame betreut. Regelmäßig fangen sie Tiere ein, um sie zu sterilisieren. Da, wo die hausen, hat sie die Krücke gefunden."

„Wann wurde das Teil hier abgegeben?"

„Das war schon Allerheiligen. Ich wundere mich, dass sich bisher niemand danach erkundigt hat. Die wird doch jemand vermissen."

„Sie erinnern sich an den dreibeinigen Mann, den Ihr Ludwig gesehen haben will?"

Das Gesicht des Pfarrers zeigte an, dass er meine Überlegung langsam begriff. „Ach so. Sie meinen … Darauf wäre ich nie gekommen."

An seinen Bewegungen erkannte ich, dass er in die Ecke gehen und mir die Gehhilfe anreichen wollte. Es gelang mir gerade noch, ihn davon abzuhalten. „Halt. Stopp. Da sind schon genug Fingerabdrücke drauf, die wir nicht gebrauchen können. Warten Sie bitte auf meine Kollegen."

Wenig später zeigte die Türglocke an, dass mein junger Kollege und Falter eingetroffen waren. Pfarrer Kirch-Mann ging hinaus, um ihnen zu öffnen. Neugierig stolperten sie hinter ihm in das Büro. Hartmut platzte heraus: „Was hast du entdeckt, Sigi?"

„Nimm bitte die Krücke da hinten mit ins Labor und durchleuchte sie nach allen Regeln der Kunst. Ich bin sicher, dass unser Kandidat damit erschlagen worden ist."

„Mit einem Spazierstock?" Erichs Gesicht zeigte einen sogar für seine Verhältnisse ziemlich dämlichen Ausdruck.

„Mit einer Gehhilfe, um das Teil protokollmäßig korrekt zu bezeichnen. Mit seiner eigenen übrigens."

Hartmut zog ein frisches Paar Latex-Handschuhe aus seiner Jackentasche, streifte sie über und nahm die vermutliche Mordwaffe an sich. „Wo wurde die gefunden?"

Ich sah den Pfarrer an. „Herr Kirch-Mann, auch wenn ich lästig werde: Würden Sie dem Kollegen bitte die Adresse der Tierfreundin geben. Die muss uns den exakten Fundort zeigen. Und wir benötigen ihre Fingerabdrücke."

Der Pfarrer diktierte Erich einen Namen, Straße und Hausnummer. „Langsam wird mir diese Unruhe zu viel. Die Leute in der Gemeinde sind schon ganz kribbelig. Aber das stand ja zu befürchten."

Falter zeigte sich ungerührt von seiner Bemerkung. „Meinst du, es lohnt sich weiterzusuchen, Sigi?"

„Behalte den besten Mann hier. Der Rest kann gehen."

Hartmut Dreute nickte und verschwand. Ich wandte mich an Erich. „Bist du bitte so nett und schaffst uns die Frau her?"

„Schon unterwegs, Chef."

Ich blieb mit dem Pfarrer zurück. „Ist Ihre Frau in der Nähe?"

„Nein. Sie ist zum Frauenkreis nach Fulerum gefahren."

„Wie ist die Gehhilfe hier in Ihr Büro gelangt?"

„Meine Frau hat sie entgegengenommen. Ach, richtig. Ich habe sie aus dem Flur mit hierher genommen."

„Es ist wichtig, dass alle, die diese Krücke angefasst haben, ihre Fingerabdrücke bei uns abgeben. Wir benötigen also die Fingerabdrücke Ihrer Frau. Und Ihre natürlich. Kommen Sie bitte morgen ins Präsidium und verlangen Sie Herrn Dreute. Irgendwann, so wie es Ihnen passt."

„Dass uns einmal so etwas passieren würde …"

„Ist Ihnen denn nie in den Sinn gekommen, dass diese Gehhilfe etwas mit dem Toten auf Ihrem Friedhof zu tun haben könnte?"

„Sie werden verstehen, dass ich nicht kriminalistisch denke." Ein leichter Vorwurf lag in seiner Stimme.

„Ich glaube, wir beide sind für heute fertig. Ich will Sie nicht länger stören. Ich warte draußen auf die Katzenfrau und meinen Kollegen. Guten Tag, Herr Kirch-Mann."

„Auf Wiedersehen, Herr Siebert."

Der Pfarrer begleitete mich zur Haustür. Ich bildete mir ein, einen lauten Seufzer zu hören, als er sie hinter mir schloss.

Die Martinshörner meines Handys schrien nach mir. Auf dem Display sah ich, dass es Erich war. „Was gibt's?"

„Frau Michaelis ist alleinerziehend und hat niemanden, der auf die Kinder aufpasst."

„Wohnt sie weit von hier weg?"

„Nein. Um die Ecke."

„Dann pass du auf ihre Blagen auf und schick die Frau zu mir vors Pfarrhaus."

Erich brauchte einen Moment, um sich zu fangen. „Das kannst du mir nicht antun, Sigi."

„Warum denn nicht? Das machst du bestimmt ganz prima. Die Kleinen werden ihrer Mutter von Onkel Erich vorschwärmen!"

„Die sind vier und sechs Jahre alt. Sigi, ich …"

„Reiß dich zusammen. Ich warte hier zehn Minuten, nicht länger", beendete ich das Telefonat. Sollte er ruhig üben, was es hieß, Familienpflichten zu übernehmen, mein liebestoller Kollege.

Tatsächlich musste ich nicht lange warten. Eine kleine, ziemlich dralle Frau kam von der Hauptstraße um die Ecke des Pfarrgartens.

Im Alter passte sie zu den Kindern, bei denen Erich gerade seine praktische Prüfung auf Familientauglichkeit absolvierte.

Die Frau trug einen angesichts ihrer Figur äußerst mutigen, um nicht zu sagen übermütigen Minirock. Üppige Oberschenkel, in eine Strickstrumpfhose gepresst, ragten unter seinem Saum hervor. Wem wollte sie mit diesem Aufzug etwas beweisen?

Ich ging der Frau ein paar Schritte entgegen. „Frau Michaelis? Siebert mein Name. Mein Kollege hat Sie zu mir geschickt."

Die Dralle gab mir die Hand. „Ich soll Ihnen zeigen, wo ich die Krücke gefunden habe?"

„Genau. Gehen Sie bitte vor."

Die Katzenfreundin führte mich vom Haupttor aus diagonal über den Friedhof. Ich sah Hartmut und einen weiteren Mann in der Nähe des Fundorts unseres Opfers stehen. Sie hatten soeben das Absperrband entfernt. Ich winkte den beiden, mir und meiner Begleiterin zu folgen.

An der rechten Grenze des Friedhofs wurde der Zaun von einem Streifen Gebüsch begleitet. Frau Michaelis lief zu einer Stelle, an der bei genauem Hinsehen ein Trampelpfad erkennbar war. Sie streifte mit dem Arm ein paar Äste zur Seite und wir schlüpften zwischen die Sträucher. Zwei schwarzweiße Katzen kamen angeschnurrt und strichen ihrer Wohltäterin um die Beine. „Ich habe heute nichts für euch."

Hinter uns raschelte es. Hartmut trat zu uns. „Wo lag sie denn nun, die Krücke?"

Die Dralle zeigte nach links. „Dort etwa. Zunächst habe ich sie gar nicht gesehen. Nur den Gummistopfen. Dann bin ich näher heran. Wer schmeißt hier denn sowas hin, habe ich noch gedacht. Mir fiel nichts Besseres ein, als mein Fundstück im Pfarrhaus abzugeben."

„Das war richtig", bestätigte ich der Frau ihr Handeln.

„Bring mal die Taschenlampe. Ist dunkel hier", rief Falter seinem verbliebenen Mitstreiter zu.

Ich befragte weiter die Katzenliebhaberin. „Ist Ihnen am Fundort irgendetwas aufgefallen?"

„Nein. Ich war gerade beim Gehen, als ich den Gummistopfen gesehen habe. Ich habe einfach die Krücke aus dem Busch gezogen und bin zum Pfarrhaus. Das ist alles."

„Wo haben Sie sie angefasst?"

„Irgendwo in der Mitte, glaube ich. Ist das wichtig?"

„Es könnte wichtig werden. Ich muss Sie leider bitten, sich morgen zum Polizeipräsidium zu bemühen. Wir benötigen Ihre Fingerabdrücke."

„Was mache ich mit den Kindern?"

„Müssen die nicht in die Schule? Oder in den Kindergarten?"

„Ja, aber zu der Zeit bin ich arbeiten."

„Soll ich Ihnen den Kollegen wieder schicken?"

„Gott bewahre. Ich habe jetzt schon ein schlechtes Gewissen wegen der paar Minuten, die er aufpasst. Meine beiden Rüben werden mit dem machen, was sie wollen. Lassen Sie man. Ich finde eine Lösung."

„Danke für Ihre Bereitschaft, sofort herzukommen. Sie können nach Hause gehen, wenn Sie wollen. Sollte mir noch etwas einfallen, holen wir das morgen im Polizeipräsidium nach."

Frau Michaelis verschwand durch die Zweige und lief auf ihren kurzen Beinen erstaunlich rasch in Richtung Haupttor.

Hartmuts Kollege kehrte mit einer starken Taschenlampe zurück. Falter nahm sie entgegen, kniete, nachdem er die Stelle intensiv nach Spuren abgesucht hatte, die er nicht verwischen wollte, nieder und legte sie auf den Boden. Dann kauerte er sich auf die Unterarme, senkte den Kopf und blickte dort, wo Frau Michaelis die Gehhilfe gefunden hatte, schräg über den Untergrund. Nach weiteren Untersuchungen erhob er sich ächzend aus seiner unbequemen Kauerstellung. „Hier ist nichts. Das Teil hat jemand wahrscheinlich vom Weg aus einfach so in den Busch gepfeffert. Wir sind fertig."

Ich war enttäuscht. „Dann los. Packen wir."

Ich verabschiedete die SpuSi-Männer vor dem Gebüsch, wünschte ihnen einen schönen Feierabend und ging zurück zum Pfarrhaus.

Als ich durch das schmiedeeiserne Tor schritt, kam mir Erich entgegen. Etwas an ihm stimmte nicht. Ich sah ihn mir genau an. Sein Gesicht trug Flecken wie das Fell eines dreifarbigen Hundes, nur bunter. Bei genauem Hinsehen hatte sogar sein Jeansblouson Farbe abbekommen.

„Was ist denn mit dir passiert?"

„Die Kinder haben gemeint, sie müssten aus mir einen Clown schminken. Sieht man noch was?"

„Ab mit dir durch die Mitte. Waschen!"

Wir gingen die Einfahrt hinunter zu Erichs Auto.

„Was macht dich so sicher, dass wir die Mordwaffe haben?", fragte der bunte Hund an meiner Seite.

„Ein Gefühl. Der Obdachlose hat einen Mann auf drei Beinen gesehen. Unser Opfer ist orthopädisch vorbelastet. Es liegt nahe, dass es seine Gehhilfe ist."

„Wer macht denn so was, Sigi? Nimmt einem Krüppel die Krücke ab und brät ihm eins über?"

„Das ist mal eine gute Frage, mein Junge. Es besagt zumindest eins: Wir haben es nicht mit einem geplanten Mord zu tun. Sonst hätte der Täter seine Tatwaffe bei sich geführt."

„Leuchtet ein. Komischer Fall."

Auf der Straße verabschiedete ich Erich unter die heimatliche Dusche. Ein Blick auf die Uhr verriet mir, dass bis zur Sitzung des Presbyteriums immerhin noch eineinhalb Stunden Zeit blieb. Mit schlechter Laune ob dieser Erkenntnis überlegte ich, was bis dahin anzustellen wäre. Hunger hatte ich. Das Mittagessen in der Kantine war wenig berühmt gewesen und ich hatte die Hälfte auf meinem Teller gelassen.

Das Gemeindezentrum Fulerum, wo die Versammlung der „Ältesten" der Gemeinde laut Pfarrer Kirch-Mann stattfinden sollte, liegt etwa zwanzig Gehminuten von der Kirche in Essen-Haarzopf entfernt. Ich schwenkte an der Hauptstraße schon mal in die Richtung ein. Unterwegs gab es bestimmt etwas zu beißen.

Kurz vor der Kreuzung Erbach, dem quirligen Verkehrsmittelpunkt des Stadtteils, entdeckte ich einen Imbiss, von dem ich im Kollegenkreis gelegentlich Gutes gehört hatte. Er besaß sogar

Sitzmöglichkeiten und spontan besserte sich meine Stimmung. Mit Currywurst-Pommes-Mayo im Magen sähe die Welt gleich besser aus.

Ich enterte den Laden und musste in einer Reihe Gleichgesinnter etwas warten, bis ich meine Bestellung aufgeben konnte. Als ich die Frage, ob ich hier essen würde, bejahte, bot mir die junge Frau hinter der Theke an, das Essen an den Tisch zu bringen. Ich orderte ein Bier dazu, das ich mir selbst aus einem Kühlschrank neben der Eingangstür nehmen durfte, und suchte mir einen Sitzplatz im Hinterraum, zu dem einige wenige Stufen führten. Hierher gelangten nur wenige der anderen Gäste, die meisten nahmen ihr Essen mit nach Hause.

Auf dem Tisch vor mir lag ein Flaschenöffner, der mir zum Inhalt der Bierflasche verhalf. Ich setzte den Flaschenhals an die Lippen und trank die Hälfte in einem Zug aus. Bis die Currywurst an meinen Tisch gebracht wurde, holte ich mir ein zweites Bier aus dem Kühlschrank.

Einen kurzen Moment überlegte ich, ob ich das Foto des Mordopfers in der Imbissstube herumzeigen sollte. Ich verzichtete darauf. Zum einen gab es wenig Hoffnung, dass der Mann hier bekannt war, zum anderen hatte auch ein Kriminalpolizist Pausen verdient. Schlimm genug, dass es gleich in die Abendschicht ging. Sollte Erich sich um die Feldarbeit kümmern.

Die junge Frau brachte mir das Bestellte. Es schmeckte wirklich gut. Die Currywurst war schön braun gegrillt, die Soße balancierte im richtigen Verhältnis zwischen Fruchtigkeit und Schärfe, die Pommes besaßen die von mir geschätzte Knusprigkeit. Dies würde nicht das letzte Mal sein, dass ich hier einkehre. Nach einer knappen Stunde und einem dritten Bier bezahlte ich im Vorraum, verließ den Laden und machte mich zum Gemeindezentrum auf.

Hinter der Kreuzung Erbach führte eine Baustraße in den benachbarten Stadtteil Fulerum. An dieser Stelle sollte später ein Einkaufszentrum entstehen und eine Wohnbebauung, wie ich aus der Zeitung wusste. Heute war der Weg noch recht düster, führte mich an Brachflächen und kleineren Wiesengrundstücken vorbei. Die hier entstehende Durchstreckung der Fulerumer Straße würde Haarzopf irgendwann ein neues Gepräge geben und den ehemals ländlich anmutenden Bezirk endgültig zu einer richtigen Vorstadt machen. Ob das gut für den Ortsteil war, darüber waren die Lager der Bewahrer und die der Entwickler bestimmt geteilter Meinung.

Am Ende der Baustraße wandte ich mich nach links. Mein Weg führte auf einen Kiosk zu. Ich stellte Betrachtungen darüber an, wie der in diesen ehemals ländlich geprägten Stadtteil gefunden hatte. Bestimmt verdankte er seine Existenz der Zeche Humboldt, einen guten Kilometer hangabwärts gelegen. Auf dem Bergwerksgelände befand sich mittlerweile das Rhein-Ruhr-Zentrum, ein moderner Shopping-Palast. Lotte und ich gingen dort manchmal bummeln. Lieber war mir, Lucy begleitete Lotte. Ich mochte es mehr an der frischen Luft. Und Shoppen war schon gar nicht mein Ding.

Meine Gedanken schweiften in die Zeit zurück, als nebenan noch Bergbau betrieben wurde. Vor meinem inneren Auge sah ich förmlich die Kumpel nach schwerer Schicht unter Tage die Straße heraufziehen und auf dem Weg zu ihren Kotten in Haarzopf bei einem Bier an der Bude verschnaufen. Zuhause erwartete sie die Familie, Kleinvieh und der Gemüsegarten.

Ich folgte der Humboldtstraße nach rechts aufs Rhein-Ruhr-Zentrum zu, einen der ersten Einkaufstempel dieser Art im Ruhrgebiet. Wenige Dutzend Schritte weiter erreichte ich das Gemeindezentrum. Es tauchte aus dem Dunkel als Ziegelbau mit Flachdach auf, ab der Gürtellinie nach oben hin verkleidet mit braunen Fassadenplatten. Erst auf den zweiten Blick war es als kirchliche Einrichtung zu erkennen.

Ich kam viel zu früh an und stand vor einer verschlossenen Tür. Zu allem Überfluss begann es zu regnen und ich presste mich an den Eingang. Wie ein Raucher kam ich mir vor, der bei Wind und Wetter des Saales verwiesen wird. Immerhin war ich außer Reichweite der Nässe. Wo fand wohl der Tippelbruder von vorhin Schutz vor solchem Wetter? Ob er in seine Kirche zurückgekehrt war? Fertig war ich mit ihm noch nicht, das stand fest.

Endlich, es mochte eine weitere Viertelstunde vergangen sein, kam eine Frau auf mich zu. Ihre Schritte wurden zusehends zögerlicher, als sie mich entdeckte. Aus vier Metern Entfernung sprach sie mich an. „Verzeihung: Wer sind Sie?"

„Siebert mein Name. Hauptkommissar Siebert von der Kripo Essen. Warten Sie …" Ich kramte in den Taschen meiner Jacke nach dem Dienstausweis.

„Lassen Sie stecken. Sie müssen sich nicht ausweisen. Mein Kollege hat Sie angekündigt. Es war nur … nun ja, ein Fremder hier im Dunkeln."

„Verstehe ich."

„Ich heiße übrigens Fröhlich und versehe den Pfarrdienst im Bezirk Fulerum. Darf ich aufschließen?"

Erst jetzt bemerkte ich, dass ich die Tür blockierte. Die Pfarrerin stocherte im Schloss herum und ließ mir den Vortritt. Wir standen auf einem Treppenabsatz. Links führten die Stufen eine Halbetage ins Untergeschoss hinein, rechts in einen größeren Saal, vermutlich den Kirchenraum.

„Kommen Sie." Pfarrerin Fröhlich nahm die Treppe abwärts und ich folgte ihr.

Das Ziegelmauerwerk der Fassade setzte sich im Innern fort. Unten zweigten vom Flur mehrere Räume ab. Wir betraten den letzten, in dem mehrere Tische zu einem Rechteck zusammengeschoben standen. Meine Begleiterin hängte ihren Mantel an einem der Garderobenhaken hinter der Tür auf. Sie ging weiter und warf den Umhängegurt ihrer Handtasche über eine Stuhllehne an der Stirnseite des Tischkarrees. Wir nahmen nebeneinander Platz.

„Darf ich fragen, was Sie gleich von uns wollen?"

Zwei muntere, grünbraune Augen funkelten mich an. Pfarrerin Fröhlich machte den Eindruck einer engagierten, aufgeschlossenen Frau auf mich. Etwas älter als Erich. Auf den Berufsstand einer Geistlichen hätte ich, nach meiner Einschätzung befragt, definitiv nicht bei ihr getippt. Warum auch immer: Diese Damen und Herren waren in meiner Vorstellungswelt als gesetzter verankert.

„Ich möchte Ihnen ein Foto zeigen und ein paar Fragen stellen."

„Ein Foto?"

„Das Porträt des Toten vom Gemeindefriedhof. Von dem wir mittlerweile wissen, dass er ermordet wurde. Hier, bitte. Kennen Sie den Mann?"

Ich legte das Foto vor der Pfarrerin auf den Tisch. Sie betrachtete es eingehend.

„Nie gesehen. Dass so etwas bei uns passieren muss. Ermordet? Der arme Mann."

„Sie waren nicht zufällig auf dem Friedhof letzten Mittwoch?"

„Da muss ich Sie enttäuschen. Mittwochs gehe ich meiner anderen halben Stelle nach. Etliche Pfarrer müssen sich aufteilen, wissen Sie. Häufig trifft es die Jüngeren."

Zwei Männer betraten den Raum, beide in den Sechzigern. Ihr munteres Plaudern verstummte, sobald ihr Blick auf mich fiel.

Pfarrerin Fröhlich löste die Fragezeichen in den Gesichtern der Neuankömmlinge auf. „Das ist Herr Siebert von der Kriminalpolizei. Ihr wisst schon: der aus der E-Mail."

Reserviert kamen die Männer auf mich zu und stellten sich mit Namen vor. Nachdem sie ihre Mäntel abgelegt hatten, setzten sie sich weit entfernt von uns an einen anderen Tisch. Schweigen.

Nach und nach füllte sich der Raum. Ein Mann mit Hut und sechs Damen zwischen geschätzt fünfundzwanzig und fünfundsiebzig Jahren komplettierten die Runde. Die angespannte Stimmung löste sich nicht.

Pfarrer Kirch-Mann erschien als Letzter. „Was für ein Tag", schnaufte er, als wäre er außer Atem. Er nahm bei mir und seiner Kollegin Platz.

„Ich begrüße euch alle. Möge auch diese Sitzung, die uns, wie wir gleich sehen werden, Dinge vor Augen führen wird, denen wir mit Unverständnis gegenübertreten, unter dem Segen des Herrn stehen. Singen wir zu Beginn ‚Herr, deine Liebe ist wie Gras und Ufer', Nummer 663."

Als alle Anwesenden in den bereitliegenden Gesangbüchern zu Ende geblättert hatten, summte Pfarrer Kirch-Mann kurz den Anfangston und die Versammlung legte los. „Herr, deine Liebe ist wie Gras und Ufer, wie Wind und Weite und wie ein Zuhaus."

Mich traf die Situation derart unvorbereitet, dass ich völlig vergaß, mir ebenfalls ein Gesangbuch zu nehmen. Schweigend lauschte ich dem laienhaft, aber kräftig geschmetterten Lied. Ich merkte, dass ich hier eine Welt betrat, die ihren eigenen Ritualen folgte. Mir waren diese Rituale fremd. Ich stellte mir schalkhaft vor, eine Dienstbesprechung im Polizeipräsidium mit einem „Vater Unser" zu eröffnen. Die würden den Sigi Siebert allesamt für bekloppt erklären!

„Und dennoch sind da Mauern zwischen Menschen, und nur durch Gitter sehen wir uns an. Unser versklavtes Ich ist ein Gefängnis und ist gebaut aus Steinen unsrer Angst."

Der Gesang fand für mich viel zu schnell ein Ende, um seinen Text aufzunehmen. Pfarrer Kirch-Mann ging nahtlos zur Tagesordnung über.

„Ehe wir den Spendenplan für das nächste Jahr besprechen, unseren ersten offiziellen heutigen Tagesordnungspunkt, begrüße ich Herrn Siebert von der Kriminalpolizei Essen. Ihr wisst alle, es geht um den Mann von Allerheiligen. Dieser Vorfall auf unserem Friedhof stellt uns vor eine schwere Prüfung. Ich kann euch gar nicht sagen, wie viele Leute bisher bei mir waren, um ihre Sorgen und Ängste mit mir zu besprechen, wie viel falsche Neugier andererseits in unserer Gemeinde ist. Ich hoffe sehr, dass sich das bald aufklärt und wir zur Ruhe kommen dürfen. Herr Siebert, fangen Sie bitte an."

„Ich mache es so kurz wie möglich. Zunächst möchte ich Ihnen ein Foto von der Leiche zeigen und Sie fragen, wer diesen Mann kennt. Mittlerweile haben wir die Bestätigung dafür, dass wir es mit Mord zu tun haben. Leider gibt es bisher keinerlei Hinweise auf die Identität des Opfers. Deshalb bitte ich Sie, genau hinzusehen."

Ich reichte das Foto zu Pfarrer Kirch-Mann herüber, der es achtlos an die Frau neben sich weiterschob. Hatte er dieses Bild jemals wirklich angeschaut, schoss es mir durch den Kopf.

Es herrschte absolute Stille im Raum. Außer dem Wischen des herumgezeigten Fotopapiers auf den Tischen waren nur gelegentliches Räuspern und Füßescharren zu hören. Das Bild wanderte von Platz zu Platz. Ratlosigkeit, Scheu, Abneigung, Widerwillen – in keinem der Gesichter sah ich ein Erkennen aufblitzen, bis es mir Pfarrerin Fröhlich zurückgab.

„Das war wohl nichts, wenn ich Ihre Reaktionen richtig deute. War irgendjemand von Ihnen am Tag vor Allerheiligen auf dem Friedhof?"

Drei Hände gingen in die Luft.

„Ist Ihnen dort etwas aufgefallen? Ein Mann mit einer Gehhilfe vielleicht, der sich mühsam fortbewegt hat?"

„Ich war bereits um die Mittagszeit dort. Da war so einer nicht."

„Und ich bin geflüchtet, als der Regen kam. Da habe ich nur noch auf den Boden geschaut, um den Pfützen auszuweichen."

„Das Grab meiner Eltern liegt vornean. Ich gehe nur wenige Schritte auf den Friedhof, dann bin ich da. Mir ist kein solcher Mann aufgefallen."

Drei Aussagen, drei Nieten.

„Kennen Sie jemanden, den wir noch fragen könnten?"

„Gehen Sie morgen zur Chorprobe. 20 Uhr in der Kirche Haarzopf. Von den Sängern haben viele Angehörige auf unserem Friedhof", antwortete Pfarrerin Fröhlich für alle.

„Nun gut. Wenn jemandem noch etwas einfällt: Herr Kirch-Mann hat meine Kontaktdaten. Eine weitere Visitenkarte gebe ich seiner Kollegin. Für heute wäre es das. Ich will Sie nicht länger aufhalten. Auf Wiedersehen."

Missmutig kramte ich eine Visitenkarte für Pfarrerin Fröhlich hervor, die sie kurz musterte und anschließend in ihre Handtasche steckte. Dann sammelte ich das Foto ein und verließ die Sitzung.

Vom Treppenabsatz am Eingang aus sah ich, dass es mittlerweile Katzen und Hunde schiffte. Lotte arbeitete in einem Supermarkt an der Kasse. Sie hatte heute bis zum Abend Dienst. Vielleicht könnte sie mich auf ihrem Heimweg abholen? Zeitlich passte es.

Ich griff zum Handy. „Lotte?"

„Was willst du? Ich zähle gerade Geld."

„Ich wollte nur fragen, ob du mich gleich mitnehmen kannst."

„Wo steckst du denn?"

Meine Beste kannte das Gemeindezentrum und versprach, mich

einzusammeln. Ich müsste allerdings noch eine halbe Stunde warten.

Nachdem ich zugestimmt hatte, überlegte ich, was mit dieser halben Stunde anzufangen sei. Nun, der heutige Tag war anscheinend zur Kirchenbesichtigung bestimmt. Also ging ich die Halbetage hinauf und gelangte in einen Versammlungsraum, der mit Ausnahme einer seitlich abgetrennten Küche und Toilette das komplette Obergeschoss einnahm. Hinter einem Altartisch aus hellem Holz ahnte ich in der spärlichen Straßenbeleuchtung, die durch große Fensterfronten einfiel, ein Relief, gemauert aus demselben Stein, aus dem das komplette Gebäude zu bestehen schien. Es zeigte einen weit verzweigten Baum. In seiner Mitte war ein Kreuz eingearbeitet. Kein Kreuz aus Holz, sondern aus Stein, ein fester Bestandteil der Außenmauer.

Auf wie unterschiedliche Art die Architekten der Kirchen dieser Gemeinde mit ihren Bauwerken Glaube und Spiritualität ein Zuhause geschaffen hatten! Mit dem zeitlichen Abstand von vielleicht gerade siebzig Jahren!

Ich setzte mich auf einen der zahlreichen Stühle – dasselbe Modell wie unten. Meine Gedanken gingen mit mir spazieren, weit weg von unserem Fall. Im Halbdunkel sinnierte ich über den Liedtext von eben, über die Mauern zwischen den Menschen und Gefängnisse, gebaut aus den Steinen unserer Angst.

Lotte kam die Treppe herauf. „Na, Göttergatte. So allein im Dunkeln? So nachdenklich?"

„Schön, dass es mit dem Abholen klappt."

Ich folgte Lotte durch den nach wie vor strömenden Regen. Wir sprachen nicht mehr viel an diesem Abend.

Verdachtsmomente

Drei Tage nach ihrem vierzehnten Geburtstag trat sie in einer verschwiegenen Ecke des Schulhofs zufällig zu einer Gruppe von Mitschülern, fünf Jungen. Die bemerkten sie zunächst nicht, sodass sie ihr Gespräch belauschen konnte. Kein Zweifel: Es ging um sie.

Einer der Jungen, vielleicht anderthalb Jahre älter als sie, schwärmte den anderen von ihr vor. Er beschrieb ihre „geile" Figur mit Händen und Worten, sprach ungeniert von ihrem „Knackarsch", bewunderte ihre „Po-langen" Locken und verglich ihre „Kusslippen" mit denen einer dafür bekannten Schauspielerin. Seine Zuhörer lachten über seine Verliebtheit, zogen ihn auf, eine bekennende Jungfer anzuhimmeln, deren Weg nach Abschluss der Schule unzweifelhaft in ein Kloster führen würde. Die könne er sich aus dem Kopf schlagen, die würde ihn niemals heranlassen.

In diesem Moment wurden die Jungen auf sie aufmerksam. Der Schwärmer lief rot an bis zu den Haarspitzen. Die Gruppe stob auseinander. Als Letzter ihr Verehrer, der sich nach anfänglichem Zögern nicht dazu entschließen konnte, sie in dieser peinlichen Situation direkt anzusprechen.

Sie blieb verstört zurück. War sie wirklich attraktiv? Oder hatte der Junge nur gefaselt, um sich wichtig zu machen? Etwas für sie empfinden würde er wohl kaum.

Eine Woche später fing sie auf dem Schulhof zufällig einen Blick ihres Verehrers auf. Nein, Spott entdeckte sie darin nicht. Eher echte Bewunderung. Wieder wurde er rot, als sie ihn ertappte.

Diese beiden Erlebnisse machten sie neugierig auf sich selbst. Für jemanden begehrenswert zu sein, bewundert, gar angehimmelt zu werden, tat ihrem angegriffenen Selbstbewusstsein gut. Im Verhältnis zu ihrem Vater wurde durch ihr zaghaft erwachendes Selbstwertgefühl ein neues Kapitel aufgeschlagen.

Kaum war ich am Mittwochmorgen im Polizeipräsidium angekommen, bimmelte ich Hartmut an. Er nahm nicht ab. Entweder war er noch nicht eingetrudelt oder er wollte nicht mit mir sprechen.

Möhrchen kam mit dem Kaffee herein. „Neuigkeiten?"

„Wir haben höchstwahrscheinlich die Tatwaffe gefunden."

„Das wäre ja toll. Was ist es denn?"

„Eine Gehhilfe, weißt du, so eine, bei der man sich auf einen Griff aufstützt und die hinten einen Armbügel hat."

„Seine eigene?"

„Wie kommst du darauf?"

„Na, wegen der kaputten Hüfte."

„Schnellmerker! Bei dir wundere ich mich über nichts mehr. Da gibt es noch etwas. Ein Zeuge hat gesehen, dass ein dreibeiniger Mann und eine Frau im Regen auf dem Friedhof umherspaziert sind."

„Dreibeiniger Mann? Was für ein Spinner sagt so was?"

„Ja, zugegeben. Mit dem Zeugen ist nicht allzu viel los. Ein Stadtstreicher, der seinen Verstand versoffen hat. Aber immerhin: Drei Beine heißt zwei eigene und wahrscheinlich eine Krücke."

„Du meinst …"

„Genau das meine ich. Unsere Leiche. Wahrscheinlich in Begleitung einer Frau, die jetzt spurlos verschwunden ist. Hast du übrigens jemanden in der Verbrecherkartei gefunden?"

Möhrchen schaute mich unglücklich an. „Nein. Obwohl ich zweimal durch bin."

„Also keiner von unserer bekannten Kundschaft?"

„Sieht so aus."

„Trotzdem danke ich dir für deine Mühe. Das macht nicht den größten Spaß, den ganzen lieben Tag lang in miese Visagen zu gucken."

„Kannst du laut sagen. Was hast du als Nächstes vor?"

„Hartmut sollte das Beweisstück unter die Lupe nehmen. Ich warte dringend, welche Spuren er darauf findet."

„Dann hast du ja einen Plan. Was soll ich derweil tun?"

„Im aktuellen Fall erstmal nichts. Vielleicht räumst du unser Dateiverzeichnis auf? Da ist über die Zeit 'ne ganze Menge Müll zusammengekommen."

Möhrchen verschwand leise summend in ihrem Kontor. Die Aussicht auf die aus der Not geborene langweilige Beschäftigung schien ihr wenig auszumachen.

Um halb neun versuchte ich es erneut bei Falter. Endlich nahm er ab. „Was ist mit der Krücke?", überfiel ich ihn grußlos.

Hartmut lachte. „Die liegt eingepackt auf meinem Tisch."

„Wie eingepackt?"

„So wie ich sie gestern Abend in meinem Büro abgeschmissen habe, bevor ich in den wohlverdienten Feierabend gestartet bin."

„Hartmut! Ich muss wissen, ob das wirklich die Tatwaffe ist. Mach hin."

„Wenn du mich nicht länger mit dämlichen Telefonaten von der Arbeit abhältst, geht es schneller." Ich hörte deutlich, dass mein Kollege etwas verschnupft war wegen meiner Ungeduld. „Wann darf ich mit Ergebnissen rechnen?"

„Jetzt packe ich erst mein Frühstück aus und esse. Ich war nämlich gerade beim Arzt zum Blutabnehmen und bin nüchtern zur Arbeit erschienen. Vorher koche ich mir einen Kaffee. In zwei, drei Stunden, schätze ich, fange ich an."

„Arschloch", hielt ich ihm telefonisch entgegen und legte schnell auf, um nicht weitere Beschimpfungen hinterherzujagen. Schließlich hat man sich selbst über die Jahre kennen gelernt.

Viertel nach neun erschien Erich. Seinem langen Gesicht nach zu urteilen war das, was er gestern Abend vorgehabt hatte, gründlich in die Hose gegangen. Muffelig sackte er auf seinem Stuhl zusammen.

Auf die Befindlichkeit meines Gegenübers konnte ich keine Rücksicht nehmen. Es galt, einen Mordfall aufzuklären. „Möhrchen, komm doch bitte rüber. Ich möchte mit dir und Kamerad Schlechtgelaunt besprechen, was wir haben. Es wäre mir recht, wenn du dabei bist, damit ich wenigstens in ein nettes Gesicht schaue."

Wie eine Katze schmiegte sich die kleine Rote um die Ecke herum. Sie nahm auf dem Besucherstuhl Platz und hing an meinen Lippen.

„Also, Kollegen. Im strömenden Regen geht ein Mann, vermutlich in Begleitung einer Frau, auf dem Friedhof umher. Warum tut er das?"

„Er wird ein Grab auf dem Friedhof besuchen wollen",

mutmaßte Möhrchen, „oder er begleitet die Frau dabei, ein Grab zu besuchen."

Erich blieb stumm.

„Das wäre ein Grund, an dem ich Gefallen finden könnte. Warum flüchten die beiden nicht vor dem Regen wie alle anderen Friedhofsbesucher?"

„Vielleicht tun sie das. Nur ist der Mann wegen seines Hüftleidens langsamer als die anderen Friedhofsbesucher."

Dachte wirklich mit, unser Möhrchen. Ich hatte noch eine andere Erklärung parat. „Stimmt. Oder er kommt nur selten vorbei und will die Gelegenheit nicht ungenutzt verstreichen lassen."

„Auch möglich." Erichs erste Worte an diesem Tag.

„Wer könnte denn die Frau gewesen sein?", warf Möhrchen in die Runde.

Darüber hatte ich bisher nur oberflächlich nachgedacht. „Seine Frau? Eine gute Bekannte, die ihn begleitet. Jemand, der ihm das Grab zeigt. Oder jemand, der ihn fährt."

„Nach fremden Autos haben wir noch nicht gefragt." Endlich ein Beitrag von Erich, der eines Kriminalbeamten würdig war.

„Richtig. Wir kennen weder die Identität des Opfers noch die der Frau. Auch wissen wir nicht, welches Verkehrsmittel sie benutzt haben. Außer mit dem Auto könnten sie auch per Bus oder zu Fuß gekommen sein."

Möhrchen spann den Gedanken weiter. „Oder mit dem Taxi."

„Gut, Mädchen. Das wäre eine Aufgabe für dich. Die Aufräumerei kann warten. Damit kannst du dich jederzeit zwischendurch vergnügen. Ruf die Taxizentralen in Essen an und erkundige dich nach den Fahrgästen in der fraglichen Zeit mit Ziel Haarzopf."

Erichs Gehirnwindungen kamen langsam in Schwung. „Bist du sicher wegen der Frau, Sigi?"

„Mmh, der Zeuge, der sie gesehen haben will, ist ein eher fragwürdiger Kandidat. Da besteht ein Rest Zweifel."

Die Wangen von Möhrchen liefen rot an, so erregte es sie, mitdenken zu dürfen. „Hartmut sagt, der Tote hat nichts in seinen Taschen gehabt. Wenn es die Frau gibt, wäre sie im Falle eines

Raubmords geflohen und hätte sich längst gemeldet. Oder wir hätten sie ebenfalls tot aufgefunden. Oder sie ist eine Geisel der Täter."

Erich blieb im Kontrast zu der kleinen Roten völlig emotionslos. „Wenn die Krücke die Mordwaffe ist, sollten wir Raubmord ausschließen. Ein Raubmörder ist bereits bewaffnet, wenn er sein Opfer umlegt. Außerdem würden sich Raubmörder, wie schon mal festgestellt, kaum die Mühe machen, eine Leiche über das Gelände zu schleppen und sie irgendwo dekorativ abzulegen. Die schnappen die Sore und dann ab durch die Mitte."

„Nein, nach Raubmord sieht es wirklich nicht aus", stellte ich resigniert fest.

Wieder klemmten die Ermittlungen an der Frage des Motivs. Ich sah Ratlosigkeit um mich herum. Möhrchen sagte aus Frust die Dinge auf, die man ihr beigebracht hatte. „Was gibt es denn sonst noch? Mordlust, Befriedigung des Geschlechtstriebs, Habgier, sonstige niedrige Beweggründe, Mord zum Zweck der Ermöglichung oder Verdeckung einer Straftat …"

Ich bremste die kleine Rote. „Kaffeesatzleserei. Die Tatwaffe – wenn sie es denn ist – spricht eher von Affekt. Wir wissen zu wenig über unseren Toten, über sein Umfeld, wissen eigentlich gar nichts über ihn, außer dem, was im Bericht der Rechtsmedizin steht. Es hilft nix: Wir müssen weiter nach der Identität des Opfers forschen. Und das übernimmst du als Nächstes, Erich. Du schnappst dir sein Foto, grast ganz Haarzopf ab und befragst die Leute. Wenn uns das nicht weiterhilft, müssen wir die Presse einschalten."

Deutlich sauer über diesen langweiligen Auftrag, steckte Erich das Konterfei des Ermordeten ein und kam meiner Anordnung nach. Möhrchen und ich blieben allein zurück.

„Ein Muffel, unser Kollege heute, was, Sigi?"

„Du kennst ihn noch nicht lange genug. Das legt sich, wenn er eine neue Liebschaft hat."

„Dann kümmere ich mich um die Taxizentralen."

„Genau. Und anschließend telefonierst du die Krankenhäuser der Umgebung ab und bittest um Listen, wer in nächster Zeit zu einer Hüftoperation angemeldet ist. Vielleicht ist er ja dabei."

„Wird gemacht, Chef!"

Um halb elf hielt ich es nicht länger aus: Ich rief ein weiteres Mal bei Hartmut an. Der vertröstete mich. So schnell, wie sich das ein Ermittler vorstelle, käme man mit der Spurensuche nicht voran. Da wäre eine Menge Sorgfalt nötig, auch wenn ich das nicht wahrhaben wolle. Er stümpere jedenfalls nicht herum, weil ich ihn bedrängte. Dann empfahl er mir noch, wenn ich es nicht aushielte, Fingernägel zu kauen. Das beruhige ungemein. Als ich Falter abhängte, knirschte ich – um Beherrschung ringend – mit den Zähnen.

Um viertel nach elf war Möhrchen mit den Taxizentralen durch. Bis dahin hatte sie nichts Brauchbares in Erfahrung gebracht. Man hatte ihr zugesichert, die Listen der Fahrten vom Abend vor Allerheiligen zu überprüfen. Sie würden sich melden, falls eine Tour mit einem zur Beschreibung passenden Paar und mit Fahrtziel Haarzopf stattgefunden hätte.

Um zwölf schlabberte ich mir hastig eine Portion Kantinenfraß rein. Mit Leibschmerzen vom fettigen Fleisch in der Erbsensuppe – Schweinepfötchen – kehrte ich ins Büro zurück.

Der nächste Anruf bei unserem Spuren-As hatte endlich Erfolg.

„Sigi, du alter Quälgeist. Ja, ich bin jetzt durch. Hat Möhrchen einen Kaffee auf der Orgel?"

„Wenn du nur den kleinsten Fingerzeig für uns hast, kocht sie dir eine Badewanne voll Kaffee."

„Das ist kaum ein kleiner Fingerzeig, den ich für euch habe. Eher ein ganzer Roman. Ein derart geschwätziges Beweisstück habe ich selten auf dem Tisch. Da muss eure Kleine lange kochen, bis sie die angemessene Anzahl Badewannen voll hat."

„Möhrchen, Kaffee bis zum Abwinken für unseren Spurenprofi. Sofort herauf mit dir, Hartmut."

Zehn Minuten später saß Hartmut mir gegenüber auf Erichs Platz, eine frische Tasse Schwarzgebräu mit Milch vor sich, und genoss sichtlich meine angespannte Neugier.

„Soll ich sie dir aufzählen, die Spuren?"

„Zuallererst: Ist es die Mordwaffe?"

„Nun. Sie ist es vielleicht. Ich würde annehmen, sie ist es

bestimmt." Kunstpause. Falter verfiel in seine altbekannte Quizleidenschaft. Ich hätte ihm den Hals umdrehen können.

„Raus mit der Sprache: Warum bist du dir unsicher?"

„Ich habe Blutspuren gefunden. Etwas oberhalb des Übergangs des geraden Aluminiumrohrs in die Armstütze aus Kunststoff. Weißt du, an der Stelle, wo diese Dinger alle abknicken. Der Griff zum Aufstützen der Hand liegt ungefähr neunzig Grad gegenüber. Besser kann man ein Opfer damit nicht treffen. Es muss allerdings noch untersucht werden, ob das Blut von unserer Leiche stammt."

Für mich stand jetzt schon fest, dass die Untersuchung positiv ausfallen würde.

„Was hast du noch, Hartmut?"

„Fingerabdrücke. Wunderschöne Fingerabdrücke."

„Waren die Kirch-Manns schon da? Und die Katzentante? Konntest du schon vergleichen?"

„Langsam. Schön eins bei eins.

Unten, wo das Aluminiumrohr in den Endstopfen mündet, habe ich die Abdrücke einer mittelkräftigen Hand gefunden, von der Größe her eher eine Männerhand. Darüber, rohraufwärts, sieht man einen halben Abdruck einer zierlichen linken Hand. In der Mitte des Rohrs gibt es einen rechten Handabdruck, der nicht zu den anderen passt, also von einer dritten Person stammt.

Der Griff zum Aufstützen zeigt nur die Fingerabdrücke unserer Leiche. Es handelt sich also einwandfrei um die Gehhilfe des Opfers. Oberhalb davon, den Kunststoffteil hinauf in Richtung Armbügel, fand ich drei Fingerabdrücke von einer fünften Person, leicht verwischt, aber brauchbar. Na, zufrieden?"

„Endlich verwertbare Spuren. Zufrieden bin ich erst, wenn wir alle Personen kennen, die das Teil angepratscht haben."

„Oh. Da kann ich weiterhelfen."

„Hartmut! Raus damit!"

„Erst noch eine Tasse von diesem vorzüglichen Kaffee."

Der Kerl brachte mich regelmäßig zur Weißglut. Ich erstickte beinahe daran.

Möhrchen hatte unser Gespräch durch die offene Zwischentür

mitgehört, denn sie kam gleich mit der Kanne um die Ecke geschossen und goss Falter nach. Hartmut zelebrierte das Rühren in seiner Tasse wie einen heiligen Akt. Dann schlürfte er vernehmlich den heißen Nachschub.

Ein verzücktes Geräusch des Wohlbefindens später sah sich Falter endlich gemüßigt, weitere Details zu lüften. „Also. Die Katzenfrau war bereits da. Scheint 'ne ganz Nette zu sein. Wer Stubentiger schmust, der hat eben einen zuvorkommenden Umgang mit Menschen."

Hartmuts Ausführungen über die Korrelation zwischen Tierliebe und dem Entgegenkommen gegenüber Mitmenschen interessierte mich nicht die Bohne. Gleich würde ich ihn aufspießen und in seinem Keller an die Pappwand pinnen.

„Ich finde Katzen süß", flocht Möhrchen ein. „Habe selbst eine. Eine Wohnungskatze. Minka heißt sie."

„Bist ja auch eine Nette." Hartmut sah Möhrchen beinahe verliebt an.

Ich knallte die Faust auf die Tischplatte. „Schluss jetzt mit dieser Katzenkacke. Fakten brauche ich, F-A-K-T-E-N!"

„Ist ja gut. Mach dir nichts aus diesem aufbrausenden Kerl, Möhrchen. Der Sigi ist hier im Präsidium für seinen miesen Charakter bekannt." Falter bestand aus einem einzigen unverschämten Grinsen.

Wie ein Psychopath, der zur Beruhigung seine Atemübungen macht, holte ich tief Luft. Ich änderte meine Taktik. „Aha. Von der Katzentante stammt der Handabdruck auf der Mitte des Aluminiumrohrs."

Verblüfft sah mich Hartmut an. Jetzt fraß er aus meiner Hand. „Woher weißt du das?"

„Weil man Krücken üblicherweise dort anfasst, wenn man sie vom Friedhof fortträgt. Kapisko?"

„Schlaumeier." Der SpuSi-Mann war sichtlich angepisst darüber, dass ich ihm eine seiner Pointen geklaut hatte. Eins zu eins.

Falters Wohlbefinden in unseren Hallen hatte ich erfolgreich gestört. Endlich war die Basis dafür gelegt, das Gespräch sachlich fortzusetzen.

„Viel interessanter scheinen mir die anderen Abdrücke. Von wem stammen die?", fragte ich.

„Weiß ich noch nicht. Pfarrers waren noch nicht da."

„Dann melde dich bitte wieder, wenn sie da waren und du die Abdrücke verglichen hast. Säuft hier unseren Kaffee weg und liefert lauter durchsichtige Informationen. Raus mit dir. Wir haben zu tun."

Ich fügte meinem Rausschmiss ein Lächeln bei, sodass unser Gast verstand, es war nicht ernst gemeint. Hartmut lächelte zurück und reckte den Daumen hoch. Wenn er seinen Quizmaster-Allüren widerstand, konnten wir prächtig miteinander.

Das war bei Möhrchen anders angekommen. „Ihr habt euch eher wenig lieb, stimmt's?"

„Das sieht nur so aus", erwiderte ich lakonisch.

„Glaub' bloß nicht, was ich dir vorhin gesagt habe. Der Sigi ist ein Tofter. Wenn auch ein cholerischer Tofter." Damit verabschiedete sich Hartmut zu seiner Arbeit.

Es wurde mir richtig lang, bis die nächsten Ergebnisse vorlagen. Ich kramte alles hervor, was bisher an schriftlichen Unterlagen zum Fall erstellt worden war, den Bericht der Spurensicherung mit Fotos von Fundort, Umfeld und Leiche, den Obduktionsbericht, meine kurzen Notizen darüber, was vorgefallen war, in den letzten Tagen zwischendurch hastig zusammengekritzelt. Die würden irgendwann in eine ordentliche Fassung gebracht werden müssen. Mir graute davor, denn diese Art Beschäftigung mochte ich nicht. Geschraubtes Ermittlerdeutsch lag meinem sprachlichen Empfinden quer.

Auf einem Blatt, das ich aus dem Papierfach des Druckers zog, notierte ich stichwortartig, welchen Stand die Ermittlungen erreicht hatten. Eine Leiche war auf dem Haarzopfer Gemeindefriedhof gefunden worden, sehr ordentlich auf einem leeren Grab abgelegt, das nicht der Tatort war. Wie aufgebahrt. Das Opfer war Mitte fünfzig, trug ganz normale Klamotten, war psychisch labil gewesen und aufgrund eines Hüftleidens, was Obduktionsbericht und Krücke bewiesen, gehbehindert.

Ich betrachtete die Fotos vom Fundort. Mir fielen die gefalteten Hände wieder auf. Bei dem Porträt, das wir überall herumzeigten, waren sie nicht drauf. Welcher Mörder ging derart liebevoll mit seinem Opfer um? Zwischen Täter und Opfer musste es irgendeine Beziehung geben, da war ich mir sicher. War dies eine Art Entschuldigung des Täters beim Opfer? Wegen einer Affekthandlung? Oder war diese Geste ein Bedürfnis vor religiösem Hintergrund?

Offen. Alles offen.

Frustriert wandte ich mich den bisherigen Vernehmungen zu, die ich mit frischen Eindrücken im Kopf jeweils in aller Eile auf meinem Notizblock zusammengefasst hatte. So sehr ich im Gedächtnis kramte: Nur die Begegnungen mit Pfarrer Kirch-Mann hatten Erinnerungen bei mir hinterlassen, die mir etwas wert schienen. Auf dem Friedhof, auf der Bank neben der Finderin des Toten, waren wir uns das erste Mal begegnet. Er hatte der Frau seelischen Beistand geleistet, ihr Trost zugesprochen.

Dann die Szene in seinem Büro. War sein Verhalten so gewesen, wie man es den Umständen nach erwartet hätte? Irgendetwas hatte bei mir einen schalen Nachgeschmack hinterlassen, ich kam nur nicht drauf. Schließlich das merkwürdige Verhör des Obdachlosen. Dieser stechende Blick, als wolle er den Mann beschwören, ja beeinflussen, das Richtige zu sagen. Oder zu verschweigen? Oder musste man den Berber so streng ansehen, damit überhaupt etwas aus ihm herauskam? Jedenfalls hatte der Pfarrer nichts unternommen, um seine Flucht zu unterbinden.

Anschließend die Führung durch die Kirche. Als sei nichts geschehen. Eine Geste der Freundlichkeit? Ein Versuch der Ablenkung? Oder echte Begeisterung, die alles andere vergessen machte?

Zu allem Überfluss der Fund der Gehhilfe im Pfarrbüro. War sie absichtlich dort versteckt worden? Oder um sie für denjenigen, der sie verloren hatte, aufzubewahren? Wer sollte aus diesem Kirchenmann schlau werden?

Durfte ich ihn eigentlich verdächtigen? Immerhin war er Pfarrer. Kein Argument, ihn nicht näher zu durchleuchten. Gerade eben hatte ich noch Fakten eingeklagt. Die Fakten, die bisher auf dem

Tisch lagen, sprachen nicht unbedingt für Pfarrer Kirch-Mann. Gegen ihn als Täter sprach vor allem der Umstand, dass mindestens zwei Personen den Leichnam dorthin geschafft hatten, wo er gefunden worden war. Wer hätte ihm dabei helfen sollen? Der Tippelbruder? Der große Unbekannte?

Und was wäre ein mögliches Motiv? Immer wieder kreisten meine Gedanken um diese Frage, die meistens am Anfang von Ermittlungen geklärt war und nicht hartnäckig das Haupträtsel blieb wie dieses Mal.

Durch meine Überlegungen nicht weniger frustriert, rückte ich die transparente Schreibtischunterlage zurecht, die sich beim Betrachten meiner Notizen verschoben hatte. Ein Spleen von mir, dass sie immer bündig mit der Schreibtischkante abschließen musste. Darunter bewahrte ich Zeitungsausschnitte von meinen Erfolgen auf. Würde ich in diesem Fall einen weiteren Artikel unter das vergilbte Plastik schieben können? Zu viele Lücken in unserem Ermittlungsstand blieben an der Identität des Opfers hängen. Solange wir den Toten nicht kannten, konnte uns höchstens ein Zufall zu seinem Mörder führen.

Nun war beinahe eine Woche seit dem Mord vergangen, ohne dass wir wussten, wer getötet worden war. Ungewöhnlich war das, wenn Fund des Opfers und Tat zeitlich derart kurz beieinander lagen.

Am Nachmittag riss mich Hartmuts Anruf aus der Grübelei. „Hey Sigi. Die Pfarrersleutchen waren bei mir. Zwei jammervolle Figuren. Die haben geguckt, als würden sie aus dem Stand eingebuchtet."

„Und?"

„Treffer, versenkt. Die Fingerabdrücke von ihm sind auf der Krücke zu finden. Ahnst du, wo?"

„Oben gegenüber dem Griff?"

„Nee, mein Lieber, daneben. Ganz unten der mittelgroße Handabdruck: Das war seine Flosse."

„Und die Frau?"

„Die hat das Ding nicht angepackt."

„Aber sie soll die Krücke doch angenommen haben."

„Tja. Arbeit für dich, würde ich sagen."

„Danke, Hartmut. So habe ich es gern. Kurze, zielgerichtete Informationen. Tschüss bis zum nächsten Kaffee."

„Immer gerne. Danke für die Einladung."

Ich legte auf. Was sollte das nun wieder bedeuten?

Wir würden ihm auf den Zahn fühlen, diesem Pfarrer – da durfte er sicher sein.

*

Guido bedient den Gast neben uns. Dann wendet er sich uns zu. „Wollt ihr etwas essen?"

„Zwei von deinen berühmten Mettbrötchen täten mir jetzt gut." Ecki reibt sich über den stattlichen Bauch.

Ich kann mich nicht entscheiden. Hunger habe ich eigentlich keinen. „Später, Guido. Lass erst den Ecki."

Unser Wirt geht zur Platte mit den vorbereiteten Mettbrötchen, legt zwei Hälften auf einen Teller, streut ein paar Zwiebelwürfel darüber und stellt sie vor Ecki hin. Dann greift er unter den Tresen und zaubert Pfeffer und Salz hervor.

Nachdem er mit einer kräftigen Prise aus der Pfeffermühle gewürzt hat, beißt mein Kumpel genussvoll in eine der Brötchenhälften hinein. Er brummt dem, was er schmeckt, Beifall.

Am Tisch unter einem der großen Fenster nuckelt ein Rentnerehepaar an seinem Bier. Die beiden schweigen einvernehmlich. In ihrer langen Ehe ist vielleicht alles gesagt. Sie sehen sich nicht an, sehen aber auch sonst nirgendwo hin. In regelmäßigen Abständen wackeln sie nach draußen und rauchen genauso einvernehmlich eine Zigarette zusammen. Zufrieden sehen die beiden aus. Wenn sie heute nach Hause kommen, werden sie, wenn sie noch etwas zu sagen haben, bestimmt feststellen, was für ein schöner Abend das war.

Das alte Ehepaar im Blick, taucht meine Erinnerung wieder in den Haarzopf-Fall ab. „Ja, der Kirchenmann. Den hatte ich echt auf dem Kieker, als Hartmut mir das von den Fingerabdrücken erzählte.“

„Immerhin habt ihr ja dann eine mögliche Zeugin gefunden. Die euch endlich weitergebracht hat, was die Identität eures Unbekannten vom Friedhof anging.“ Ecki spricht mit vollem Mund.

„Das hat sie. Von da an kamen wir den Ereignissen näher.“

*

Erst am späten Nachmittag kehrte Erich von seiner Befragungstour aus Haarzopf zurück. „Und?“, fragte ich ihn, gespannt wie eine Stahlfeder.

„Nichts. Die Hacken abgelaufen habe ich mir. Von einem Geschäft ins nächste. Niemand kennt den Mann. Nicht einmal irgendeine Vermutung habe ich aufgeschnappt. Funkpause auf allen Kanälen.“

„Warst du auch im Imbiss?“

„Natürlich. Und im Tennisclub, in der Bäckerei, beim Bestatter, in der Poststelle, in der Sparkasse, im Restaurant, im Nagelstudio, in der Apotheke, Reinigung, im Friseursalon, beim Optiker, an der Tankstelle, bei …“

„Gut, gut! Ist ja schon gut.“

Eine Menge Frust lag in Erichs Aufzählung. Ich sah ihm an, dass er am liebsten mit einer Pulle Wodka ins Bett gekrochen wäre. Doch da half nichts: So war die Polizeiarbeit manchmal. Solche Phasen, in denen alles stecken zu bleiben schien, wurden regelmäßig von anderen abgelöst, in denen sich die Ereignisse überschlugen. Ich erzählte ihm von Hartmuts Ergebnissen beim Überprüfen der Fingerabdrücke.

„Komisch, Sigi. Da gebe ich dir Recht. Sollen wir?“

„Na klar. Auf nach Haarzopf. Das müssen uns die Kirch-Manns erklären.“

Die gemeindeeigenen Parkplätze waren belegt und wir wichen auf die Fläche auf der gegenüberliegenden Straßenseite aus, direkt vor der Bäckerei. Wir warteten nicht ab, bis die Fußgängerampel Grün zeigte, sondern stürmten direkt auf das Pfarrhaus zu.

Frau Mann öffnete uns. „Sie schon wieder? Reicht es nicht langsam?"

Ich übernahm die Begrüßung. „Guten Tag, Frau Mann. Da müssen wir Sie enttäuschen: Es fängt gerade erst an. Wo finden wir Ihren Gatten?"

„Wir essen gerade. Macht es Ihnen etwas aus, im Büro auf ihn zu warten?"

„Das tun wir gerne. Kommen Sie bitte beide zu uns, wenn Sie fertig sind."

„Hat es mit den Fingerabdrücken zu tun?"

„Ja. Hat es."

Frau Mann wurde nachdenklich. „Mir ist eingefallen, dass ich die Krücke gar nicht angefasst habe. Als ich der Frau vom Katzenbund öffnete, hatte ich gerade die Hände voller Hefeteig, denn ich war beim Backen. Ich bat sie, die Krücke im Flur abzustellen. Mit dem Ellbogen habe ich die Haustür hinter ihr zugeschoben."

„Sie ist doch Allerheiligen abgegeben worden, richtig? Um welche Zeit war das etwa?", fragte Erich.

„Am frühen Nachmittag."

„Und wann kam Ihr Mann nach Hause?"

„Kurz danach. Er hat noch mit einigen Leuten gesprochen, die auf den Friedhof wollten. Hat sie beruhigt. Bei dem ganzen Theater! Die Polizei war da bereits weg. Reicht das als Auskunft?"

„Von Ihnen ja. Ihren Mann müssen wir aber noch sprechen", beschloss ich.

„Bitte." Die Pfarrersfrau zeigte auf die Bürotür.

Wir nahmen die Plätze auf den Besucherstühlen ein. Es gab nichts zu erörtern und so schwiegen wir uns an. Meine Augen glitten an den Bücherreihen entlang, studierten die Schnipsel unter der Schreibtischunterlage, die vergilbten Porträts an der Wand neben dem Fenster – vermutlich Vorgänger im Amt. Ganze zwei.

Pfarrer Kirch-Mann ließ uns warten. Beinahe zwanzig Minuten lang. Zwischendurch wurde Erich ungeduldig. „Ich platze jetzt da rein und dann kaschen wir ihn uns."

„Bleib ruhig, Erich. Wir müssen sowieso gleich noch zur

Chorprobe hinüber in die Kirche. Die beginnt erst um zwanzig Uhr."

Schließlich erschien der Hausherr, sichtlich nervös. Er begrüßte uns fahrig und blieb stehen. Eine Pause entstand, die Erich auflöste.

„Wir haben Ihre Fingerabdrücke auf der Mordwaffe gefunden."

Der Pfarrer zuckte zusammen, als habe man ihn geschlagen. Mit dem Stichwort „Mordwaffe" hatte Erich diese Reaktion natürlich bewusst provoziert. Im Grunde war seine Behauptung voreilig, da erst das Ergebnis der Blutuntersuchung die endgültige Bestätigung liefern würde.

„Was sagen Sie dazu?", wollte ich vom Pfarrer wissen.

„Ich habe das Ding in mein Büro getragen. Das wissen Sie doch schon."

„Wissen wir. Können Sie uns aber erklären, warum Ihre Fingerabdrücke unten auf der Gehhilfe zu finden sind, dort, wo man sie auf dem Boden aufsetzt? Ich hätte sie irgendwo mittig erwartet, wenn Sie sie vom Flur hierhergetragen haben." Ich lauerte auf die Antwort.

„Was weiß denn ich, wo ich dieses Scheißding angepackt habe. Kennen Sie doch. Man kommt nach Hause und sieht etwas, was dort nicht hingehört. Man greift sich dieses Etwas und schafft es aus dem Weg. Ganz automatisch."

„Kenne ich nicht", behauptete Erich. Ich kannte die Erklärung dafür, war ich doch mit seinem mangelnden Ordnungssinn bestens vertraut.

Ich versuchte, mehr Sachlichkeit in die Befragung zu bringen. „Herr Kirch-Mann, es ist wichtig. Erinnern Sie sich bitte, wie Sie die Gehhilfe hier ins Büro transportiert haben."

Die Stimme des Angesprochenen wurde schrill. „Verdächtigen Sie mich etwa? Langsam kommt es mir so vor."

„Kommt Ihnen das nicht seltsam vor, was Ihnen Herr Siebert geschildert hat? Ich meine die Stelle, an der Ihre Hand die Krücke nachweislich berührt hat?"

Warum goss dieser ungeschickte Tropf noch mehr Öl ins Feuer? Ich strafte ihn mit einem strengen Blick.

Trotz Erichs herausfordernder Frage wurde Pfarrer Kirch-Mann plötzlich ruhig und konzentriert. Es kam mir so vor, als lege er sich den Hergang zurecht. „Also gut. Ich weiß wieder. Die Gehhilfe war umgefallen. Da habe ich sie unten gepackt und herübergetragen."

„Dahin, wo wir sie gefunden haben?", fragte ich.

„Genau dahin. Und danach habe ich sie nicht mehr angefasst."

„Wir sind uns einig, dass sie dort mit dem Griff nach oben stand?", bohrte ich weiter.

„Äh, ja." Die Augen des Pfarrers flackerten.

„Wie haben Sie das denn bewerkstelligt? Sie packen die Krücke unten an und stellen sie in der Ecke mit dem Griff nach oben ab, ohne sie ein weiteres Mal zu berühren?"

„Sie verlangen zu viel von mir. Ich weiß es nicht mehr. Herrgott, hören Sie: Ich weiß es nicht mehr."

Wollte dieser Mann etwas vor uns verbergen? Ich sah ihn an wie ein Hypnotiseur.

„Ich schwöre Ihnen: Ich habe diesen Toten das erste Mal in meinem Leben gesehen, als er vor mir auf dem Friedhof lag. Was sollte ich für einen Grund haben, ihn umzubringen?"

„Warum kommen Sie auf solche Ideen? Niemand hat Sie des Mordes beschuldigt." Es war beinahe frech, wie gnadenlos Erich die spürbare Erregung unseres Verhörten ausnutzte.

„Warum fragen Sie mich dann solche Sachen?"

„Um die Spuren, die wir gefunden haben, eindeutig zuzuordnen. Nichts weiter", klärte ich den Pfarrer auf.

Seine verkrampfte Körperhaltung entspannte sich etwas. „Aha. Sind wir fertig?"

„Ja, für heute sind wir fertig. Dürfen wir noch eine Viertelstunde hierbleiben, bis der Chor probt?"

„Gewiss. Mich entschuldigen Sie bitte."

Wie eine Maus schlich Pfarrer Kirch-Mann aus dem eigenen Büro. Dem hatten wir eine nette Denksportaufgabe hinterlassen.

„Da stimmt was nicht." Erichs Feststellung klang nach großer Überzeugung.

„Hüten wir uns davor, voreilige Schlüsse zu ziehen. Die

vernebeln uns unter Umständen den Blick für andere Indizien", mahnte ich den Kollegen mit einer Lehrbuchweisheit, obwohl ich mich nicht gegen seine Einschätzung wehren konnte.

Wir tauschten noch einige Belanglosigkeiten aus, ehe wir gegen viertel nach acht zur Kirche aufbrachen. Im Flur des Pfarrhauses begegnete uns niemand. Die Kirch-Manns waren bestimmt froh, wenn sie uns los waren.

Bereits im ersten Vorraum hörten wir den Chor. Eigenartig düsterer Gesang schlug uns entgegen. Ich wusste sofort, dass dies nie meine Musik werden würde. Überhaupt hatte ich es nicht mit Musik und wenn Lotte an ihren „Hausfrauentagen" von morgens bis abends Radio Essen hörte, verkrümelte ich mich nach Möglichkeit.

Wir traten ins Kirchenschiff. „Ist doch der Mensch gar wie Nichts", sang der Chor soeben, mehrstimmig und versetzt. „Seine Ze-eit, seine Ze-eit, fähret dahin wie ein Scha-a-a-tten."

Ich sah Erich an, dass er ungeduldig wurde. Seine Musik war das hier noch weniger als meine. „Von sowas bekomme ich Ohrenkrebs", hatte er mir mal bei anderer Gelegenheit seine Meinung über klassische Töne zu verstehen gegeben.

Logisch, dass wir nicht einfach in die Probe hereinplatzten und sie unterbrachen. Ein wenig Anstand besitzen sogar Polizeibeamte. Wir setzten uns in eine der hinteren Bänke und warteten auf den passenden Moment.

Ich ließ meinen Blick über die Sängerinnen und Sänger schweifen. Dreiviertel Frauen, ein Viertel Männer. Der Chorleiter, ein älterer Herr mit schlohweißen Haaren und Spitzbauch, dirigierte. Auch die übrigen Anwesenden besaßen mindestens mein Alter. Mit Ausnahme einer schlanken jungen Frau mit hellblonden Locken, an der Erichs Augen unweigerlich hängen blieb. Richtig peinlich, wie er sie anschmachtete. Hatte die Süße da eben zurückgelächelt? Die Arme. Sie konnte nicht wissen, was es hieß, meinem Kollegen auch nur die kleinsten Hoffnungen zu machen.

Der Chorleiter winkte ab. Der Gesang erstarb. Der Mann wiegte den Kopf. „Nun ja, nun ja. Da war schon viel Schönes dran. Aber der Bass, Friedhelm, du musst auf das Taktmaß achten. Klar ist das

F lange zu halten. Wenn du nicht mitzählst, kommst du durcheinander. Der Alt sollte besser aufeinander hören. Das klingt so, als wären da lauter Solisten unterwegs. Beginnen wir noch mal."

„Entschuldigen Sie, dass ich unterbreche", rief ich nach vorn.

Die Sänger hatten uns natürlich längst entdeckt und bei der Ansprache des Chorleiters mehr zu uns herübergeschaut als darauf geachtet, was er an ihrem Gesang auszusetzen hatte. Nun fuhr auch er zu uns herum, beinahe erschrocken.

„Wer sind Sie denn?"

„Wir kommen von der Kripo. Es geht um den Ermordeten hier auf dem Friedhof. Wir möchten Ihnen allen sein Foto zeigen und Sie fragen, ob ihn jemand erkennt." Wir gingen nach vorn. Ich reichte dem Chorleiter das Bild und bat ihn, es herumzureichen.

Ich merkte, dass der Mann unseren Besuch möglichst kurz abhandeln wollte. Kaum hatte er einen Blick auf das Porträt geworfen, gab er es an einen der Männer weiter. Ich musste diesen Knispel unbedingt ablenken, damit seine Hektik sich nicht auf seine Mannschaft übertrug. Die sollte Zeit genug haben, in ihrem Gedächtnis zu kramen.

„Was ist das für ein Stück, das Sie da proben? Habe ich noch nie gehört."

„Heinrich von Herzogenberg. Eine Motette …"

„Interessant. Können Sie mir etwas darüber sagen?"

„Das verhält sich so …" Bingo. Der Mann packte einen für mich nach böhmischen Dörfern klingenden Vortrag über die Musik aus.

Schon hörte ich hinter meinem Rücken Erich sagen: „Wie gerät eine junge attraktive Frau wie du in den Kirchenchor?"

„Komm selbst. Dann weißt du es."

„Ich kann nicht singen."

„Das behaupten alle Männer. Deshalb sind auch immer weniger Sänger als Sängerinnen da."

„Du hast eine wunderbare Stimme."

„Konntest du das heraushören? Dann habe ich wohl zu laut gesungen."

„Nein, äh, ich höre das daran, wie du sprichst …"

Mensch, Erich. Stehen die jungen Frauen heute auf so eine Old-School-Anmache? Mehr hast du nicht drauf?

Das Foto war mittlerweile in den Reihen der Sängerinnen unterwegs. Bei keiner von ihnen sah ich eine Geste des Wiedererkennens.

Endlich, bei der vorletzten Frau, schien etwas in Gang zu kommen. Aus den Augenwinkeln bemerkte ich, dass sie das Foto zuerst weiter von sich weghielt, dann ganz nah herannahm und unter ihrer Brille durchschielte. Sie kniff die Augen zusammen und sagte die erlösenden Worte: „Der kommt mir irgendwie bekannt vor. Wenn vielleicht der Bart nicht wäre."

Ich ließ den Chorleiter mitten in seinem Vortrag stehen und war mit einem Satz bei ihr. „Überlegen Sie genau. Wo haben Sie den Mann gesehen? Wer ist das?"

„Sicher bin ich mir nicht. Aber begegnet sind wir uns irgendwo. Der Bart stört mich. Und die Augen müsste ich sehen."

„Wir könnten Sie mit einem unserer Zeichner zusammenbringen. Der kann Ihnen ein Bild simulieren, auf dem der Bart fehlt. Aus der Hüfte haben Sie wirklich keine Ahnung, wer das ist?"

„Beim besten Willen nicht. Wenn der Bart weg wäre, könnte mir das helfen."

„Können Sie morgen ins Polizeipräsidium kommen?"

„Morgen ist schlecht, ganz schlecht."

„Es wäre äußerst wichtig."

„Mein Auto steht in der Werkstatt."

So ging es zu auf der Welt. Wir suchten Mörder und die Leute waren zu faul, mit Bus und Bahn zu fahren, und verzögerten alles.

„Mein Kollege holt Sie ab. Neun Uhr?"

„Frühestens um elf."

„Abgemacht. Erich, schreibe dir bitte die Adresse der Dame auf!"

Verärgert, dass ich ihn beim Turteln störte, kam Erich zu uns herüber. Er notierte, was er brauchte. Unterdessen erntete ich auch von der letzten Sängerin in der Reihe ein Kopfschütteln.

Ich nahm das Foto wieder an mich. „Vielen Dank, meine Damen und Herren. Eine schöne Probe noch. Auf Wiedersehen."

„Tschüss", rief Erich, meinte aber damit ganz offensichtlich nur die junge Hübsche.

Kaum waren wir draußen, hielt es Erich nicht mehr aus. „Mensch, Sigi. Hast du die Zuckerschnecke gesehen?"

Ich wusste, wen er meinte. „Hm. Allerdings war ich mehr auf den Grund unseres Besuchs konzentriert. Wir haben möglicherweise eine erste Zeugin gefunden, die unser Opfer kennt. Zumindest einen möglichen Zeugen und den ersten brauchbaren."

„Diese Beine …"

„Ja. Bis zum Hintern. Wie eigentlich meistens bei Säugetieren."

„Und die Augen. Fast so blau wie Möhrchens."

Immerhin waren ihm an der neuen Kollegin die großen saphirblauen Augen aufgefallen. Die Augenfarbe der Angeschmachteten hätte ich, flüchtig, wie ich hingesehen hatte, eher als graublau bezeichnet.

„Stell dir die mal in einem knallroten Seiden-Abendkleid vor. Mit ihrer milchweißen Haut."

„Wen? Möhrchen?"

„Die Unscheinbare doch nicht. Nein, den Engel aus dem Chor."

„Nix mehr Nadine?"

Meine Frage brachte Erich keineswegs aus dem Konzept. „Die ist zu platt. Außerdem steht sie nicht auf muskulöse Männer, hat sie mir gesteckt. Eiskalt, die Tante. Aber jemand, der in einem Kirchenchor singt, der muss ein warmes, gütiges Herz haben."

Daher wehte also der Wind seiner Verstimmung von heute Morgen. Nadine hatte ihn abblitzen lassen.

„Erich, sieh es mir nach. Das ist eine wirklich nette junge Frau, die Sängerin aus dem Chor. Aber ich habe wirklich andere Dinge im Kopf. Bring mich bitte nach Hause und verschone mich mit deiner Schwärmerei."

Natürlich verschonte er mich nicht mit seiner Schwärmerei. Bis vor meine Haustür zählte er mir die Vorzüge seines neuen Idealbildes von einer Lebenspartnerin auf. Ich kannte diesen Zustand bei ihm nur zu gut. Den konnte ich für den Rest der Ermittlungsarbeit vergessen.

Der Nebel lichtet sich

Der Wandspiegel in ihrem Zimmer wurde ihr bester Freund. Sie ging immer häufiger ihrer Lieblingsbeschäftigung nach, sich von allen Seiten darin zu betrachten und all das wiederholt bestätigt zu finden, was ihr Verehrer an ihr gerühmt hatte.

Sie spürte Stolz auf das, was ihr der Spiegel zeigte. Das eher runde Gesicht mit der zierlichen Nase, deren Rücken ein paar winzige Sommersprossen trug, die ebenmäßigen Wangen, die strahlenden grünen Augen, die kleinen Ohren mit den angewachsenen Ohrläppchen, das lange Haar, den schlanken, wohlgeformten Körper, die nicht enden wollenden Beine. Der Junge hatte Recht mit seiner Schwärmerei: Sie war hübsch.

Die Zuwendung, die ihr der Vater vorenthielt und die die Mutter nicht wagte, offen zu zeigen, verschaffte sie sich ersatzweise durch einen gewissen Narzissmus. Sie kämmte mehrmals täglich ihre mittelblonden, von natürlichen Strähnen durchzogenen Haare. Zuerst schminkte sie sich nur dezent, damit es dem Vater nicht auffiel. Dann wagte sie irgendwann, Lidschatten aufzulegen, wodurch ihre großen Augen erst ins richtige Licht gerückt wurden, wie sie entzückt feststellte.

Als der Vater ihre Veränderung entdeckte, machte er ihr schwerste Vorwürfe. Während seiner Standpauke zuckte es in seinem Gesicht, so musste er sich beherrschen, um nicht ganz aus der Rolle zu fallen. Sie ertrug diesen Kübel Mist, der über ihr ausgekippt wurde, ohne Erwiderung, dafür mit trotzig hochgerecktem Kinn.

Ihre Mutter hielt als Blitzableiter hin. Das läge nur an ihrer orientierungslosen Erziehung, warf ihr der Vater vor. Die Mutter schluckte, sagte ebenfalls nichts und senkte ihren Kopf. Der Vater beruhigte sich angesichts dieser Demutsgeste etwas, untersagte seiner Tochter aber noch, jemals wieder auf die Idee zu verfallen, Lidschatten zu benutzen.

Sie dachte nicht daran, dem Verbot Folge zu leisten. Von nun an trug sie die Schminke erst in der Schultoilette auf, um sie nach der letzten Stunde wieder abzuwischen. Ein langer Reigen von Heimlichkeiten nahm seinen Anfang.

Ich schlief schlecht in dieser Nacht. Siedend heiß fiel mir ein, dass wir vergessen hatten, Pfarrer Kirch-Manns Alibi zu überprüfen. Ein Anfängerfehler.

Gegen vier Uhr war ich die Wälzerei im Bett leid und stand leise auf. Ich vermied es, Licht zu machen, denn ich wollte Lotte nicht wecken. Auf Socken schlich ich mich in die Küche und brühte mir den ersten Kaffee des Tages auf. Nach ausgiebigem Studium der Zeitung vom Vortag, zu dem ich gestern nicht mehr gekommen war, brach ich gegen sechs ins Polizeipräsidium auf. Außer einer kleinen Notiz im Lokalteil hatten die Pressefritzen bislang nichts über unseren Mordfall geschrieben. Gut so.

Selbst im Büro fand ich keine Ruhe. Immer wieder sprang ich auf, um irgendetwas Nutzloses zu tun, mich zu beschäftigen. Ich wartete sehnsüchtig auf die Frau vom Chor.

Die erste Enttäuschung des Tages bescherte mir Möhrchen. Zur zweiten Tasse Kaffee schüttete sie mir das Versagen meiner Fahndungsidee ein. „Das wird nichts mit den Hüftkranken."

Zunächst begriff ich nicht. „Was meinst du damit?"

„Na, ich sollte doch in den Krankenhäusern nachfragen, wer demnächst an der Hüfte operiert wird."

„Und?"

„In Deutschland werden jährlich 200.000 Hüften gemacht. Kannst du leicht ausrechnen, dass statistisch mindestens 10.000 Operationen dieser Art im Ruhrgebiet durchgeführt werden, also ca. 1000 im Monat. Selbst bezogen auf Essen werden es monatlich noch 100 sein. Willst du da überall das Foto zeigen und nach unserem Mann fragen? Außerdem: Wissen wir, wo der Mann herstammt und ob er sich überhaupt operieren lassen wollte?"

Insgeheim gab ich Möhrchen Recht. Aber ich war nun mal der ermittelnde Kriminalpolizist und gab die Richtung vor. „Bitte entwirf eine Rund-E-Mail an die Krankenhäuser. Das Foto pappen wir dran. Vielleicht erreichen wir so einen Arzt, der das Opfer kennt. Wenn uns das nicht weiterbringt, müssen wir die Presse einschalten."

„Wenn du meinst." Möhrchen war wenig begeistert von diesem

Auftrag, das sah ich ihr an. Mit hängenden Mundwinkeln schlurfte sie in ihren Wirkungsbereich zurück.

Zur gewohnten Zeit stolperte Erich herein. Er kostete mich heute Morgen zusätzlich Nerven.

„Hallo, Sigi. Ist das ein Zuckerschnütchen? Ich habe von ihr geträumt, weißt du."

„Hmm."

„Eine Figur. Und eine Stimme."

„Sogar singen kann sie damit."

Möhrchen, wahrscheinlich durch die offene Zwischentür hindurch alarmiert, dass es etwas Interessanteres als das Verfassen einer Rundmail geben könnte, huschte mit der Kaffeekanne herein. Sie gab sich keine Mühe, ihre Neugier zu verbergen. „Von wem sprichst du?"

„Von der schönsten Sängerin der Welt." Dass Erich sich nicht blöd vorkam mit seiner Schwärmerei.

„Wo hast du die denn her?" Zwischen Möhrchens Worten blitzte ein Funken Eifersucht auf, den nur ich erahnte.

„Gestern. Bei der Chorprobe. Sie stand in der Mitte aller Frauen." Erich sagte das so, als sei diese Aufstellung im Chor eine Auszeichnung.

„Mag sie dich auch?"

„So weit sind wir noch nicht. Da wird dran gearbeitet."

„Aha. Also kein Grund für mich, die Hoffnung aufzugeben."

Der Liebestolle bemerkte Möhrchens halb ernst gemeinte Spitze überhaupt nicht. Für ihn schien es eine Selbstverständlichkeit zu sein, dass alle Frauen ihn anschmachteten. Er war in seinem Spiel derjenige, der die Wahl traf. Seine Antwort fiel ziemlich beleidigend aus. „Die solltest du dir am besten nie gemacht haben."

„Gockel!" Damit verschwand die kleine Rote und tauchte mehrere Stunden nicht mehr in unserem Büro auf. Ich musste mir den Kaffee sogar bei ihr am Schreibtisch abholen.

„Was hat sie?" Erich sah mich unschuldig an.

„Das klärt ihr am besten unter euch. Können wir jetzt arbeiten?"

„Na klar. Ich fahre nach Haarzopf und suche weiter nach

jemandem, der unseren Mann kennt."

Natürlich lag Erich weniger die Identität des Opfers, sondern mehr die seiner neuen Göttin am Herzen. Meinte der Trottel etwa, das würde ich nicht merken? Na, dem konnte geholfen werden.

„Nee, das kommt nicht in die Tüte. Du nimmst dir jetzt das komplette Material vor, dazu deine Notizen – ich will hoffen, du hast dir welche gemacht –, und denkst über die Geschichte nach. In jede Richtung. Vielleicht haben wir wirklich etwas übersehen."

„Diese Beine, ich sage dir: Diese Beine!"

Ich schob meinem liebestollen Kollegen das Material rüber. Der Groll auf ihn wurde beständig größer, denn in seinem Gesicht stand geschrieben, dass er während des Studiums der Unterlagen an etwas ganz anderes dachte.

Pünktlich um elf Uhr ging endlich die Tür auf. Die sehnlichst erwartete Dame aus dem Chor betrat schüchtern unser Büro. Endlich war meine Hoffnungsträgerin da!

„Guten Morgen, die Herren."

„Ah, guten Morgen. Schön, dass Sie herkommen. Uns beide kennen Sie ja bereits."

„Ja. Was muss ich jetzt tun?"

„Nehmen Sie bitte auf dem Stuhl dort Platz. Mein Kollege wird zunächst Ihre Personalien aufnehmen."

Verkrampft setzte sich die Frau auf den Besucherstuhl. Sie hieß Monika Stein und war gerade sechzig Jahre alt geworden. Ich hätte sie fünf Jahre jünger geschätzt.

Erich schrieb die Angaben unserer Zeugin eifrig auf. Plötzlich warf er ein: „Sagen Sie, wie heißt die junge Sängerin in Ihrem Chor? Die gestern in der Mitte stand?"

Hätte ich damit nicht die Autorität der gesamten Polizei untergraben, hätte ich Erich in diesem Moment gehörig einen eingeschüttet. Schamlos hatte er den formalen Akt, die Aufnahme der Personalien, für seine Triebe ausgenutzt.

Die Frau, in der Routine der Fragen gefangen, gab willig Antwort. „Simone Strohschein. Sie singt erst ein halbes Jahr bei uns mit."

„Die schöne Simone.“

Am liebsten hätte ich Erich eins auf die Fresse gegeben. Einfach unprofessionell, so etwas. Der konnte sich auf eine Abreibung gefasst machen, wenn wir wieder unter uns waren!

Ich unterbrach die Plauderstunde meines Kollegen, indem ich heftig hineingrätschte. „Vielen Dank, Frau Stein. Kommen Sie bitte mit zu unserem Spezialisten. Erich, du machst hier weiter.“

„Kann ich nicht mitkommen? Dann könnten wir noch etwas reden.“

„Du hast zu tun!“

So wie mein Kollege drauf war, verpatzte der noch alles. Es war nur zu offensichtlich, worüber er reden wollte. Der Blick, den ich ihm zuwarf, hätte Stahl schmelzen können. Nicht einmal das bemerkte unser verliebter – wie hatte Möhrchen ihn vorhin genannt? – ach ja, Gockel!

„Mensch, Sigi. Die Akten sind so trocken.“

„Schnauze!“

Das war mir heftiger herausgerutscht, als ich es in Anbetracht der Anwesenheit einer Zeugin beabsichtigt hatte. Monika Stein schaute mich irritiert von der Seite an. Es tat mir leid, sie durch meine Ruppigkeit einzuschüchtern. Das war wenig hilfreich. Aber wie sonst sollte ich mich gegenüber einem derart Pflichtvergessenen verhalten?

Ich ließ Erich stehen und führte unsere Besucherin über die Gänge des Polizeipräsidiums zu unserem Phantomzeichner. „Van Gogh“ nannten wir ihn unter uns. Natürlich nahm hier niemand mehr Papier und Stift in die Hand. Längst hatte der Fortschritt das Handwerk des Phantomzeichners zu einem Computer-Job gemacht.

Als wir das richtige Zimmer erreicht hatten, klopfte ich und trat gleich ein. Ich stellte van Gogh und Frau Stein gegenseitig vor. Dann setzten wir uns vor den Bildschirm.

„Ich habe das brauchbarste Bild vom Opfer bereits herausgesucht. Wenn ich richtig verstanden habe, geht es darum, etwas damit zu spielen, um die Erinnerung an sein ehemaliges Aussehen zu wecken?“

„Richtig", bestätigte ich.

„Also, Frau Stein: Was stört Sie an diesem Gesicht am meisten?"
Die Antwort kam sofort: „Der Bart."

„Der ganze Bart oder nur ein Teil davon?"

„Machen Sie ihn ganz weg."

Van Gogh fuhr mit der Maus auf dem Tisch herum. Stückchenweise fiel der Bart.

„Er war jünger. Ich habe ihn jünger und fülliger gesehen."
Falten wurden geglättet, die Backen wurden rundlicher.

„… wenn er nur die Augen aufhätte."

„Kein Problem. Was meinen Sie, wie Sie seinen Ausdruck beschreiben würden? Hatte er eher lachende, freundliche Augen? Oder eher düstere, gewalttätige?"

„Das können Sie alles machen?"

„Sicher. Also: Welches Paar Augen hätten Sie gern?"

„Liebevolle."

Ein paar Klicks weiter sah mich der Erich von heute Morgen aus dem Bildschirm heraus an.

„Nein. Das passt gar nicht."

„Soll ich Ihnen was sagen? Alle Frauen wünschen sich bei Männern zuerst einen liebevollen Blick. Ich mache den Job hier seit zwanzig Jahren und spreche aus Erfahrung. Geben wir ihm lieber ein ernstes Aussehen."

Das Gesicht des Mannes nahm wie von Zauberhand einen anderen Ausdruck an. Was van Gogh gerade mit seinem Konterfei anstellte, passte richtig gut zu meinem Eindruck vom Aussehen des Toten.

Frau Stein stieß einen kleinen Überraschungsschrei aus. „Jetzt weiß ich!"

„Raus damit!" Ich schrie ebenfalls.

„Das ist der Pfarrer. Der von der Kirche in Köln-Porz. Wie hieß der gleich …"

Endlich! Endlich eine richtig heiße Spur!

„Ein Pfarrer? Wann und wie haben Sie ihn kennengelernt?"

„Das ist lange her. Müsste kurz nach dem Amtsantritt von Herrn

Kirch-Mann bei uns gewesen sein. Er kannte die Lukaskirche in Köln-Porz bereits und wusste, dass sie der Architekt unserer Kirche entworfen hat. Der war was Besonderes."

„Moment. War Herr Kirch-Mann mit Ihnen in Köln?"

„Ja. Wir waren nicht viele, denn für Baugeschichte interessierten sich kaum Leute damals. Der Termin lag auch schlecht. Mitten in den Osterferien. Gerade mal drei Frauen waren mit. Und unser Pfarrer natürlich."

Wieder unser Kirchenmann. Der behauptet hatte, das Opfer niemals gesehen zu haben. Was zum Teufel schlummerte hier unter der Oberfläche, unter den Fakten des Falls?

Es fiel mir schwer, strukturiert zu bleiben und meine Fragen weiterzutreiben. „Die anderen beiden Frauen: Singen die auch im Chor?"

„Gerda ja. Sie will aber aufhören. Und Fiona ist verstorben. Traurige Geschichte."

Die wollte ich mir jetzt auf keinen Fall anhören. „Also außer Ihnen könnten sich aus der gesamten Gemeinde theoretisch nur Gerda und Ihr Pfarrer an unser Mordopfer erinnern?"

„Genau."

„Haben Sie denn längere Zeit mit diesem Mann hier gesprochen damals?"

„Der hatte wenig Zeit für uns. Warum, daran erinnere ich mich nicht mehr. Die Kirche hat uns letztendlich ein Presbyter gezeigt. Der war unheimlich bewandert in baugeschichtlichen Sachen. Ziemlich bunt von innen. Dabei finde ich unsere Kirche schon bunt."

„Wie lange war das Mordopfer dabei?"

„Weiß ich nicht mehr. Begrüßung, ein bisschen reden, schönen Tag noch – wie das so geht. Vielleicht eine Viertelstunde plus-minus fünf Minuten."

„War Herr Kirch-Mann bei dieser Begrüßung dabei?"

„Sie können Fragen stellen …"

„Überlegen Sie bitte. Es ist wichtig."

Frau Stein verstummte für eine halbe Minute. Sie bemühte sich sichtlich, die Ereignisse aus ihrem Gedächtnis hervorzukramen.

„Beschwören kann ich das nicht. Er hatte es mit dem Magen, fällt mir ein, und ist öfter verschwunden."

Mist. Die heiße Spur blieb vage. Dranbleiben!

„Hatten Sie den Eindruck, es bestand eine Verbindung zwischen dem Pfarrer der Lukaskirche und Pfarrer Kirch-Mann?"

„Nein. Das bestimmt nicht. Ich erinnere mich noch, dass es im Vorfeld hieß, das Gemeindeamt würde den Kontakt zu den Kölnern aufnehmen. Hätte unser Pfarrer seinen Kollegen gekannt, hätte er doch persönlich dort anrufen können, oder nicht? Warum fragen Sie sowas?"

Bloß nicht zu viel von meinen Überlegungen preisgeben. Vorsicht ist die zweite Natur des Hauptkommissars. „Man weiß nie, was in einem Fall wichtig ist. Reine Routine."

Frau Stein war die Richtung meiner letzten Frage sichtlich unangenehm. „Darf ich gehen?"

Da mir nichts weiter einfiel, verabschiedete ich unsere neue Zeugin. Meister van Gogh bat ich, mir das in der Sitzung mit ihr entstandene Bild zu mailen.

Tief in Gedanken kehrte ich zurück zu meinem Büro. Pfarrer Kirch-Mann hätte dem Opfer bereits damals in Köln begegnen können. Dabei hatte er behauptet, das Opfer nie gesehen zu haben. Immer mehr Indizien trug er auf seinem Kerbholz zusammen.

Erich sah von den Unterlagen auf, die ich ihm hinübergeschoben hatte. An seinen verträumten Augen erkannte ich, dass er mit Sicherheit nutzlose Zeit darauf verschwendet hatte. Ich schloss die Zwischentür zu Möhrchens Refugium.

„Hör mal, Erich. Das war gerade eine ganz miese Nummer. Du bist wohl übergeschnappt, persönliche Informationen bei einer offiziellen Aufnahme von Personalien abzugreifen. Erlebe ich das noch einmal, scheiß ich dich an! Da kannst du dich drauf verlassen!"

Erichs Gegenwehr fiel schwach und kleinlaut aus. „Sigi, das steht dir nicht, den Hüter der Regeln zu spielen. Du gehst doch selbst gerne eigene Wege."

Trotz des leisen Tons missfielen mir die stillschweigenden Unterstellungen zwischen den Zeilen mächtig. „Nie vermische ich dabei Privates und Dienstliches! Wenn du mit Schmetterlingen im Bauch rumläufst, dann drösele deine Beziehungskisten zukünftig gefälligst in deiner Freizeit auf. Haben wir uns verstanden?"

„Du hast natürlich für solche Gefühle kein Verständnis. In deinem Alter sieht es bestimmt ganz schön mau aus mit der Liebe, was?", wehrte sich Erich trotzig.

Das war der Tropfen, der das Fass zum Überlaufen brachte. Mein langjähriges inniges Verhältnis zu Lotte wurde von diesem Schnösel beleidigt!

Ich ging hoch wie eine Mondrakete und beschimpfte Erich in einer Lautstärke, dass Möhrchen hinter der Tür die Ohren dröhnen mussten: „Du verdammter Liebeskasper! Kaum läuft dir eine hübsche junge Frau über den Weg, sprichst du von großen Gefühlen. Was weißt du denn schon darüber? Rein, raus, rein, raus. Um mehr geht es dir doch nicht. Warum laufen dir die Weiber denn immer weg? Weil du ihnen kein bisschen mehr zu bieten hast, darum. Und so einer hält mir Vorträge über Alter und Liebe. Das ist der Gipfel!"

Erich war während meiner Schimpftirade aufgestanden. Blass starrte er mich an. Die Verträumtheit in seinem Blick war wie weggeblasen. Er wagte nicht, zurückzuschreien. Stattdessen verließ er wortlos den Raum, knallte aber die Tür hinter sich zu.

Das fehlte mir noch! Die ganze Arbeit würde nun an mir hängen bleiben. Dieses Rindvieh. Mit spitzem Schuhwerk in den Arsch wollte ich ihm treten.

Es dauerte, bis ich mich etwas beruhigt hatte. Unkonzentriert fasste ich die Aussagen von Frau Stein handschriftlich zusammen.

Möhrchen ließ sich Zeit, bis sie wagte, zu mir zu kommen. „Was war denn hier los?"

„Du hast wahrscheinlich mitbekommen, dass Erich unsere Zeugin schamlos missbraucht hat, um den Namen seiner neuen Amoure zu erfragen?"

„Ja. Wenig professionell."

„Eben. Dazu musste ich einfach etwas sagen."

„Verstehe. Wo steckt er nun?"

„Ausgebüchst ist er. Ich verwette meinen Allerwertesten darauf, dass er nach Haarzopf gefahren ist und dieser Frau nachsteigt."

„Könnte sein. Mich hat er zwischendurch gefragt, ob ich ihm die Adresse heraussuchen kann, denn sie steht nicht im Telefonbuch."

„Hast du sie ihm etwa gegeben?"

Möhrchen blickte betreten auf ihre Schuhspitzen. Ich sah ihr an, dass sie innerlich zwischen Wahrheit und Ausrede schwankte. Dann brachte sie mein Zorngebäude mit einem unsicheren Blick aus zwei saphirblauen Weltmeeren zum Einsturz. „Was sollte ich denn machen?"

Wie diesem Mädchen böse sein?

Ich seufzte. „Nichts. Du lieferst Erich und mir Informationen, das ist deine Aufgabe. Wenn er das für private Zwecke missbraucht, liegt die Schuld kaum bei dir."

Sofort schaltete Möhrchen im Tonfall um. Munter teilte sie mir mit, dass der Entwurf für die Rundmail fertig sei.

Ich bremste ihren Eifer: „Wir haben eine neue Sachlage. Unsere Zeugin weiß, wer das Opfer ist. Auf dieser Spur geht es weiter. Dazu bestelle bitte Herrn Kirch-Mann heute noch ins Präsidium. Ich habe es satt, ihm da draußen nachzulaufen."

„Welchen Grund soll ich ihm nennen?"

„Sage ihm, ich müsste ihm etwas zeigen. Danach suchst du mir bitte die Rufnummer unserer Kölner Kollegen im Morddezernat raus. Da muss ich unbedingt anrufen."

„Wird gemacht, Chef."

Möhrchen führte ein kurzes Telefonat mit Frau Mann, in dem sie ihr das Gewünschte mitteilte. Ich hörte von meinem Platz aus mit. Dann kehrte die kleine Rote mit der Nummer der Kölner Dienststelle zurück. Sie blieb erwartungsvoll bei mir stehen.

„Dann wollen wir mal."

Ich tippte die Nummer in den Apparat. Zwei Freizeichen später ging ein Kölner Kollege mit unverkennbar kölscher Zunge ran. „Multhaupt."

„Guten Tag, Herr Multhaupt. Hier ist Siebert von der Kripo Essen. Ich habe da eine Frage an Sie …" In kurzen Zügen erläutere ich dem Kollegen den Fall und den Stand unserer Ermittlungen.

Multhaupt hörte schweigend zu.

„… un isch sull erussfinge, wie dä Kähl hees?"

„Darum würde ich Sie herzlich bitten. Und darum, herauszufinden, ob er Familie hat und wo wir seine Angehörigen finden können. Geht das heute noch?"

„Dat könne mer direkt maache. Isch schick direktemang en Mann zur Lukasjemeinde los. Schickt Ihr mir dat Foto?"

„Natürlich. Ich gebe Ihnen Frau Schmittkowski. Die wird Ihre E-Mail-Adresse notieren und gibt Ihnen im Gegenzug meinen Anschluss durch. Wir hören voneinander. Bis dahin: Gutes Gelingen."

Ich übergab den Hörer an Möhrchen und brach in die Kantine auf.

*

Ecki schiebt den letzten Zipfel des zweiten Mettbrötchens zwischen die Kiemen. Er rülpst zufrieden. Mein Tresenkumpel ist immer ein Freund der einfachen, ehrlichen Kost.

„War das der Tag, an dem wir uns mittags in der Kantine getroffen haben, Sigi?"

„Das war er."

„Daran erinnere ich mich recht gut. Du hattest deine berühmte Wellblechstirn aufgesetzt. Alle im Präsidium wussten dann: In Siegfried Siebert arbeitet was. Der steckt bis Oberkante Unterlippe in einem Fall und hat sich verbissen."

„Lotte hat mich damit immer aufgezogen." Ich schraube den Tonfall meiner Stimme eine Oktave höher. „‚Hast du ihn bald?' – ‚Im Schönheitswettbewerb der Bulldoggen würdest du den ersten Preis abräumen.' –‚Kannst du mir deine Stirn mal als Käsereibe ausborgen?'"

Ecki grinst. „Na, jedenfalls wusste ich, worüber wir sprechen würden, als wir uns an den Tisch setzten."

„Wir haben darüber philosophiert, wie ein Mörder eine Krücke anfassen würde, um seinem Opfer eins überzuziehen. So war es doch?"

„Ja, genau. Wir haben die Messer benutzt, um es uns gegenseitig zu demonstrieren. Ich behauptete, ich würde das Rohr mit der einen Hand ganz unten anfassen, mit der anderen direkt darüber, sodass sich zwei Handabdrücke ergeben würden. Du hast dich nicht davon abbringen lassen, man nähme das untere Ende in eine Hand und legte die zweite darüber, sodass nur ein Abdruck sichtbar wäre."

Ich schmunzele versonnen. Was die Kollegen, die uns damals in der Kantine beobachtet hatten, wohl über uns gedacht haben mögen?

„Richtig hitzig ging es zwischen uns her. Mir passte meine Methode einfach besser in den Kram. Den Verursacher des Abdrucks direkt über dem Gummistopfen am unteren Ende kannten wir bereits. Auch andere Indizien sprachen für ihn als Hauptverdächtigen."

„Wir haben uns über diese Frage so zerstritten, dass wir uns erst Tage später in der Kneipe wieder vertragen haben. Ich war richtig sauer auf dich."

„Wie damals in Isny."

„Wie in Isny. Bei unserem gemeinsamen Urlaub im Allgäu habe ich deinen Dickschädel genauso verflucht. Da warst du krampfhaft in diese Nordkap-Sache verkrallt. Du konntest dich aber auch in deine Fälle hineinsteigern."

Ja, das konnte ich. Könnte ich heute noch?

„Tut mir alles im Nachhinein echt leid, Ecki. Ist ja jetzt vorbei damit. Meine Karriere ist endgültig zu Ende. Komm, vertragen wir uns wieder."

Wir greifen zu unseren Gläsern, heben sie auf Augenhöhe, ein kurzer Blick über die Ränder hinweg – dann stoßen wir mit dem Bier an. Ich putze es in einem Zug weg.

„Guido, zwei Samtkragen", bestellt Ecki.

Er liegt goldrichtig damit. Der Stand der Ermittlungen erfordert einen Schnaps.

*

Zwei Stunden nach meiner Auseinandersetzung mit Ecki, aus der ich mit einer aufgefrischten Portion Brummigkeit aufgebrochen war, stolperte ein wie ein scheues Kaninchen dreinschauender Pfarrer Kirch-Mann in mein Büro. Unsicher begrüßte er mich.

„Guten Tag, Herr Kirch-Mann. Wir unterhalten uns nicht hier. Folgen Sie mir bitte."

Ich führte den Pfarrer in einen Verhörraum. Nackte Wände, vier Holzstühle, Dämmerlicht, nur eine einfache Lampe über dem Tisch, auf dem uns ein Aufzeichnungsgerät erwartete. Demonstrativ baute ich das Mikrofon auf.

„Sie haben nichts dagegen, dass ich unsere Unterhaltung aufnehme?", genügte ich den Vorschriften mit einer Suggestivfrage.

„Verdächtigen Sie mich immer noch?" Die Stimme des Pfarrers klang rau. Tiefes Unverständnis sprach aus seinem Tonfall und seiner ganzen Haltung. Mich beschlich das Gefühl, etwas Falsches zu tun. Aber begonnen ist begonnen.

„Jetzt setzen Sie sich bitte erst einmal hin und dann stelle ich Ihnen ein paar Fragen."

Pfarrer Kirch-Mann sank in Zeitlupe auf den Stuhl, als ob dieser heiß wäre.

Ich bezog den Platz ihm direkt gegenüber. „Fangen wir ganz vorne an mit dem Abend, an dem der Mord passiert ist. Also am Vortag zu Allerheiligen, etwa zwischen siebzehn und neunzehn Uhr. Wo waren Sie da?"

„Sie wollen von mir ein Alibi." Mein Gegenüber starrte das Mikrofon an wie ein giftiges Tier.

Ich wiederholte meine Frage: „Wo waren Sie da?"

Pfarrer Kirch-Mann faltete seine Hände und schloss die Augen. Dann nahm er mich fest in den Blick. „Der 31. Oktober ist Reformationstag. Da gab es abends eine Veranstaltung im Katernberger Bergmannsdom."

„Sie waren auf dieser Veranstaltung?"

„Nein. Seit Mittag war mir flau im Magen. Ich fühlte mich nicht in der Lage dazu und bat meine Frau, alleine hinzugehen."

„Sie sind zu Hause geblieben?"

Mein Gegenüber sah mich zerknirscht an. „Ja. Ich bin an diesem Abend nicht mehr weggegangen."

„Wann ist Ihre Frau aufgebrochen?"

„Gegen sechzehn Uhr. Vor Beginn der Veranstaltung hat sie unsere Söhne bei Freunden vorbeigebracht. Das hatte sie ihnen versprochen."

„Und Ihre Tochter?"

„War schon um die Mittagszeit unterwegs. Sie wissen ja: Teenager. Flippen ständig irgendwo herum."

Ich musste unwillkürlich an Lucy denken, wischte diesen Gedanken aber schnell weg. Schließlich saß ich in einem Verhör.

„Es bleibt mithin festzustellen: Sie waren zur fraglichen Zeit allein im Haus, das Sie gemäß eigener Aussage an diesem Tag nicht mehr verlassen haben. Ist das korrekt?"

„Das ist korrekt."

„Was haben Sie während dieser Zeit gemacht?"

„Am Morgen war mir ein Text eingefallen, über den ich predigen wollte. Nachdem die Idee in mir gereift ist, habe ich mich in mein Büro gesetzt und Quellenstudien betrieben."

„Dazu war Ihnen nicht zu schlecht?"

Pfarrer Kirch-Mann machte auf mich einen ziemlich genervten Eindruck. Was konnte ich dafür, dass ich ihm die Würmer einzeln aus der Nase ziehen musste?

„Sitzen konnte ich, wenn Sie das meinen."

Ich bemühte mich trotz seines giftigen Tons, sachlich zu bleiben. „Können Sie das zeitlich genauer bestimmen?"

„Irgendwann am frühen Abend – es wurde langsam dunkel – bin ich in mein Büro und habe mit den Textstudien angefangen. Zwischendurch habe ich mir einen Zwieback geholt und einen Magentee gekocht. Das wird so gegen neunzehn Uhr gewesen sein. Vielleicht etwas später. Über den Texten habe ich mich verloren. Das passiert mir häufig. Wenn mich eine Idee packt, vergesse ich alles andere um mich herum."

„Hat Sie jemand außerhalb der Familie während dieser Zeit gesehen?"

„Bis meine Frau mit den Jungs zurückkam, hat mich niemand gesehen. Unsere Tochter trudelte erst um Mitternacht ein. Und falls Sie als Nächstes danach fragen wollen: Mich hat auch niemand angerufen. Es gibt also keinen Zeugen, der mir ein Alibi verschafft. Darauf läuft das Ganze hier doch hinaus, oder?"

„Sie haben meinen Job verstanden", gab ich spitz zurück. „Wie ging es weiter an diesem Abend?"

„Als unsere Söhne im Bett waren, habe ich mich mit einem Magentee zu meiner Frau ins Wohnzimmer gesetzt. Sie hat mir von der Veranstaltung erzählt. Besonders hatte ihr das Gebet für die Stadt, gesprochen von einem Kollegen am Ende des Gottesdienstes, gefallen."

„Das war wann?"

Der Pfarrer überlegte kurz. „Es mag elf gewesen sein. Halb zwölf ist auch möglich."

„Um es ganz deutlich herauszuarbeiten: Für die fragliche Tatzeit gibt es niemanden, der Ihren Aufenthalt im Büro bestätigen kann?"

„Wenn die zwischen sechzehn und zweiundzwanzig Uhr liegt: niemanden."

Warum befriedigte mich diese Aussage nicht? Weil mich der Verdächtige mit seinen grauen Augen so aufrichtig ansah? Weil ein Mann der Kirche vor mir saß? Weil mein Verdacht löcherig geworden war bei der Diskussion mit Ecki in der Kantine?

Ich sprach den nächsten Punkt an. „Erzählen Sie mir bitte genau, wie die Gehhilfe des Opfers in Ihr Büro gekommen ist."

„Was gibt es da zu erzählen? Ich fand sie bei uns im Flur. Sie war umgekippt und lag auf dem Boden. Ich habe sie mir geschnappt und dort abgestellt, wo Sie sie gefunden haben."

„Wie und wo haben Sie die Gehhilfe angefasst?"

„An so etwas erinnert man sich doch nicht."

„Strengen Sie sich an. Es ist wichtig."

Die grauen Augen wanderten zu den immer noch gefalteten Händen. Im schallisolierten Raum war sekundenlang nur unser Atmen zu hören. Was ging jetzt in diesem Kopf vor?

Endlich kam Bewegung in Pfarrer Kirch-Mann. Er hob seinen

Kopf. Wieder dieser aufrichtige Blick. Ein Mörder, der aussagte, besaß einfach nicht einen solchen Ausdruck in den Augen.

„Ich habe die Gehhilfe vom Boden aufgehoben. Unten angepackt habe ich sie. Ich glaube, dann habe ich sie geschultert, so, mit einer Hand am unteren Ende, die Mitte auf der Schulter." Er deutete mir die Haltung an. „Dann habe ich sie heruntergenommen und in die Ecke gestellt. Etwa in Hüfthöhe senkrecht gehalten und losgelassen." Auch diese Bewegung zeigte er mir.

„Das passt zu unseren Spuren", gab ich kleinlaut zu. Dann griff ich in die Innentasche meines Jacketts und knallte meinen Trumpf auf den Tisch.

Mein Gegenüber verlor die Farbe im Gesicht. Kalkweiß nahm er das Foto in die Hand. „Das ist doch Pfarrer Gertak … aus Köln … den wir … den wir vor Jahren besucht haben. Ist das …? Das ist doch der Tote vom Friedhof!"

Endlich ein Name. Gertak. Und das Geständnis, dass mein Verdächtiger ihn kannte. „Das sehen Sie erst jetzt?", warf ich wie nebensächlich, dafür höchst selbstzufrieden in den Raum.

„Mein Gott! Was hatte Gertak da zu suchen? Was machte der auf unserem Friedhof? Wer hätte bei uns Grund, ihn zu ermorden? Gott sei seiner Seele gnädig!"

Der Moment, nachzufassen. „Warum erkennen Sie Herrn Gertak erst jetzt? Auf dem Foto? Sie haben ihn doch bereits auf dem Friedhof liegen sehen. Und das Bild des Toten ging im Presbyterium herum."

„Der Bart, der Überraschungsmoment, was weiß ich. Ich habe die Leiche an dem Morgen nur flüchtig angesehen. Frau Zeuner brauchte mich. Im Presbyterium habe ich dem Foto keine Beachtung geschenkt. Ich dachte, mein flüchtiger Blick auf dem Friedhof hätte genügt. Das war ein Fehler, wie ich nun erkenne."

„Jetzt sind Sie sicher?"

„Ja. Ich bin dem Kollegen nur einmal begegnet. Wir haben seine Kirche besucht, die denselben Architekten wie unsere hat. Ich erinnere mich an seinen stechenden Blick. Für einen Pfarrer ein merkwürdig abweisender Typ."

„Sie haben sich gerade selbst gefragt, was er auf Ihrem Friedhof zu suchen hatte. Können Sie mir einen Tipp geben?"

„Nein. Nicht die blasseste Ahnung."

Ich wechselte abrupt das Thema. „Wissen Sie, wo dieser Obdachlose steckt? Ludwig Wermelt? Es könnte doch sein, dass in seiner Aussage ein Fünkchen Wahrheit steckt. Eine mögliche Erklärung für den Dreibeinigen, den er gesehen haben will, haben wir ja jetzt: die Gehhilfe. Aber wer war die Frau? Was hat er noch gesehen?"

„Seit wir ihn zusammen in der Kirche aufgestöbert haben, ist Ludwig verschwunden. Der liegt irgendwo und lässt sich volllaufen. Labil wie er ist, haben wir ihm einen gehörigen Schrecken eingejagt. Da kommt er so schnell nicht drüber weg."

„Wo könnten wir ihn finden? Hat er Lieblingsplätze?"

„Der nimmt den Bus und verschwindet aus Haarzopf. Keine Ahnung, welche Unterschlüpfe er sonst noch nutzt."

Mir fiel der Fußabdruck auf dem Grab wieder ein, den Hartmut gefunden hatte. Dieser Spur hatten wir bislang zu wenig Aufmerksamkeit geschenkt. „Welche Schuhgröße haben Sie, Herr Kirch-Mann?"

„Verzeihen Sie. Diese Frage finde ich merkwürdig. Was wollen Sie damit?" An der Stimme des Pfarrers merkte ich, dass er mich soeben für meschugge erklärte.

„Die Gedanken zu meinen Fragen mache ich mir selbst. Antworten Sie bitte."

„Vierundvierzig."

Mir fielen keine weiteren Fragen ein und ich schaltete das Mikrofon ab. Was ich nun zu sagen hatte, war nicht fürs Tonarchiv bestimmt.

„Herr Kirch-Mann, seien Sie sicher: Ich werde Ihre Aussagen auf Herz und Nieren prüfen. Aus ermittlungstechnischer Sicht haben Sie einfach zu viele Verdachtsmomente auf sich gezogen. Für heute sind wir fertig."

Sichtlich erleichtert sprang mein Verdächtiger auf. Einen Moment sah es aus, als ob er den Verhörraum fluchtartig verlassen wollte. Dann besann er sich.

„Mir tut es wahrscheinlich am meisten leid, sollte ich mich verdächtig gemacht haben. Aber ich schwöre Ihnen, bei allem, was mir heilig ist und der Herr ist mein Zeuge: Ich habe nichts mit dem Mord zu tun! Und wenn ich meinen Gott als Zeugen anrufe, dann dürfen Sie sicher sein: Das tue ich nicht leichtfertig."

„Ich will aufrichtig zu Ihnen sein: Das würde mich persönlich freuen."

Das war ehrlich gemeint. Von Sympathie durfte ich mich in meinem Job natürlich nicht leiten lassen. Aber unterm Strich war auch ein Hauptkommissar nur ein Mensch.

Ich verabschiedete Pfarrer Kirch-Mann auf dem Flur. Dann ging ich zurück in mein Büro. Wie sicher war ich in dieses Verhör hineingegangen und mit wie vielen Zweifeln ließ es mich zurück. Entweder waren mir brillante Lügen aufgetischt worden oder eine zufällige Indizienkette sprach für den Falschen.

Einem Detail galt es noch, auf den Grund zu gehen. Ich bimmelte Hartmut an.

„Ach du, Sigi. Hast du ihn bald?"

„Ich tappe herrlich im Dunkeln. Aber eine Frage habe ich: Die Schuhspuren, die ihr neben unserem Opfer auf der Grabstelle gefunden habt: Was gibt es dazu zu sagen?"

„Wenn die uns eine vernünftige Story erzählt hätten, wüsstest du das längst. Der Regen hat ihnen übel mitgespielt. Da ist nicht viel mit gewesen."

„Kannst du die ungefähre Schuhgröße abschätzen?"

„Mindestens sechsundvierzig. Spaziert auf ziemlichen Quadratlatschen, der Kerl."

„Also ein Männerschuh?"

„Selbst das leite ich lediglich daraus ab, dass Frauen seltenst auf solch riesigen Quanten dahinwandeln."

„Danke, mein lieber Hartmut."

„Bitte, mein lieber Sigi."

Ich legte auf. Sollte ich wagen, das Puzzle ein erstes Mal zusammenzusetzen?

Ein Blatt Papier aus dem Drucker nahm während meiner Überlegungen die Eckpunkte auf. Auf dem Zettel entstand nach und nach ein hypothetischer Tathergang, gezeichnet aus Pfeilen, eingekringelten Namen, Orten und Uhrzeiten. Ich war kein Freund solcher Experimente. Diesmal konnte ich nicht widerstehen.

So könnte es gewesen sein:

Die beiden Pfarrer haben eine Verabredung auf dem Friedhof. Es gilt, irgendetwas zu besprechen, von dem wir inhaltlich nichts wissen, das aber wichtig zu sein scheint.

Zwischen siebzehn und achtzehn Uhr – das hatte Möhrchen beim Wetteramt herausbekommen – setzt der starke Regen ein. Die Leute fliehen vom Friedhof. Sie achten nicht darauf, wer sonst noch unterwegs ist. Pfarrer Gertak bleibt zurück. Er geht nicht ins Pfarrhaus, weil er keine Zeugen für das Gespräch wünscht. Der Regen kommt ihm deswegen sogar gelegen.

Pfarrer Kirch-Mann täuscht seiner Frau Magenschmerzen vor und schickt sie alleine zur Veranstaltung am Reformationstag. Als es soweit ist, macht er sich zum Treffpunkt auf. Dort entspinnt sich eine heftige Diskussion mit noch zu klärendem Inhalt. Der Streit eskaliert. Pfarrer Gertak bedroht seinen Amtskollegen mit seiner Krücke.

Bei Pfarrer Kirch-Mann brennt die Sicherung durch. Er entwindet dem wild Gestikulierenden die Gehhilfe und schlägt ihm damit ins Genick. Seine Wut ist derart heftig, dass ein einziger platzierter Schlag genügt. Sein Opfer bricht vor seinen Füßen tot zusammen.

Etwas abseits, von den anderen bislang unbemerkt, steht der Berber, Ludwig Wermelt. Er hat alles mit angesehen, ist überfordert damit und läuft nicht davon. Ein williger Handlanger für das, was folgt.

Dass sich der Stadtstreicher ebenfalls auf dem Friedhof befindet, kommt dem Täter gelegen. Er überredet Ludwig Wermelt, ihm zu helfen, die Leiche auf das geräumte Grab zu tragen. Da er immerhin ein schlechtes Gewissen hat und ein gläubiger Mensch ist, drückt er zuvor seinem Opfer die Augen zu und faltet seine Hände. Anschließend weist er seinen Helfer an, die Mordwaffe verschwinden zu lassen, und geht nach Hause. Zeit genug hat er dafür. Niemand hat seine Abwesenheit bemerkt.

Nein, es war nicht rund, dieses Gedankenspiel. Was wir bisher in Händen hielten, passte nur leidlich zu dieser Tathypothese. Der Verdächtigte besaß für die fragliche Tatzeit kein Alibi. Die Krücke trug an verdächtiger Stelle seine Fingerabdrücke. Er hatte geleugnet, das Opfer zu kennen, obwohl er Gertak auf dem Friedhof und später auf dem Foto in der Presbyteriumssitzung gesehen hatte. Angeblich hatte er den Toten erst beim Vorzeigen von van Goghs Phantombild erkannt. Der Tippelbruder vertraute ihm, und nur ihm. Er wäre ein leicht zu manipulierender Gehilfe gewesen. Die beschwörenden Blicke, die ihm der Pfarrer in der Kirche bei seiner Befragung zugeworfen hatte, gingen mir nicht aus dem Kopf. Zwischen den beiden bestand unzweifelhaft eine besondere Beziehung.

Unverändert fehlte der Kern des Ganzen: das Motiv. Welchen Grund sollte Pfarrer Kirch-Mann gehabt haben, seinem Kollegen das Leben zu nehmen? Gab es ein Stück gemeinsamer Vergangenheit, das wir nicht kannten? Existierte eine Geschichte hinter der Geschichte? Bis jetzt beschränkte sich der Kontakt, den wir nachweisen konnten, auf wenige Minuten.

Spielte die mysteriöse Frau die entscheidende Rolle? Gab es sie überhaupt? Oder war sie nur ein Hirngespinst des Tippelbruders? Falls nicht: Wie passte sie in das skizzierte Geschehen?

Ich knüllte den Zettel mit meinen Notizen zusammen. Was ich da konstruiert hatte, fühlte sich genauso falsch an wie die Verhörsituation mit Pfarrer Kirch-Mann. Es führte nichts an einer verbrieften Zeugenaussage des verschollenen Obdachlosen vorbei. Außerdem fehlten uns seine Fingerabdrücke. Wo könnte man ihn finden?

Immerhin kannten wir endlich den Namen des Opfers, ein gewaltiger Fortschritt. Wenn der Kölner Kollege ihn bestätigte, kämen wir voran.

Möhrchen tänzelte mit der Kaffeekanne durch die Verbindungstür. „Neuigkeiten?"

„Ich hatte Herrn Kirch-Mann ehrlich in Verdacht. Jetzt habe ich so ein ungutes Gefühl. Ich glaube, er war's nicht."

„Woher plötzlich dieses Gefühl?"

„Kriminalisten-Gefühl. Schwer zu erklären. Körperhaltung, Augenausdruck während der Aussagen, die Art zu sprechen."

„Ach so. Erich hat sich übrigens gemeldet."

„Nee, wirklich? Hat er endlich eine Abfuhr kassiert?"

Die kleine Rote kicherte. „Schlimmer. Ist seit einem halben Jahr glücklich verheiratet, die Frau."

„Und das hat er dir brühwarm am Telefon erzählt? Bist du seine Beichtschwester oder Trösterin oder sowas?"

Möhrchen ließ meine spitze Bemerkung abprallen. „Er hat Angst vor dir. Fass ihn nicht zu hart an, wenn er gleich kommt. Der hat sein Fett weg."

Zuerst wollte ich aufbrausen. Machten meine engsten Kollegen etwa gemeinsame Sache gegen mich? Dann musste ich insgeheim grinsen. Schob dieser Jammerlappen doch unseren Neuzugang vor, damit ich ihn schonte. Eine feige Nuss, der Erich.

„Lässt du dich da gerade vielleicht etwas zu sehr für seine Zwecke einspannen?"

„Mir liegt an einer respektvollen Arbeitsatmosphäre. Mit netten Kollegen, die sich nicht kebbeln. Kaffee?"

Mit Möhrchen waren zwei Dinge im Nachbarbüro eingezogen, denen ich kaum widerstehen konnte: zwei wunderhübsche blaue Augen, hinreißend unschuldig und gleichzeitig gewieft, und ein ausgesprochen aromatischer Kaffee. Ich nickte zu ihrem Wunsch nach Harmonie. Strahlend füllte sie meine Tasse. Der Ausdruck in ihren Augen war ganz Triumph.

In diesem Moment stolperte Erich herein. „Mahlzeit."

„Da bist du ja, du Ausreißer", empfing ich ihn, durch den Vermittlungsversuch unserer Kollegin versöhnlich eingestellt.

„Sie ist verheiratet, Sigi. Aber sie hat eine jüngere Schwester. Die sehe ich mir auf jeden Fall an."

Davon hatte Möhrchen mir nichts erzählt. Entweder Erich hatte ihr das verschwiegen oder sie war noch gerissener, als ich es ihr mittlerweile zutraute.

„Um sowas herauszufinden hast du deinen Arbeitstag

vergeudet?" Der Inhalt der Frage klang vorwurfsvoller als der Ton, in dem ich sie aussprach.

„Nicht nur. Ich war in der Gärtnerei, im Versicherungsbüro, bei der Lottoannahme ..."

„Halt, halt", unterbrach ich ihn. „Sag mir lieber, was dabei herausgekommen ist."

„Nix. Keiner kennt unser Opfer."

Geschah ihm recht, dass er sich ganz umsonst die Hacken wundgelaufen hatte. „Wir sind jedenfalls weiter", deutete ich geheimnisvoll an und kniff Möhrchen, die im Türrahmen stand, ein Auge.

„Was habt ihr?" Für seine Verhältnisse fragte Erich das ziemlich eifrig.

Das Telefon klingelte und ich sparte mir vorerst die Antwort. „Siebert."

„Multhaupt. Us Kölle. Mer han vorhin schon ens mittenand jeschwaad."

„Ja, Siebert hier. Darf ich laut stellen? Zwei Kollegen stehen bei mir."

„Sischer dat. Muss isch ens nur einmol verzälle."

Ich betätigte die Lautsprechertaste am Apparat. „Schießen Sie los. Was haben Sie?"

„Dä Duude heeß Josef Gertak. Wor bes zom Summer als Pfarrer in Ehrenfeld tätisch."

„Nicht in Porz? Wo dieses Baudenkmal steht?"

„Nee, zuletzt wor hä in Ehrenfeld. In Ehrenfeld hansen später och erusjeschmisse. Is wat vorgefalle in der Familich un hä wor inner Klapse."

„Wissen Sie, wo er zuletzt gewohnt hat?"

„Han jrade nen Auszuch us dem Melderejister gekrischt. Fax isch dursch."

„Seine Familie lebt auch da?"

„Bei ihm zu Hus hätt kinner opjemaat. Verhierot wor hä och. Sing zwee Junge sulle in Essen wohn."

„Kann ich morgen mit meinem Kollegen zu Ihnen nach Köln kommen? Ich würde gerne mit Leuten sprechen, die Gertak kannten. Er ist in Begleitung einer Frau gesehen worden. Könnte seine Ehefrau gewesen sein. Jedenfalls ist sie bisher bei uns nicht wieder aufgetaucht."

„Wie mache mer dat? Sulle mer uns treffe?"

„Wo?"

„Bei der Adress, die isch üsch direktemang zuschick."

„Gute Idee? Wann?"

„Isch han kei Problem, fröh opzeston. Morjen, nüng Uhr?"

Was man in Köln so Frühaufsteher nennt.

Ich sah zu Erich hinüber. Die Stunden, die er heute vergeudet hatte, würde er morgen vor seinem normalen Arbeitsbeginn nachholen.

„Einverstanden. Bis morgen dann!"

„Tschö, Herr Siebert."

„Bist du verrückt, Sigi? Da müssen wir um spätestens viertel vor acht aufbrechen." Dass Erich sich noch traute, mir zu widersprechen. Keinerlei Unrechtsbewusstsein, der Kerl.

„Genau, mein Lieber. Du brichst noch früher auf, denn Punkt viertel vor acht stehst du vor meiner Haustür, verstanden?"

Erich wollte etwas erwidern. Ein unsicherer Blick zu Möhrchen verhinderte das. Aus den Augenwinkeln sah ich, dass sie den ausgestreckten Finger vor den Mund hielt. Hatte uns ganz schön im Griff, die Kleine. Nach so kurzer Zeit.

„Möhrchen, sei bitte so nett und stelle fest, wo die Söhne von diesem Josef Gertak wohnen. Der Name sollte nicht allzu häufig sein. Wir müssen denen leider die Todesnachricht überbringen. Die wissen ja bisher nichts vom Schicksal ihres Vaters."

Im Nebenzimmer gongte das E-Mail-Programm. Die kleine Rote ging nachsehen. Kurz darauf summte ihr Drucker. Sie kehrte mit einem Zettel in der Hand zurück. Multhaupt hatte die Adresse der Geschwister gleich mitgeliefert.

Ich nahm den unwillig brummelnden Erich in Schlepptau. „Haltung, mein Junge. Das wird nicht angenehm."

Es wurde eine bedrückte Fahrt zur Altendorfer Straße, wo die Brüder Gertak wohnten. Erich war noch ganz mit seiner

Gefühlswelt beschäftigt. Mir graute vor dem anstehenden Besuch. Zwei Dinge in meinem Job mochte ich überhaupt nicht: grausam zugerichtete oder vermoderte Leichen und das Überbringen von Todesnachrichten. Mit allem anderen kam ich klar.

Unsere Zieladresse lag in einem Bereich der belebten Verkehrsachse, in dem eher weniger hohe Mieten gezahlt wurden. Die Geschäftsleute, die die Ladenlokale im Parterre angemietet hatten, waren dem äußeren Anschein nach alle auf dieselbe Geschäftsidee gekommen: Döner-Bude. Der knappe Parkraum nötigte uns, das Auto einige hundert Meter entfernt vom Ziel in einer engen Seitenstraße abzustellen.

Der Fußweg ermöglichte mir, mich auf die schwere Aufgabe zu konzentrieren. Zufällig kam jemand aus dem Haus, der uns die Klinke ungefragt in die Hand gab. Wie leichtsinnig die Leute sind! Bis unters Dach mussten wir hochsteigen, vier Geschosse. An der Türklingel standen nur die Vornamen der Brüder: Markus und Johannes. Die Namen zweier Evangelisten. Das wusste ich immerhin.

Ich atmete tief durch und betätigte den Knopf. Ein junger Mann mit markantem Gesicht öffnete uns. Die Wangenknochen traten deutlich hervor. Seine Größe entsprach ungefähr der meines Begleiters.

Ein energisches Kinn reckte sich uns trotzig entgegen. „Ich kaufe nichts an der Tür."

„Darum geht es leider nicht. Siebert ist mein Name. Kripo Essen. Das hier ist mein Kollege, Herr Terschüren."

Ich hielt dem jungen Mann meinen Ausweis hin. Der musterte ihn, als habe er studiert, Fälschungen von Polizeiausweisen zu erkennen. Dabei nahmen seine Augen einen ängstlichen Ausdruck an. Endlich beendete er seine Überprüfung. „Was wollen Sie von mir?"

„Ist Ihr Bruder ebenfalls anwesend?"

„Markus ist da."

Vor mir stand also Johannes.

„Wir müssen mit Ihnen zusammen reden. Dürfen wir hereinkommen?"

Johannes Gertak trat einen Schritt zurück und gab die Türöffnung frei. Erich und ich folgten ihm in die Wohnung. Vom kleinen Flur gingen drei Zimmer ab. Wir wurden geradeaus in eine Art Wohnküche bugsiert. Zusammengewürfelte Baumarktmöbel und viel IKEA.

In der Raummitte stand Markus, wahrscheinlich durch unser Gespräch an der Haustür alarmiert, und sah uns irritiert an. Er war seinem Bruder in Statur und Aussehen auffällig ähnlich, trug aber im Unterschied zu ihm einen Vollbart und eine Brille. Beides ließ ihn älter wirken als er war. Für mich verdeckte es die Tatsache, dass er der Jüngere war, nicht.

Johannes stellte uns vor: „Die Herren sind von der Polizei." Mir fiel auf, dass er das Wort „Polizei" besonders betonte.

„Können wir uns setzen?", fragte ich.

„Setzen Sie sich bitte aufs Sofa. Wir nehmen die Stühle."

Erich und ich plumpsten auf ein großgemustertes weiches Etwas mit reichlich Sitztiefe. Lehnte ich mich an, zwang mich dieses Möbel trotz meines mittleren Wuchses in eine schräge Position mit viel Luft unter den Lendenwirbeln. Erich, dem Hünen, gelang es soeben, die Lehne mit dem Steißbein zu berühren. Unzweifelhaft ein Schlafsofa. Verbrachte einer der Brüder seine Nächte hier?

Aus unserer unglücklichen Sitzposition heraus sahen wir von unten in die Gesichter der Brüder, auf denen gebannte Erwartung zu lesen war. Weiteres Hinauszögern unseres Auftrags war unmöglich. Natürlich blieb dieses Stück Arbeit an mir hängen. Erich war zu weich dafür.

„Wir haben eine schlechte Nachricht für Sie. Am Donnerstag in der letzten Woche, Allerheiligen, haben wir Ihren Vater auf dem Haarzopfer Friedhof gefunden. Er ist ermordet worden."

Keine Reaktion. Zwei Augenpaare ruhten auf uns. Ausdruckslose Augenpaare.

Nach einer Zeitspanne, die Empfänger solch schockierender Nachrichten regelmäßig zum Auffassen ihres Inhalts benötigen und die in solchen Augenblicken unendlich erscheint, fing sich der Jüngere der Brüder als Erster. „Vater? Tot? Wissen Sie das genau?"

Ohne weiteren Kommentar schob ich den beiden das Porträtfoto vom Tatort hinüber.

„Er ist es!", schrie der Ältere auf, mit wenig Überraschung in der Stimme.

Markus zog ein Taschentuch hervor. Er trocknete damit umständlich die Tränen, die er nicht mehr beherrschen konnte, unter seiner Brille. Dann schluchzte er auf. „Vater!"

Die Pflicht verlangte von mir die nächste Frage. „Sie erkennen Ihren Vater also auf diesem Foto wieder?"

Die Brüder nickten stumm. Ich gab ihnen Zeit, sich zu fangen. Sollte ich sie jetzt und hier weiter behelligen? Sie waren noch so jung. Markus vielleicht neunzehn, zwanzig, sein Bruder zwei, drei Jahre älter.

Der Polizist in mir gab keine Ruhe. „Haben Sie eine Erklärung dafür, was Ihr Vater auf dem Friedhof gesucht hat?"

Die Brüder sahen sich gegenseitig bedeutungsvoll an. Johannes antwortete. „Er hatte eine besondere Beziehung zu diesem Bau, dieser Kirche. Seit Jahren hat er davon gesprochen, sie besuchen zu wollen. Es ist aber nie dazu gekommen."

„Bei Ihnen hat er nicht vorbeigeschaut?"

„Wir hatten kein gutes Verhältnis", warf Markus zerknirscht ein.

„In der Zeitung gab es eine kleine Notiz im Lokalteil. Haben Sie sich nichts dabei gedacht, als Sie vom Mord gelesen haben? Oder haben Sie die Meldung übersehen?"

Johannes übernahm die Antwort. „Wir kaufen uns keine Zeitung. Wir wissen nichts von einem Mord."

„Er ist in Begleitung einer Frau gesehen worden. Wer könnte das gewesen sein?"

Johannes zupfte sich nervös das Ohr. „Mutter?"

„Besteht die Möglichkeit, dass Sie Ihre Mutter anrufen? Wir haben bislang keinen Kontakt zu ihr hergestellt."

„Kann ich versuchen." Markus stand auf und holte ein Telefon.

Ich registrierte, dass die Nummer, die der junge Mann anrief, gespeichert war. Gebannt wartete ich, ob jemand abnahm.

Nach zwei Minuten Freizeichen, das ich deutlich durch das

Brummen des Kühlschranks hindurch hörte, drückte Markus das Gespräch weg. „Geht nicht dran."

„Wo könnte sie stecken?"

Synchrones Schulterzucken.

„Unterhielten Ihr Vater oder Ihre Mutter eine Beziehung zur Familie Kirch-Mann, den Pfarrersleuten in Haarzopf?"

Johannes antwortete: „Nicht, dass ich wüsste."

Die Menschen reagieren höchst unterschiedlich auf die Todesnachricht, die wir ihnen überbringen. Frauen brechen oft in Heulkrämpfe aus, manchmal begegnet uns Schweigen. Ich hatte es auch schon mal mit Angehörigen zu tun, die wie ein Wasserfall redeten, über den Toten, über gemeinsame Erlebnisse, über ihr Verhältnis zu ihm.

Hier begegnete uns eine seltsame Angst. Angst wovor? Ich schrieb sie einstweilen der Überforderung dieser jungen Menschen zu.

„Benötigen Sie Unterstützung? Ich kann einen Seelsorger informieren oder einen Psychologen", bot ich an.

„Nein, nein. Wir kommen klar", entgegnete Johannes eifrig.

„Was kommt denn nun auf uns zu?", wollte Markus wissen.

„Sie werden Ihren Vater identifizieren müssen. Anschließend sollten Sie eine Vermisstenanzeige für Ihre Mutter aufgeben."

Johannes hatte merklich aufgehorcht. „Eine Vermisstenanzeige?"

„Sagen wir, wenn es Ihnen heute und morgen nicht gelingt, einen Kontakt zu ihr aufzubauen. Rufen Sie ihre Freunde an, Verwandte, die Nachbarn. Denken Sie nach, wo Ihre Mutter stecken könnte. Erkundigen Sie sich nach ihr. Versprochen?"

„Wie stellt man denn eine Vermisstenanzeige?"

Klar. Woher sollte Markus das wissen? Kam ja nicht alle Tage vor.

Zum ersten Mal meldete sich Erich zu Wort. „Gehen Sie zur nächsten Wache und berichten Sie dem diensthabenden Kollegen von unserem Besuch. Der wird Ihnen ein paar Fragen stellen und leitet das Ganze an die richtige Stelle weiter."

Das hätte ich gerne anders gehabt, hielt aber meinen Mund. Warum sollte ich die Brüder weiter verunsichern?

„Ziehen Sie sich bitte an und folgen Sie uns. Wir fahren mit Ihnen in die Rechtsmedizin."

Es dauerte nicht lange, bis die Brüder Gertak abmarschbereit im Korridor standen. Auf dem Weg in die Pathologie sprachen wir so gut wie nichts. Erich hatte unterwegs schon die Hosen voll. Ich würde nicht zulassen, dass er sich diesmal drückte.

Ermittlungen in der Domstadt

I hren Mitschülern fielen die äußerlichen Veränderungen natürlich auf. Beinahe alle Jungen in der Klasse lagen ihr zu Füßen und himmelten sie an. In den Pausen war sie stets umringt von Verehrern, die ihr auf so verschiedene Weise, wie Männer beschaffen schienen, Bewunderung zollten.

Sie genoss diese neue Aufmerksamkeit, hütete sich jedoch davor, einen der Mitschüler zu nahe an sich herankommen zu lassen. Einladungen zum Eisessen oder zu Treffen in der Stadt schlug sie regelmäßig aus – wusste sie doch, dass dies nur wieder zu Streit mit ihrem Vater führen würde. Noch gab sie dem häuslichen Druck nach.

Ihr Vater nahm unterdessen die Angewohnheit an, ohne Vorankündigung in ihrem Zimmer zu erscheinen. Früher hatte er wenigstens angeklopft, wenn er auch nie die Erlaubnis zum Eintreten abgewartet hatte. Jetzt platzte er einfach herein und überraschte sie in den alltäglichsten Situationen. Was erwartete er, bei ihr zu finden?

Sie versuchte es damit, die Zimmertür abzuschließen. Als ihr Vater an die Tür stieß, weil sie dem Druck auf die Klinke nicht nachgab, hätte er das Türblatt beinahe in einem Anfall von Jähzorn eingetreten. Ihre Mutter, die von unten herbeieilte und sich einmischte, wurde zusammengestaucht. Eine gefühlte Ewigkeit später, in der ihr Vater seine beiden Frauen mehrfach in die Hölle wünschte, zogen die Eltern ab.

Am nächsten Tag fehlte der Schlüssel in ihrem Schloss. Sie lief durchs ganze Haus, um die Schlüssel der anderen Türen an der ihren auszuprobieren. Sie fand keinen Ersatz. Mit Tränen der Wut warf sie sich auf ihr Bett. Würden sich die Auseinandersetzungen mit ihrem Vater denn endlos weiter verschärfen?

Die aseptische Atmosphäre des Aufbewahrungsraums für die Leichen machte mich frösteln. Hier hielt ich mich überhaupt nicht gerne auf.

Der Pathologe, der uns begleitete, zog die Schublade einer Kühlkammer auf.

Markus nickte stumm.

Johannes informierte uns knapp: „Er ist es."

Erich flüchtete nach draußen. Sein Pflichtprogramm war absolviert.

Die beiden jungen Männer versanken in ein kurzes Gebet. Ich hatte des Öfteren Angehörige wegen der Identifizierung hierher begleitet. Gebetet worden war selten. Gelähmtes Entsetzen, ein Zusammenbruch über dem geliebten Angehörigen, ein Aufschrei – ja. Die beiden Söhne standen der Leiche ihres Vaters erstaunlich gefasst gegenüber. Als wäre sein Tod keine Überraschung für sie und die Trauerarbeit bereits ein Stück vollzogen.

Schließlich gab Johannes das Zeichen zum Aufbruch. Wir trafen Erich direkt vor dem Raum.

„Bringst du die beiden bitte nach Hause? Ich gehe die paar Meter zu Fuß. Wir sehen uns morgen früh. Schönen Feierabend."

Ich begleitete die drei hinaus und schlenderte durch die Virchowstraße und die Pelmanstraße zu unserer Wohnung. Den Horizont überzog ein Abendrot, von dem meine Großmutter um diese Jahreszeit immer sagte: „Das Christkind backt Plätzchen." Das malerische Licht und die kalte Luft taten meinem Kopf gut. Was für Tage!

Lotte hatte weiterhin Spätschicht, Lucy meldete sich nicht auf mein Rufen, als ich die Wohnung betrat. Wahrscheinlich besuchte sie eine Freundin – ihre Mutter würde darüber Bescheid wissen.

Ich hängte meine Jacke an ihren Platz, wusch mir die Hände und setzte mich im Wohnzimmer auf meinen Lieblingssessel gegenüber der Balkontür. Die Dämmerung sickerte durch die Fensterfront ein. Obwohl mein Gehirn übervoll war mit den Eindrücken des Tages, spürte ich dem nach, was mir an den Reaktionen der Brüder Gertak nicht gefallen hatte. Aber ich mochte mich anstrengen, wie ich wollte: Diese Nuss knackte ich heute nicht mehr. Mein kriminalistisches Magengrimmen erhielt keine Antworten.

Darüber musste ich eingeschlafen sein, denn ich wurde davon wach, dass jemand eine Lampe anknipste.

Lotte stand im Mantel vor mir. Ihr Blick streifte über die Decke. „Wann haben wir eigentlich zuletzt angestrichen?"

Begrüßte man so seinen erschöpften Gatten?

„Weiß nicht. Bin hundemüde. Ich muss unbedingt schlafen. Nacht, Schatz."

Ich rappelte mich hoch, drückte meiner Angetrauten einen fahrlässig flüchtigen Kuss auf und wollte mich an ihr vorbeimogeln.

„Nix da. Sage mir wenigstens ordentlich gute Nacht. Wenn du dich mir schon die ganzen Tage über entziehst wegen irgendwelcher Leichen, dann will ich in den wenigen Momenten deiner physischen Anwesenheit wenigstens spüren, dass es dich gibt."

Lotte nahm mich kurzerhand bei den Ohren und drückte mir einen kräftigen Schmatz auf die Lippen.

„So. Gezz darfse im Bett."

Meine liebe Frau. Ich streichelte ihr über das Haar und sah ihr in die Augen. „Das wird besser. Verspreche ich."

„Weiß ich doch. Hat dich halt wieder am Kanthaken, dein Fall. Irgendwann gibt er dich an mich zurück."

Für dieses Verständnis hätte Lotte eigentlich mehr verdient als den Kuss, den ich ihr zur endgültigen Verabschiedung ins Schlafzimmer auf die Stirn drückte.

Meine Bettschwere währte nicht lange. Keine drei Uhr war es, da wurde ich mit einem Mal hellwach.

Natürlich: Das stimmte nicht. Wenn, dann besichtigte man Gebäude bei Tageslicht, gerade Kirchen. Ganz bestimmt solche, deren Chorfenster zentraler Teil ihrer Wirkung war. Nein, Josef Gertak war nicht wegen des Kirchenbaus nach Haarzopf gekommen. Auch der Fundort seiner Gehhilfe sprach dafür, dass er wegen des Friedhofs dort war. Sollten seine Kinder einen solchen Grund nicht kennen?

Mich packte das Fall-Fieber. Ich konnte kaum erwarten, nach Köln abgeholt zu werden. Zu allem Überfluss sägte Lotte im Bett neben mir den Dachstuhl kurz und klein. Meine Nachtruhe durfte ich getrost abschreiben.

Erich erschien überpünktlich. Schlechtes Gewissen oder mangelnder Schlaf – dann natürlich eher wegen der Trauer um eine Beziehung, die gar nicht erst begonnen hatte?

Egal. Der würde schnell anderswo Trost finden – wetterwendisch, wie er den Frauen hinterherlief. Hauptsache, wir starteten rechtzeitig.

Wir fuhren durch leichten Nebel an der nächstgelegenen Auffahrt an der Norbertstraße auf die A52 und wechselten bei Breitscheid auf die A3 in Richtung Köln. Natürlich hatten wir Staus. Den ersten, wo die A46 nach Düsseldorf-Süd und Wuppertal abzweigte, den nächsten auf der Rheinbrücke bei Leverkusen, kurz nachdem wir auf die A1 abgebogen waren. Erich fluchte. Ein zwangsweise beschränktes Tempo setzte seinem Nervenkostüm offensichtlich zu.

Die Staus kosteten uns insgesamt zwanzig Minuten und so verspäteten wir uns. Erst nach Erreichen der A57 lief der Verkehr wieder einigermaßen flüssig. Wir fuhren auf die Türme des Kölner Doms zu, die uns schemenhaft aus dem Dunst grüßten. Endlich erreichten wir die Abfahrt nach Ehrenfeld. Mein Chauffeur setzte den Blinker.

Die Zieladresse lag in einer hässlichen Wohnstraße. Drei- bis viergeschossige Häuser bildeten eine Phalanx, die nur durch ein paar Einfahrten durchbrochen wurde. Der Pflegezustand der Häuser war höchst unterschiedlich. Hier bröckelte Putz, dort hatte man den Stuck farblich herausgearbeitet. Wie komfortabel wohnten im Vergleich dazu die Kirch-Manns. Lag das daran, dass Josef Gertak nicht mehr im Dienst war?

Erich hielt vor einem Haus der Fünfzigerjahre in mittelprächtigem Zustand an. Ein kleiner, drahtiger Mann in schwarzer Lederjacke und Jeans stand rauchend auf dem Bordstein. War das Multhaupt?

„Erich, lass mich raus und suche dir einen Parkplatz. Das müsste unser Kollege sein. Ich will ihn nicht länger warten lassen."

Erich bremste und ich stieg aus.

„Guten Morgen. Sind Sie Herr Multhaupt?", rief ich dem Drahtigen zu.

„Nisch erst seit jestern." Sofort erkannte ich seine Stimme. Während Erich losfuhr, ging ich auf den Kollegen zu und schüttelte ihm die Hand. Er erwiderte den Händedruck kräftig.

„Soll das hier die Adresse eines Pfarrers ein?", fragte ich ungläubig.

„He sull hä jedenfalls jemeld si. Luurens op dat Dürschild. He eset. Gertak."

Tatsächlich. Dort stand der Name unseres Opfers. „Haben Sie hier gestern persönlich angeschellt?"

„Sischer dat. Hätt kinner opgemaat. Sulle mer?"

Als stille Antwort betätigte ich den Taster. Als sich nichts rührte, eine gute halbe Minute später erneut. Dann noch mal in der Stufe Alarm. Nichts.

„Scheint niemand zu Hause zu sein. Übrigens haben wir gestern die Söhne über den Tod ihres Vaters informiert. Die hatten auch keinen Kontakt zur Mutter herstellen können."

„Wegjetrocke?"

„Fragen wir die Nachbarn."

Erich kam den Bordstein entlanggehechtet. Ich stellte ihn Multhaupt vor. Dann versuchte ich es mit der Klingel neben Gertak.

Eine Frauenstimme meldete sich an der Sprechanlage. „Wer ist da?"

Multhaupt bat die Frau, zu öffnen, ohne zu erwähnen, dass wir von der Polizei waren. Der Türsummer brummte.

Wir betraten einen muffigen Flur. Links hing eine Reihe Stahlbriefkästen an der Wand. Gegenüber führte uns eine Holztreppe zwei Etagen hinauf.

Eine ältere Dame erwartete uns oben im wattierten Morgenrock, verschanzt hinter der mit einer Kette gesicherten Wohnungstür. Ihre Augenbrauen bestanden aus zwei aufgemalten Strichen. Die üppigen kastanienbraunen Haare verdankte sie mit Sicherheit einer Perücke.

„Sie sin Frau Hölter?", fragte Multhaupt, ohne Zeit auf einen Gruß zu verplempern.

Die Frau war sichtlich entsetzt, dass drei Männer vor ihr standen. Sie wich einen Schritt zurück. „Was wollen Sie?"

Multhaupt fummelte seinen Dienstausweis aus der Lederjacke.

„Mer kumme von d'r Polizei. Nisch erschrecke. Eijentlisch jeitet om Ihre Nachbarn."

„Mit denen habe ich nichts zu schaffen." Ohne weitere Anstalten verschwand die Frau in ihrer Wohnung und knallte uns die Tür vor der Nase zu.

Multhaupt wurde unwirsch. Er hämmerte mit der Faust an die Tür. „Maache Se op, Jnädichste. Ävver janz fix! Suns kreech isch Se wegen Aussajeverweigerung dran."

Ich stellte mir vor, was der Staatsanwalt zu einer solchen Beschuldigung sagen würde, und schmunzelte innerlich. Dieselben Tricks wie bei uns im Pott. Wahrscheinlich international.

Die künstliche Mähne der Hölter tauchte in einem minimalen Türspalt wieder auf. Zornig sah sie Multhaupt an. Unbeeindruckt stellte der seine Fragen.

„Jejenövver wuhnt doch die Familisch Gertak, rischtisch?"

„Ja."

„Un wä jenau?"

„Er und sie."

„Kein Penz oder sonstije Lier?"

„Nein."

„Wann haben Sie Herrn oder Frau Gertak das letzte Mal gesehen?", schaltete ich mich ein.

„Weiß nicht."

„Isch muss Se bitten, uns aufs Präsidium ze foljen. Vielleischt weed Ihre Erinnerung do 'n bisschen … munterer."

„Ich habe die Kette vorgelegt."

„Hören Se, junge Frau. Passen Sse op, dat mir Se nit abholle looße. Wenn Se uns Froch nit beantwode wolle, müssen Se och de Konsequenze drahre."

Multhaupt ging mit seiner Drohung deutlich zu weit. Nun gut – wir würden ihn nicht verpfeifen.

„Letzte Woche", knirschte Frau Hölter zwischen den Zähnen hervor.

„Wat wohr letzte Woch?"

„Letzte Woche habe ich ihn zuletzt gesehen. Macht ja immer

Radau, wenn der mit seiner Krücke über die Holztreppe geht. Tack, tack, tack. Leise kann der nicht."

„Un Frau Gertak?"

„Die war dabei."

„Seitdem haben Sie kein ‚tack, tack' mehr im Treppenhaus gehört?", fragte Erich

„Nein."

„Sehn Se, junge Frau. Un selvs wenn Se Lappöhrsche jemaat han, han Se kei tack, tack jehört – jood. Un jesenn hann se nätürlisch och nix … Ävver wenn Ihnen noch wat einfällt, dann rufen Se hösch de Junge vun d'r Essener Polizei an. Suns kumm isch persönlich un hol Se doch noch ins Präsidium af. Schöne Dach noch."

Ich konnte der Hölter knapp meine Visitenkarte durch den Türspalt anreichen, da knallte die Tür schon mit heftigem Krachen ins Schloss. Die Alte hatte Haare auf den Zähnen!

Erich machte ein ratloses Gesicht. „Und nun?"

„Jezz spinkse mer ens unge en d'r Possbreefkaste."

Wir folgten Multhaupt hinab. Er blieb vor dem Blechkasten, der mit „Gertak" beschriftet war, stehen, kramte ein Taschenmesser hervor und pulte im Schloss am Kasten herum. Auch das nicht ganz legal. Hauptsache, wir kamen vom Fleck.

Die Klappe des Briefkastens sprang auf und ein ganzer Schwung Post landete vor unseren Füßen. Ich hob die Sendungen auf. Der älteste Stempel stammte von Dienstag letzter Woche. Gut möglich, dass am Mittwoch danach jemand das letzte Mal nachgesehen hatte.

Multhaupt bemerkte das auch. „Dat passt. Beide Gertaks ausjeflojen. Wat mit ihm is, wisse mer."

„Von ihr leider nicht", stellte ich bedauernd fest. „Macht wohl keinen Sinn, die anderen Nachbarn zu fragen?"

„Kommen Se, besöke mer den Küster vun der Gemeinde he. Dä Pfarrer vun dene hätt Urlaub. Dä Küster hab isch jestern noch gekrisch. Dä Tütennüggel hätt uns bestemp wat ze verzälle."

Wir traten auf den Bordstein hinaus und Multhaupt ging mit uns die Straße entlang. Wenige Ecken weiter erreichten wir eine klassizistische Kirche mit spitzem Turmhelm. Wir gingen daran vorbei und gelangten zu einem mehrgeschossigen Gebäude. Die Haustür war nicht abgesperrt.

Multhaupt führte uns zu einer Wohnung im Parterre. Ein gedrungener Endfünfziger öffnete und begrüßte uns. Mit Sicherheit hatte er hinter dem Türspion auf der Lauer gelegen. Anscheinend hatte der Kölner Kollege unseren Besuch angekündigt.

Als Zeichen seines Amtes trug der Küster einen schweren Schlüsselbund am Gürtel, der bei jedem seiner Schritte klimperte. Wir folgten ihm ins Wohnzimmer und nahmen zu dritt auf einem wild gemusterten Plüschsofa Platz.

Im Küster hatten wir einen äußerst schwatzhaften Mann vor uns. Er sprach mit hartem östlichen Akzent. Wie die Hühner auf der Stange lauschten wir seinen Ausführungen.

„… mit dem war nicht gut Kirschen essen, mit dem Gertak. Bis letzten Sommer hat der hier seinen Dienst versehen. Dann ist diese schreckliche Geschichte mit seiner Tochter passiert. Das hat ihn umgeworfen. Sie haben ihn erst auf die Geschlossene gebracht und dann in die Klapsmühle gesteckt. Uns allen war klar, dass der nicht mehr zurückkommt.

Das Presbyterium hat schnell für einen Nachfolger gesorgt. Die waren den Gertak schon lange über. Hatten sich damals vom Superintendenten breitquatschen lassen, ihm eine neue Chance zu geben. Nachdem er in Porz rausgeflogen ist. Ein Wanderpokal, der Gertak. Hat immer Ärger mit den Frauen in der Gemeinde gehabt. Und die sind in den Gemeinden ja meistens in der Überzahl. Hat er nicht akzeptiert, die Weiber. Ihm machte das echte Schwierigkeiten, dass die was zu sagen hatten …"

„Und Frau Gertak?", nutzte ich eine Atempause des Kerls.

„Unscheinbar. Völlig unscheinbar. Ging richtig krumm. Runder Rücken, den Blick immer auf den Boden gerichtet. Wenn man der die Hand gab, fühlte sich das an, als würde man in einen Topf mit Handcreme fassen. Streckte die einem den Arm zur Begrüßung hin, ging sie gleichzeitig einen Schritt zurück, sodass sie mit der Seite zu einem stand. Florettfechterin habe ich sie deshalb im Scherz genannt. Die Florettfechter stehen ihrem Gegner ja auch seitlich mit ausgestrecktem Arm gegenüber. Genauso sah das immer bei der Gertak aus. Kam einem so vor, als wollte die in Wirklichkeit keinem die Hand geben.

Und spindeldürr war die Frau. Nicht sportlich dürr, eher so – wie sagt man – ausgezehrt. Ja, ausgezehrt, das trifft es ganz gut. Immer ihrem Alten hinterher. Wie bei den Moslems. Halber Schritt seitlich von ihm, zwei Schritte dahinter. Den Arsch hat sie ihm nachgetragen. Der brauchte im Haushalt nichts zu machen. Meine Alte hat mich auf Zug, das kann ich Ihnen …"

Ich hakte erneut ein: „Entschuldigung. Das tut jetzt nichts zur Sache. Besitzen Sie vielleicht ein Foto von der Frau? Oder von der Familie?"

„Nein. Hat mich nie interessiert. Machen andere hier genug von. Der Küpper zum Beispiel. Der müsste ein ganzes Archiv haben …"

„Was war das damals für eine Geschichte mit der Tochter der Gertaks?", fragte Erich.

„Mit Maria? Umgebracht hat sie sich. War ein wunderhübsches Ding. Die Jungs haben ihr hinterhergepfiffen. Hätte ich, ehrlich gesagt, auch manchmal gerne.

Na, das war was für den ollen Gertak! In meinem Beisein hat er einen Verehrer seiner Tochter mal zusammengestaucht, dass es nur so gerappelt hat. Fluchen konnte der wie der Leibhaftige höchstpersönlich. Ganz rot angelaufen ist er dann. Dass dem nicht mal der Schädel geplatzt ist.

Meine Alte kann sich ja auch so aufregen, wissen Sie. Wenn ich zum Beispiel die Kartoffeln zu dick schäle oder beim Abtrocknen das Geschirr zu feucht in den Schrank stelle …"

Auch Multhaupt wurde es jetzt zu bunt. „Komm, Jung, ävver jetz kei Fiesematänten. Wann wor dat met dem Duudesfall?"

„Muss im Juni letztes Jahr gewesen sein. Hat in der Gemeinde für Furore gesorgt. Die Gertak ist danach noch mickriger geworden. Sie ist ja nicht mal hier beerdigt, die Kleine. Keiner weiß, wo sie die in die Erde gestopft haben …"

Klick. Ich hörte dem Schwatzkopf nicht länger zu. Klick. Tod! Friedhof!

In Haarzopf?

Wie respektlos der Kerl von den Pfarrersleuten sprach. Deutlich war zu spüren, wie viel Groll er gegen sie hegte. Einen Groll, der sogar die hübsche Tochter einschloss, der er am liebsten selbst hinterhergepfiffen hätte. Sie wurde von ihm verbal zu einem Anhängsel der Familie degradiert, das achtlos in die Erde gestopft wurde. Ich spürte, dass hier ein großes Stück unseres Geheimnisses lag. Begraben.

Klick. Unser Opfer, Pfarrer Gertak – gefunden auf dem Friedhof.

Unser Ermordeter hatte nicht die Kirche besuchen wollen. Er hatte das Grab seiner Tochter besuchen wollen. Ich wurde mir immer sicherer, dass sie in Haarzopf bestattet war. Warum hatten uns seine Söhne das verschwiegen? Wollten sie uns bewusst auf eine falsche Fährte hetzen?

Noch heute würde ich mir die Bestätigung dafür einholen, dass Maria Gertak ihre letzte Ruhe auf dem Friedhof in Haarzopf gefunden hatte. Dann, endlich, hätte ich die Verbindung zwischen Opfer und Tatort aufgedeckt.

„… meine Alte ist ja nicht unbedingt ein Freund davon, wissen Sie. Die hat so ihre eigenen Vorstellungen …"

„Häste noch en Froch, Siebert?"

Aus weiter Ferne drang Multhaupts Stimme zu mir durch, der dem Küster unverblümt über den Mund gefahren war.

„Nein, ich glaube, für heute sind wir fertig."

Um dem Schwatzkopf keine weitere Gelegenheit für die Ausbreitung seines Ehelebens zu geben, erhob ich mich rasch. Ich registrierte die Erleichterung in den Gesichtern meiner Kollegen, die es mir sofort nachmachten.

Multhaupt übernahm es, sich vom Küster zu verabschieden. „Dann mache mer ons jetz op d'r Wääsch. Dach och."

Ohne den ellenlangen Verabschiedungsfloskeln des Küsters zuzuhören, suchten wir das Weite. Erst eine Straße später mäßigten wir unser alarmähnliches Fluchttempo und schlugen einen normalen Schritt an.

„Puuh. Der hat was zu erzählen!", merkte Erich an.

„Op de Schnüss jefallen is he nit. Ävver mer han jo och jet erfahre."

„Genau. Der Sache mit der Tochter müssen wir dringend auf den Grund gehen. Können Sie sich um eine Möglichkeit für uns kümmern, die Akte von ihrem Selbstmord einzusehen?", bat ich Multhaupt.

„Sischer dat. Isch meld misch. Kann isch suns noch wat för üsch donn?"

„Im Moment eher nicht. Ich bedanke mich herzlich für Ihre Hilfe."

„Dofür simmer do. Minge Waare is jleisch öm de Eck. M'r süht sesch. Tschö."

Der Kölner Kollege zündete sich eine Zigarette an und bog nach wenigen Metern in die nächste Straße ab. Ein blaues Wölkchen übermittelte uns seinen Abschiedsgruß.

Erich sah mich an. „Wohin möchte der Herr nun gefahren werden?"

„Wir brechen sofort zum Gemeindeamt in Haarzopf auf."

„Du meinst, wir finden dort auf dem Friedhof das Grab von der Kleinen? Habe ich auch sofort dran denken müssen, als der Küster von ihrem Selbstmord sprach."

Zur Förderung des Arbeitsklimas in Möhrchens Sinne konnte ein kleines Lob nicht schaden. „Du machst dich, Erich. Respekt."

Als wir am Auto meines jungen Kollegen anlangten, schlug mein Lob in Tadel um. „Auf einem Behinderten-Parkplatz stehst du? Das geht gar nicht."

„War nix anderes frei. Was ist das denn?"

Unter dem Scheibenwischer klemmte eine Plastiktüte, auf die ein Halteverbotsschild gedruckt war. Geschah ihm recht, dem Erich.

*

Das ältere Ehepaar ist mittlerweile nach Hause abgezogen. Sie werden dort weitere gemeinsame Zigaretten rauchen und sich weiter anschweigen. Einvernehmlich. Ihren Tisch haben neue Gäste eingenommen, eine muntere Runde Frauen in meinem Alter.

Links von uns steht jetzt ein Männertriumvirat und unterhält sich über Autos. Das kann ich an Gesprächsfetzen wie „VW", „A6", „Tuareg", „Japaner" erkennen.

Guido hat sich in das Gespräch eingeklinkt. Er schwärmt begeistert von seinem neuen Mercedes. Das ist Eckis Thema. Alle zwei bis drei Jahre wechselt er den Wagen. Immer ein Gebrauchter, kurz vor dem Schrottplatz, immer mindestens eine Nummer zu groß für sein Gehalt. Er fachsimpelt mit den Thekenstehern und Guido herum, bis er genug davon hat.

Für mich entsteht dadurch eine Pause, denn jemand, der das Autofahren vor Jahren aufgegeben hat, besitzt naturgemäß kein Interesse an fahrbaren Untersätzen. Ich beobachte, wie die Schaumkrone des frischen Pils, das Guido soeben vor mir abgestellt hat, immer mehr zusammensackt.

Die Diskussionsrunde ist beim Verbrauch angekommen. Es wird mir ewig schleierhaft bleiben, dass es bei Autos, für deren Neuanschaffung ein oder zwei Nettojahresgehälter draufgehen, auf 0,3 Liter Benzin pro hundert Kilometer ankommt. Ecki steht ohnehin mehr auf die alten Spritschlucker. Die liegen seinem eigenen Konsumverhalten am Tresen möglicherweise näher und holen so Sympathiepunkte bei ihm. Für neue oder junge Karossen fehlt ihm ohnehin das Geld.

Ecki wendet sich wieder mir zu.

„Später habt ihr die Akte vom Selbstmord des Mädchens ja einsehen können. Als wir uns damals hier versöhnt haben – nach dem Streit, wie man eine Krücke beim Zuschlagen anfasst, meine ich –, warst du immer noch ganz geschockt von den Aufnahmen, die sie am Fundort des Mädchens gemacht hatten."

Ich kämpfe spontan dagegen an. Gegen genau diese Bilder, die in mir aufsteigen. Es war ein ausgezeichneter Fotograf gewesen, der sie geschossen hatte. Fünf Sichthüllen voll. Jedes Detail hatte er festgehalten.

Ich atme tief durch. „Grausam muss das gewesen sein für die

Kollegen."

„Erich hat damals, glaube ich mich zu erinnern, in die Akte gekotzt. War es nicht so?"

„Ja. Das hat er. Weißt du, er war in diesem Zustand zwischen
dem Reflex wegzusehen und dem Sog des Unfassbaren. Letzteres
hat in ihm gesiegt. Ich vermute, weil es um ein bezauberndes weibliches Wesen ging. Erich blieb eben Erich. Dann hat er gekotzt. Mitten in die Akte der Kölner Kollegen hinein. Der hat sich vielleicht
geschämt."

Ganz trocken wird mein Mund bei dieser Erinnerung. Ich trinke
einen Schluck.

Ecki juckt sich am Ohr. Er schaut nachdenklich in sein leeres
Bierglas. Wahrscheinlich kommen ähnliche Bilder in ihm hoch, von
einem anderen Tatort, von einer anderen Leiche, von anderen Grausamkeiten.

„Bald bist du dann ja auf die richtige Spur gekommen. Hast deinen alten Riecher schnüffeln lassen."

„Ja. Der Selbstmord des Mädchens war der Schlüssel zu allem."

*

Auf dem gleichen Weg, den wir nach Köln genommen hatten, kehrten wir nach Essen zurück. Um diese Zeit immerhin ohne Stau.

Erich ärgerte sich heftig über sein Knöllchen. „Sigi, kann man da
was machen? Polizei im Einsatz oder so?"

„Wir waren nicht im Einsatz."

„Aber wir könnten doch einen drehen."

Ich blieb einsilbig. „Find's heraus."

Mein Fahrer gab keine Ruhe. Mein Mitleid hielt sich allerdings
stark in Grenzen.

Kurz vor Mittag parkte Erich den Wagen bei der Gemeinde. Vertraut waren sie mir geworden, die Kirche rechts und das Pfarrhaus
links der Zufahrt. Wir gingen zwischen ihnen hindurch zum Gemeindeamt. Ich nahm zwei Stufen auf einmal. Oben kam mir Ralf
Möller entgegen. „Herr Siebert! Was führt Sie zu mir?"

Erst jetzt fielen mir die beiden Frauen auf, die ihm huschend wie sein eigener Schatten folgten. Ihre Gesichter waren verquollen. Sie hatten geweint.

Ralf Möller klärte die Situation. „Ich muss auf den Friedhof mit den beiden Damen. Ein Grab aussuchen. Vielleicht kann meine Kollegin …"

„Mein Beileid", stammelte ich verlegen. „Ja, sicher. Ihre Kollegin."

Ich trat den dreien aus dem Weg. Sie gingen ins Treppenhaus zum Fahrstuhl.

Erich und ich suchten den Prototyp einer Gemeindeamtsleiterin im ersten Büro auf. Die Frau saß an ihrem Schreibtisch. Neugierig sah sie uns beim Hereinkommen zu.

„Guten Tag, Frau – entschuldigen Sie, ich habe Ihren Namen vergessen."

„Dörfler."

„Ja, danke. Frau Dörfler, wir kommen, um uns nach einem Grab zu erkundigen. Es müsste ungefähr im Juni gewesen sein. Eine junge Frau. Maria Gertak mit Namen."

„Ah. Die Tochter der Kölner Pfarrersfamilie."

Durfte das wahr sein? Tagelang hatten wir versucht, die Identität des Opfers herauszubekommen. Und hier stand eine Frau, die den Namen wie selbstverständlich ausposaunte. Mir fiel das Versäumnis auf, dass wir Rosa Dörfler bislang nicht das Foto des Opfers gezeigt hatten.

„Kannten Sie Herrn Gertak?"

„Nein. Ihn habe ich nie gesehen. Die Grabstelle haben seine Frau und seine Söhne ausgesucht."

„Hat Herr Kirch-Mann Ihnen erzählt, wer das Mordopfer auf Ihrem Friedhof ist?"

„Das Mordopfer? Sagen Sie bloß, Pfarrer Gertak war die Leiche von Allerheiligen?"

Die korpulente Frau blickte entsetzt über den Rand ihrer Lesebrille zu uns auf. Hätte also nichts gebracht, ihr das Foto zu zeigen. Das erleichterte mich ein wenig. Damit war uns aus Zufall glücklicherweise kein gravierender Fehler unterlaufen.

Ohne weitere Aufforderung kramte Rosa Dörfler in ihrem Gedächtnis. „Ich erinnere mich genau. Ralf war weg zur Sommerakademie. Familie Kirch-Mann war gerade in den Urlaub gestartet. Frau Fröhlich ist erst später in die Gemeinde gekommen. Sie ist seit dem 1. September da. Die Pfarrstelle in unserem zweiten Pfarrbezirk war im Juni noch verwaist. Ich habe sozusagen jeden und alle hier vertreten.

Letztendlich hat Familie Gertak einen befreundeten Pfarrer aus Köln mitbringen müssen, der den Trauergottesdienst in unserer Kirche abgehalten hat. Die arme Mutter. Stand ganz neben sich. Klapperdürr war sie und wenn ich sie angesprochen habe, hat sie immer weggesehen.“

„Wo finden wir das Grab von Maria Gertak?“

„Warten Sie, ich suche es gleich heraus.“

Rosa Dörfler fuhrwerkte an ihrem Computer herum. Warum sollten Gräber und die Namen von Verstorbenen nicht auf moderne Weise verwaltet werden? Es kam mir trotzdem eigenartig vor.

„Da ist es. Nutzungsberechtigter ist ihr Bruder Johannes. Das wollte Frau Gertak damals so. Sie würde zu weit weg wohnen. Komisch fand ich es schon, dass sie die Schwester im Wohnort ihrer Söhne bestatten wollte. Außerdem leben die beiden nicht in Haarzopf. Ich habe mich extra bei einem der Presbyter rückversichert, dass das in Ordnung ging unter diesen Umständen.“

Die Gemeindeangestellte stand auf und führte uns in das Nachbarbüro. Dort hing ein von Hand gezeichneter, vergilbter Plan des Friedhofs an der Wand. Sie deutete auf eine der Grabstellen. „Dort müssen Sie hin. Ich kann gerade nicht weg, weil Ralf unten ist. Das Gemeindeamt soll während der Öffnungszeiten möglichst besetzt sein, wissen Sie. Werden Sie es alleine finden?“

Ich prägte mir die Lage der Wege ein und zählte von einer der Kreuzungen aus die Grabstellen ab. „Kriegen wir hin. Danke für Ihre Mithilfe.“

„Wissen Sie schon, wer’s war?“

Immer wieder wurde uns diese Frage gestellt. Als ob es das

Selbstverständlichste von der Welt war, den Namen von Mördern auszuplaudern.

„Nein. Wir ermitteln noch. Möchten Sie einen Verdacht äußern?"

„Gott bewahre. Da will und kann ich nichts zu sagen. Sie sollten sich nur damit beeilen, ihn zu kriegen. Hier wird wild spekuliert, wissen Sie."

Jetzt wurde ich hellhörig. „Was spekuliert man denn so?"

„Von mir dazu kein Sterbenswörtchen."

Wieselflink, wie ich es ihr nie zugetraut hätte, verschwand die korpulente Frau in sichere Gefilde. Ich überlegte, ob ich nachsetzen sollte, ließ es dann aber bleiben. Was halfen schon laienhafte Verdächtigungen weiter?

Wir gingen hinaus und suchten das Grab. Es war leicht zu finden. Frische Astern standen darauf.

Ich zückte das Handy und rief Hartmut an. „Hallo Kollege. Ich hätte da was auf dem Haarzopfer Friedhof. Kannst du kommen?"

„Nicht schon wieder. Was gibt es denn?"

„Nur eine einzelne Grabstelle. Das große Programm kannst du dalassen."

„Wie ich dich kenne, sofort?"

„Sofort!"

Falter sagte sein baldmöglichstes Erscheinen zu. Ich wandte mich an Erich: „Komm. Wir gehen zur Straße und warten auf Hartmut."

Mein junger Kollege wurde als Erster auf die beiden Spaziergänger aufmerksam, die den Hauptweg entlangschlenderten. Simone Strohschein, seine Angebetete aus dem Chor, und ein Mann. Unsere Wege würden sich kreuzen.

Je näher wir den beiden kamen, desto deutlicher wurde mir, dass neben der zierlichen Sängerin kein männliches Wesen ging, sondern eine hochgewachsene, kräftige junge Frau. Mit freundlichem Lächeln kamen sie auf uns zu. Schon standen die beiden vor uns. Ich sah mir die Begleitung von Simone Stroschein näher an. Ihre Schulterpartie ließ erahnen, dass ihre Rückansicht der eines Preisboxers zur Ehre gereicht hätte. Die Haare trug sie ähnlich kurz geraspelt wie Erich und ihrem Gesicht entsprang eine überdimensionale Nase, die zu allem Überfluss ein Piercing verunzierte. Die Haarstoppeln waren schwarz gefärbt und sie war ganz in Schwarz gekleidet. Ihre unreine Haut trug Reklame für ein Sonnenstudio. Bräunungsgrad Grillhähnchen.

Meine Güte. Die junge Frau erreichte fast Erichs Körpergröße.

Simone Stroschein stellte uns ihre Begleitung vor: „Guten Tag. Die Herren sind von der Polizei, Mag. Du weißt doch, dieser Tote, von dem ich dir neulich erzählt habe. Das hier ist meine Schwester Margarethe.“

Die Augen der Schwarzen ruhten wohlwollend auf dem stolzen männlichen Exemplar neben mir.

Erich wich erschrocken zurück. So schnell hatte er nicht damit gerechnet, die Schwester der hübschen Sängerin kennenzulernen. So eine schon gar nicht.

„Ihr seid Schwestern? Ehrlich: Darauf käme man nicht unbedingt“, stammelte er.

„Halbschwestern“, hauchte die Preisboxerin.

Passend zu ihrem Körpervolumen besaß sie eine herbe, dunkle Stimme. Während ihre Schwester im Sopran sang, würde sie den Tenor damit prächtig unterstützen.

„Komm, Sigi. Wir haben es eilig. Entschuldigt uns bitte. Guten Tag.“

Erich zerrte mich förmlich von den beiden Frauen weg. Es gelang mir soeben, mich ebenfalls zu verabschieden. Dann rannte ich Erich hinterher, der einen regelrechten Laufschritt anschlug. Innerlich krümmte ich mich vor Lachen. Das geschah ihm recht, meinem Frauenheld.

„Was war das denn?“, fragte mein junger Kollege, als ich ihn einholte.

„Eine nette junge Frau, die eine sehr schöne Singstimme besitzt, und ihre Schwester. Nix für dich?“

„Von der kriegste ja blaue Flecken.“

Ich beherrschte mich so sehr, nicht loszuprusten, dass ich

beinahe daran erstickte. „Schade. Ein Beuteengel weniger auf deiner Speisekarte."

„Mach du dich ruhig lustig."

Der Lachreiz überwältigte mich endgültig. Lauthals platzte es aus mir heraus. Ich hoffte inständig, dass die beiden Schwestern außer Hörweite waren.

Wir mussten vorne an der Raadter Straße noch etwas auf Hartmut warten. Erich sprach währenddessen kein Wort. Er war eingeschnappt, weil ich über ihn gelacht hatte.

Schließlich bog Falter in seinem betagten Peugeot um die Ecke. Er parkte neben Erichs BMW ein und stieg aus.

„Na, Kollegen. Wieder mit Friedhofsgeheimnissen beschäftigt?"

„Wir kommen von diesem Gelände nicht mehr los. Von den Toten nicht und nicht von den Lebenden."

Hartmut war sichtlich überrascht von dem giftigen Blick, den Erich für diese Bemerkung auf mich abfeuerte, wagte aber nicht, nachzufragen.

Wir führten den SpuSi-Mann quer über das Gelände zum Grab des Mädchens. Er schleppte schwer an seinem Utensilienkoffer und kam aus der Puste. Augen auf bei der Berufswahl!

„Schau, Hartmut. Da liegt die Tochter unseres Opfers begraben." Ich zeigte auf die Stelle.

„Die Tochter?"

„Ja. Stell dir vor: Niemand hat uns bisher die Verbindung zwischen dem Ermordeten und dem Ganzen hier aufgezeigt. Pfarrer Kirch-Mann nicht, der Gemeindeamtsleiter nicht, keiner aus dem Presbyterium, keiner aus dem Chor. Seltsamerweise auch ihre Brüder nicht. Erst in Köln, wo ich heute Morgen mit Erich war, hat uns jemand diesen Fingerzeig gegeben."

„Hat man euch das extra verschwiegen?"

„Selbst das ist möglich."

„Und jetzt soll ich auf diesem Grab nach Spuren suchen?"

„Exakt."

„Sehen wir, was sich da machen lässt."

Hartmut kniete vor der Grabstelle nieder. Dabei war ihm seine

Hose augenscheinlich schnuppe. Er streifte einen Latexhandschuh über und berührte den Rindenmulch, der auf dem Grab ausgestreut war, vorsichtig mit der Handfläche. Dann kramte er einen Handfeger aus seinem Koffer und fegte die Holzstückchen an einer Ecke herunter. Zufrieden schaute er zu mir hoch.

„Sah mir gleich danach aus. Dieses Grab ist frisch hergerichtet worden. Nachdem man den alten Rindenmulch entfernt hat, wurde der Boden zentimetertief durchgeharkt. Dann hat man den Mulch ausgetauscht. Hier finde ich niemals etwas für euch."

Mist. „Wann war das?"

„Könnte gestern gewesen sein. Oder vorgestern. Sieh dir die Blumen an. Sind ganz frisch. War wahrscheinlich ein Abwasch."

„Dann such doch mal nach Fingerabdrücken auf der Steckvase. Vielleicht haben ja die, die das hier pflegen und Blumen hinbringen, etwas mit dem Mord zu tun."

„Wenn du meinst."

Achtlos kippte Hartmut Blumen und Wasser auf den Weg. Er nahm einen Pinsel aus dem Koffer und bestäubte die Vase mit seinem Zaubermittel. Dann schüttelte er den Kopf. „Hier hat jemand mit Handschuhen gearbeitet. Wahrscheinlich erst geharkt, dann den Mulch draufgekippt und verteilt, dann die Handschuhe anbehalten und die Blumen hingestellt. Am oberen Rand sind nämlich Lehmflecken zu erkennen, die zu dieser Version passen. Ich bin untröstlich, meine Herren. Hier ist nichts für mich zu holen." Hartmut stand auf. „Die schöne Ordnung stellt ihr wieder her, ne?"

Ich knirschte mit den Zähnen. Weder ein Beweis, dass Pfarrer Gertak am Grab seiner Tochter umgebracht worden war, noch ein eventuell hilfreicher Fingerabdruck.

„Lass mir bitte ein Paar Plastikhandschuhe da. Ich bringe das in Ordnung."

„Soll recht sein. Und tschüss." Hartmut schnappte seinen Koffer und schlenderte pfeifend davon.

„Scheiß Fall", grummelte ich. „Weißt du was, Erich? Du machst für diese Woche Feierabend und leckst deine Liebeswunden. Ich mache das Grab wieder klar."

„Wie kommst du nach Hause?"

„Zu Fuß. Eine kräftige Portion Luft wird mir nach der ganzen Fahrerei guttun."

„Wenn du meinst. Dann schönes Wochenende."

„Schönes Wochenende, Erich. Und Finger weg von den Gothic-Bräuten!"

„Wäh, wäh, wäh ..."

Ich glaube, mein junger Kollege war froh, dass ihm zwei Tage außer Reichweite meines Lästermauls bevorstanden.

Ich blieb am Grab zurück. Unzweifelhaft hatte unser Opfer hierher gewollt an seinem letzten Abend. War er so weit gekommen? Hatte er diesen Platz erreicht?

Seufzend breitete ich ein Papiertaschentuch auf dem geschotterten Weg aus und kniete darauf nieder. Dann streifte ich Hartmuts Paar Handschuhe über. Notdürftig wischte ich den abgetragenen Rindenmulch zurück auf das Grab. Dann nahm ich die Vase und suchte eine der Wasserzapfsäulen auf. Mittlerweile kannte ich diesen Friedhof gut.

Nachdem die Astern wieder an Ort und Stelle standen, verharrte ich einen Moment vor dem Grab. Es mochte Trost spenden, sich um diese kleine Parzelle zu kümmern, wenn man eine nahestehende Person verloren hatte. Irgendwann würde Lotte vor meinem Grab stehen oder ich vor dem ihren. So laufen die Dinge auf Erden nun mal.

Plötzlich schoss mir etwas durch den Kopf. Ohne jemals darüber nachgedacht zu haben, war ich mir in diesem Augenblick absolut sicher: Ich wollte eine Erdbestattung. Auf keinen Fall wollte ich verbrannt werden und meine letzte Ruhe in einer Urne finden. Meine Angehörigen sollten Blumen auf mein Grab pflanzen. Vielleicht auch einen Stein aufstellen.

Bei Gelegenheit würde ich das mit Lotte besprechen.

Vermisst

Die eigene Wertschätzung, geschöpft aus dem schmeichelhaften Spiegelbild, hielt. Noch gelang es ihrem daraus gespeisten Trotz, gegen alle Widernisse zu bestehen.

Gierig nach Aufmerksamkeit vonseiten ihrer männlichen Mitschüler überlegte sie ständig, wie sie ihre Attraktivität weiter unterstreichen könnte. Sie kaufte gezielt Kleidung, die ihr gut stand und dennoch nicht aufreizend genannt werden konnte. Natürlich gab es seitens des Vaters immer etwas daran auszusetzen. Mal bemängelte er, dass die Jeans zu knapp saß, mal fand er den Pullover zu figurbetont. Wenn es nach ihm gegangen wäre, hätte sie nur Klamotten im Schnitt Kartoffelsack getragen.

Wie gerne hätte sie ein Tattoo gehabt!

Neidvoll sah sie den Mitschülerinnen nach, die mit dem frisch erworbenen Körperschmuck in der Schule prahlten.

Die Überlegung, an welcher Stelle sie ein Tattoo tragen könnte, ohne dass es vom Vater entdeckt würde, führte dazu, dass sie mit einer sternförmigen Tätowierung um den Bauchnabel herum liebäugelte. Je länger sie darüber nachdachte, desto geeigneter schien ihr die geheime Stelle zu sein. Bikinis waren ihr ohnehin verboten und bauchfreie T-Shirts erst recht.

Weder Mutter noch Vater würden die notwendige Einverständniserklärung unterschreiben, da war sie sich sicher. Also fälschte sie einfach die Unterschrift und ging in ein Studio, das etliche Stadtteile entfernt lag. Es überraschte sie, wie schmerzhaft die Prozedur war.

Anschließend stand sie oft vor dem Spiegel und lächelte ihren verzierten Bauchnabel an. Ab jetzt trug sie ein wunderbares Geheimnis mit sich herum, ein Zeichen, dass sie sich dem Willen des Vaters niemals unterordnen würde.

Ich startete ebenfalls vom Friedhof unmittelbar ins Wochenende. Zuvor rief ich Möhrchen an, ob es noch etwas zu erledigen gab. Sie steckte mir, dass Montagnachmittag ein Pressetermin fällig wäre. Manni habe angefragt, wann ich deswegen Zeit für ihn fände.

„Heute auf keinen Fall. Können wir am Montag einschieben."

„Um wie viel Uhr?"

„Vormittags. Such dir was aus."

„Okay. Tschüss, Sigi. Schönes Wochenende."

„Tschüss. Auch für dich!" Sie war mir in den wenigen Tagen richtig ans Herz gewachsen, unser Möhrchen.

Mein Gehirn hatte neue Nahrung erhalten. Ein frisch gemachtes Grab: Was bedeutete das nun wieder? Pfarrer Kirch-Mann hätte sich niemals da eingemischt. Es konnten nur die Brüder Gertak sein, die das beauftragt oder selbst in die Hand genommen hatten. Warum? Zufall? Oder sollten hier absichtlich Spuren vertuscht werden? Die beiden wurden langsam verdächtig.

Ich war so mit meinen Gedanken beschäftigt, dass ich den Heimweg kaum wahrnahm. Unvermittelt stand ich vor unserer Wohnungstür. „Hallo Paps!", begrüßte mich Lucy, die gerade in ihrem Zimmer verschwand. Sie ließ mir kaum Gelegenheit, den Gruß zu erwidern. Ich wusste, dass ich sie an diesem Abend nicht mehr sehen würde.

Meine Jacke wanderte auf ihren Haken und ich setzte einen Kaffee auf. Wir benutzten noch eine altmodische Maschine. Langsam, aber stetig floss das erhitzte Wasser durch den Filter. Vielleicht half mir diese Dröhnung Koffein bei der Bewältigung meiner neuen Denksportaufgabe.

Die Hoffnung trog. Auch nach der vierten Tasse Kaffee blieb mein Oberstübchen leer. Entmutigt trat ich ans Küchenfenster und blickte auf die Straße hinab. Gnädiges Laternenlicht kaschierte das herbstliche Grau.

Heute war Lottes letzte Spätschicht, Montag würde sie früh anfangen. Ich vertrödelte die Zeit, bis ich zur „Aktuellen Stunde" den Fernseher einschaltete. Lustlos folgte ich den Ereignissen des Tages. In den anschließenden Nachrichten brachten sie auch nichts, was mich wirklich interessiert hätte. Der Spielfilm im Anschluss, laut Programmzeitschrift ein Thriller, plätscherte platt vor sich hin.

Irgendwann raschelte es im Flur. Lotte kehrte heim. Ich war halbwegs stolz auf mich, dass ich heute nicht vorher weggedämmert war. Schließlich war ich seit drei Uhr wach. Kaum hatte mir meine Angetraute jedoch ihren Begrüßungskuss aufgedrückt, befiel meine

Augenlider bleierne Schwere. Die Erschöpfung nach dieser anstrengenden Woche verlangte ihren Tribut. Als Lotte mit einem Butterbrot aus der Küche zurückkam, schlief ich bereits fest, was mir ihrerseits eine Portion Häme einbrachte. Zerknirscht verabschiedete ich mich in die Federn.

Da meine Frau Besorgungen auf dem Programm hatte, bei denen sie ihren Mann nicht gebrauchen konnte, blieb mir am Samstagmorgen Zeit für mich. Ich nutzte die Gunst der Umstände und drehte eine ausgiebige Joggingrunde. Diesmal lief ich die ehemalige Bahntrasse hinunter zur Zornigen Ameise, querte die Zufahrt zur Konrad-Adenauer-Brücke und hielt mich an der Ruhr entlang Richtung Kupferdreh. Idyllisch und träge wälzte sich der Fluss unter milchigen Dunstschwaden in seinem Bett. Die entlaubten Büsche und Bäume gaben immer wieder den Blick auf kleine Teiche und einen Nebenarm frei. Ich atmete durch. Gut drauf heute Morgen.

Schließlich erreichte ich meinen Umkehrpunkt, die Rote Mühle. Bis hierher waren es immerhin gut acht Kilometer von Zuhause. Ich verschnaufte eine Viertelstunde auf einer Bank und holte mir dabei einen feuchten Hintern. Machte nichts.

Ich lief den gleichen Weg zurück. Diesmal fiel er mir schwerer, denn ab der Zornigen Ameise stieg die ehemalige Bahntrasse stetig an. In Höhe Bussardweg legte ich eine weitere kurze Verschnaufpause ein, da ich Seitenstiche bekommen hatte. Zu Hause unter der Dusche klopfte ich mir auf die Schulter: Ich war gut in Schuss.

Unterwegs gingen mir die geklärten und ungeklärten Details des Friedhofmordes durch den Kopf und verfolgten mich bis in unser Badezimmer. Eine Beziehung zwischen Opfer und Tatort war gefunden: das Grab der Tochter. Wahrscheinlich war es Frau Gertak gewesen, die ihn dorthin begleitet hatte. Ein Besuch der Eltern an der letzten Ruhestätte ihres Kindes. Mir kam Lucy in den Sinn. Solches Leid mochte ich mir nicht weiter ausmalen.

Warum hatte die Pfarrersfrau darauf bestanden, die Schwester am Wohnort der Brüder zu beerdigen? Vorsorge für die Grabpflege?

Nein, bestimmt nicht. Wer konnte schon wissen, wohin es zwei Burschen dieses Alters im Leben verschlug. Merkwürdig blieb, dass

Frau Gertak bislang unauffindbar geblieben war. Wir hätten sie so dringend als Zeugin vernehmen müssen. Um ein genaues Bild der Verhältnisse in der Kölner Pfarrersfamilie zu erhalten, wären ihre Aussagen bestimmt hilfreich.

Uns blieben die Brüder. Wir würden sie das fragen müssen, was ich lieber Frau Gertak gefragt hätte. Sie rückte in meinen Überlegungen immer mehr zur Schlüsselfigur des Rätsels auf. Ein Unding, dass uns die Gertak-Brüder Marias Grabstätte verschwiegen hatten. Eine Überforderung zum Zeitpunkt der Überbringung der Todesnachricht? Wartet, Freunde! Wir fühlen euch noch auf den Zahn!

Ich schlang ein Handtuch um die Hüften und ging in die Küche, um etwas zu trinken. In diesem Moment kehrte Lotte von ihren Besorgungen zurück. „Oh Sigi, du Bulldogge. Kriegst du keine Ruhe?"

„Muss ich was dazu sagen?", hielt ich ihr brummig entgegen.

„Nee, musst du nicht. Brüte du schön dein Ei aus. In einer Stunde steht das Essen auf dem Tisch."

Eine weitere Stunde des Grübelns, Rätselns, der Sackgassen. Mir schmerzte die Stirn vor Anspannung.

Als es soweit war, stiefelte ich in die Küche hinüber. Lucy saß bereits vor ihrem Teller. Seit dem letzten Wochenende begegnete sie mir das erste Mal am Tisch. Tür an Tür wohnte ich mit meiner Tochter und trotzdem blieb uns so wenig Zeit für Gespräche. Dass sie sich derart zurückzog, ärgerte mich spontan. Das begünstigte das Spannen der Familienfalle.

„Alt bist du geworden." Ich bemühte mich gar nicht erst, konziliant mit Lucy umzuspringen.

Unsere Tochter sah mich verständnislos an.

„Überlege mal, wann ich dich zuletzt gesehen habe", klärte ich sie auf.

Nicht Lucy, nein, Lotte gab Gas. „Überlege du erst mal, wann du zuhause warst. Dienstag spät, Mittwoch spät. Am Donnerstag hast du im Sessel geschnarcht, als ich von der Arbeit gekommen bin. Den gestrigen Abend hast du vorm Fernseher verpennt und Lucy überhaupt nicht bemerkt, als sie von Mira nach Hause kam. Lass sie gefälligst in Frieden. Du machst dich rar, nicht sie."

„Ich habe grundsätzlich gesprochen."

„Bewahre uns vor deinen komischen Grundsätzen. Wenn wir des Herrn gnädig ansichtig werden dürfen, dann halte er wenigstens Frieden."

Lucy schickte mir ein Grinsen über die Tischplatte. Ihr gefiel es sichtlich, dass ihr die Auseinandersetzung mit mir durch die Intervention ihrer Mutter abgenommen wurde. Typisch: Immer waren sich die beiden Frauen einig. Und Lotte lag alle Zeit wie eine Löwin zwischen mir und dem Kind.

Verärgert setzte ich mich auf meinen Stuhl. Die Frau des Hauses tischte unterdessen heißen Eintopf auf. Pichelsteiner – nicht gerade mein Lieblingsgericht. Lotte schippte mir wortlos zwei Kellen davon auf den Teller. Ebenso wortlos nahm ich den Löffel zur Hand und begann zu essen.

„Du dürftest ruhig warten, bis wir alle etwas auf dem Teller haben. Aber dem Kind eine Moralpredigt halten."

Der Löffel glitt mir aus der Hand. Eine Laune war das hier: Nicht zum Aushalten!

An Lucy prallte unser kleiner Disput ab. Sie nahm ihr Essgerät zierlich zwischen die schlanken Finger und aß in kleinen Bissen vom Eintopf. Man sah ihr an, dass sie mit den Gedanken irgendwo herumflanierte. Ich fixierte stur meine Mittagsration. Als ich endlich Lottes Löffel über den Tellerrand schaben hörte, getraute ich mich, wieder mit dem Essen zu beginnen.

Nach Minuten andächtigen Schlürfens war es schließlich Lucy, die das Schweigen brach. „Ich habe mir überlegt, Kunstgeschichte zu studieren. In Berlin."

Hatte ich richtig gehört? Kunstgeschichte? Außerhalb, damit es schön teuer für die Eltern wurde? Da sei Sigi Siebert vor!

„Was gedenkst du denn zu arbeiten mit Kunstgeschichte?"

„Arbeiten?" Entgeistert schaute mich meine Tochter an. Dass man etwas arbeiten musste, um zu leben, schien ihr kein Kopfzerbrechen zu bereiten.

„Ja. Arbeiten. Irgendwo hingehen, etwas tun, Geld verdienen."

„Das weiß ich doch jetzt noch nicht. Das Studium dauert

mindestens fünf Jahre." Lucy hörte sich regelrecht entrüstet an.

Ich schnappte nach Luft. „Fünf Jahre? In Berlin?"

Wie gewöhnlich, wenn sich atmosphärische Störungen in die Vater-Tochter-Kommunikation einschlichen, griff Lotte ein: „Sigi, lass das Kind bitte ungehindert über seine Zukunft nachdenken. Ist doch schön, wenn sie weiß, was sie will. Das ist beileibe nicht bei allen ihrer Altersgenossen so. Unterhalte dich mal mit anderen Eltern. Mir ist es recht, wenn Lucy eigene Vorstellungen entwickelt." Zärtlichkeit in den Augen, tätschelte Lotte den Handrücken unserer Tochter.

„Was ist das für eine Vorstellung? Kunstgeschichte? Damit kann sie nichts anfangen später. Glaub mir."

„Wer gut in seinem Fach ist, der findet immer was. Und bisher gibt es ja wohl wenig an ihren schulischen Leistungen zu mäkeln."

Ich gab mir wirklich Mühe, einzulenken. „Was kann man denn damit machen? Mit Kunstgeschichte?"

„Zur Not promoviere ich eben", erhöhte Lucy meinen Blutdruck weiter.

Meine Stimme fiel in einen leicht hysterischen Diskant. „Promovieren? In Kunstgeschichte? In Berlin? Wer zahlt das?"

„Ihr", antwortete Lucy, ganz die Unschuld, ehrlich erstaunt.

„Wir", antwortete zeitgleich Lotte, ganz die fürsorgliche Löwenmutter, ehrlich überzeugt.

„Wir?", fragte ich zurück, als hätte ich etwas nicht verstanden.

„Jetzt iss deinen Pichelsteiner und nörgele nicht mehr an dem Kind rum. Freu dich lieber, dass unsere Tochter Perspektiven entwickelt. Alles Weitere werden wir ausführlich besprechen, wenn es soweit ist."

Wenn ihr zwei euch lange einig geworden seid, dachte ich bei mir. Laut auszusprechen hätte ich mich das nie getraut. In Lottes Beschwichtigungsversuch hatte ein deutliches Alarmsignal mitgeschwungen. Vermintes Gelände.

Mir blieb nur, bis zu Lucys Abitur auf ihre Entscheidung einzuwirken. Dabei machte ich mir natürlich etwas vor. Als wenn meine Argumente bei unserer Tochter verfingen. Und als wenn ich den

Pakt mit ihrer Mutter aufbrechen könnte.

Immerhin lenkte mich der teure Dreiklang vom Haarzopf-Fall ab: Kunstgeschichte, Promotion, Berlin. Diese Drohkulisse besetzte meine grauen Zellen.

*

Eckis Miene zeigt eine gewisse Schadenfreude. Er schluckt so hart daran, nicht laut zu lachen, dass sein ansehnliches Taillenvolumen in Schwingungen gerät.

Die Kleinkariertheit, meinem Saufkumpanen Missfallen über den Grund seines Amüsements zu signalisieren, kann ich mir nicht verkneifen. „Immer lustig, der Ecki."

Ecki wischt sich eine Lachträne aus dem Augenwinkel. „Sie hat Kunstgeschichte studiert."

Ich kneife meine Lippen zu einem schmalen Band zusammen. „Und sie ist gerade dabei, zu promovieren. Vor einem halben Jahr, gleich im Anschluss an ihren Master, hat sie damit angefangen. Lotte ist mächtig stolz auf ihr Mädchen. Und ehe du etwas dazu sagst: in Berlin. Wir drücken immer noch einen monatlichen Obolus ab."

„Gib's zu: Du bist kaum weniger stolz als deine Frau."

Ecki hat mich erwischt. „Okay. Prachtmädel. Was sie sich in den süßen Kopf gesetzt hat, bringt sie zu Ende."

„Das ist aber nicht der Lacher, an dem ich gerade kaue."

„Sondern?"

„War das nicht das Wochenende, an dem diese Anstreichaktion ins Leben gerufen wurde?" Ecki kann sich nicht länger zurückhalten. Er wiehert so laut auf, dass wir der Aufmerksamkeit aller in der Kneipe befindlichen Gäste gewiss sein dürfen. Dass er das noch weiß.

„Bis jetzt waren wir gute Freunde. Erinnere mich bloß nicht daran."

Ecki blinzelt mich gutmütig an. Mein Nacken schwillt wieder ab. Die Großmut des Alters. Seine gute Laune steckt mich einfach an. Böse sein darf ich ihm nicht, denn der Depp bei dieser Sache bin bewiesenermaßen ich gewesen.

Ich falle in Eckis Lachen ein, wenn auch etliche Dezibel gedämpfter. Dann gebe ich Guido, dessen fragendes Gesicht ob unserer Lachsalven ihn kaum intelligent aussehen lässt, das Zeichen zum Anzapfen zweier frischer Pils.

Unser Gastgeber nimmt sein Werk auf, anscheinend beruhigt von der Tatsache, dass Ecki und ich wieder Luft bekommen.

*

Es fing ganz harmlos an. Am Sonntagmorgen. Am Frühstückstisch, wo viele dieser „harmlosen" Aktionen anfangen.

„Du denkst bitte daran, dass wir in diesem Jahr noch das Wohnzimmer streichen wollen", flocht Lotte in unseren spärlichen Austausch während des Frühstücks ein, während sie ihr Ei aufschlug. Sehr energisch aufschlug, was gleich meinen siebten Familiensinn alarmierte.

„Habe ich nicht vergessen", erwiderte ich lustlos, mit reichlich Brötchen im Mund.

„Noch sechs Wochen, dann ist Weihnachten."

Ohne dass Lotte einen Zusammenhang zwischen ihrer Eingangsbemerkung und ihrer Einlassung, wie dünn der Kalender geworden war, herstellte, wusste ich genau, was sie mir damit andeuten wollte. Ich war geliefert.

„Nächstes Wochenende fangen wir an."

„Nächstes Wochenende? Ja meinst du denn, die Handwerker stehen gelangweilt auf der Straße herum und warten auf dich?"

„Wie, Handwerker? Malerarbeiten haben wir immer noch selbst gemacht."

„Beim Flur hast du gesagt, das wäre das letzte Mal, dass du eigenhändig zur Farbrolle greifst. Wenn du mich fragst: Das war eine weise Einsicht."

Ich erinnerte mich schwach daran, dass beim letzten Anstrich im Flur etliches schiefgelaufen war. Wenn man genau hinsah, trugen die Wände zwei unterschiedliche Weißtöne. Trotzdem ärgerte es mich, dass Lotte an mir zweifelte.

„Man kann ja dazulernen."

„Oder soll ich Heinz …"

Dass Lotte wagte, meinen Schwager Heinz ins Gespräch zu bringen! Den Klugscheißer, der zugegeben bei jedweder Art handwerklicher Betätigung äußerst geschickt vorging. Dafür ließ er es einen pro Handgriff drei Mal wissen, wie gut er war. „Sieh her, wie man das macht!" – „Immer gleichmäßig von oben nach unten!" – „Den Pinsel vor dem Ansetzen immer schön abstreifen!" – „Na, ist das mal klasse? Oberklasse, was?"

Ich hasste diesen selbstverliebten Alleskönner und fühlte mich von meiner Frau gedemütigt. „Kein Heinz", zischte ich in ziemlich bedrohlichem Ton.

Lotte erkannte klug, dass das Eis, auf dem sie unterwegs war, nicht trug. Meine einfühlsame Gattin gab Ruhe, wenn auch die Skepsis nicht aus ihrem Blick wich.

Damit war das Thema zunächst ad acta gelegt. Mir war der Sonntag gründlich verdorben, wusste ich doch nur zu genau, dass ich am nächsten Wochenende gefordert sein würde, sollte nicht irgendwann Heinz auf meiner Leiter im Wohnzimmer stehen und mich von oben herab anmachen.

Nach diesem Wochenende war ich beinahe froh, am Montag aus der familiären Gefahrenzone entkommen zu dürfen. Möhrchens Kaffee verwandelte mein Büro regelrecht in eine Wohlfühloase. Ein kleiner Lichtblick.

„Na, Sigi, wie war dein Wochenende?"

„Frag mich nicht. Irgendwas zwischen ungelöster Fall und Fettnäpfchen. Und wie war's bei dir?"

„Ganz schön eigentlich. Ich habe meine Eltern besucht, war mit einer Freundin im Kino und am Sonntag habe ich für die Nachbarn im Haus etwas Spanisches gekocht. Einstand."

Ich musste an Lucy denken. Die kriegte kaum ein Ei abgeschreckt. Aber in Berlin studieren.

„Du kannst kochen, Möhrchen?"

„Na klar. Mit Leidenschaft."

„Dein Kaffee ist jedenfalls vorzüglich – sollte ich das noch nicht erwähnt haben."

„Das darfst du ruhig häufiger sagen. Das höre ich gerne. Was macht denn der Fall, wenn er dich sogar ins Wochenende verfolgt?"

„Ich finde das Ende der Schnur nicht. Einiges scheint auf Pfarrer Kirch-Mann zu weisen. Irgendetwas sagt mir, dass er nur das Pech hat, in Fallstricke verwickelt zu sein. Was ich sonst noch an Verdachtsmomenten in mir bewege, ist zu vage und das möchte ich für mich behalten. Aber du könntest etwas tun."

„Zuerst habe ich eine Neuigkeit für dich."

Abrupt sprang der Motor an. Aufmerksam sah ich in Möhrchens saphirblaue Augen, die mich listig anfunkelten. „Jetzt bist du wach, was? Die Brüder Gertak haben am Sonntag Vermisstenanzeige wegen ihrer Mutter erstattet."

„Ach." Mehr fiel mir dazu nicht ein.

„Ich könnte mir denken, dass du und Erich damit betraut werdet. Kommt bestimmt gleich der Anruf."

„Woher weißt du es?"

„Intranet. Welchen Auftrag hast du für mich?"

Ich war so mit der Neuigkeit beschäftigt, dass ich das beinahe vergessen hätte. „Du könntest versuchen herauszufinden, ob es irgendeine Verbindung zwischen den Herren Kirch-Mann und Gertak gibt. Ich meine, schließlich sind beide Pfarrer. Vielleicht haben sich ihre Wege mehr als nur dieses eine Mal beim Besuch der Kölner Kirche gekreuzt. Im Studium oder während ihrer beruflichen Stationen. Wo waren sie überall tätig? Gab es gemeinsame Förderer, Dritte, über die eine Spur läuft? So'n Kram halt."

„Meinst du, das bringt was?"

„Das weiß man nie. Auszuschließen ist in diesem Fall nix. Ehrlich gesprochen: Ich möchte meinen Verdacht gegen Pfarrer Kirch-Mann loswerden. Wie gesagt: Meinem Gefühl nach sprechen nur unglückliche Umstände gegen ihn."

Möhrchen schaute mich unverständig an. „Dein Gefühl?"

„Ja, ich verlasse mich manchmal auf mein Gefühl. Und bin übrigens bisher selten davon getäuscht worden. Das passiert mir höchstens zu Hause bei meinen Lieben."

„Und ich dachte, nur Fakten zählen für einen Kriminalisten. Habe ich mir während der Ausbildung und hier auch schon anhören müssen."

Ein wenig ärgerte ich mich darüber, von einem Grünschnabel hinterfragt zu werden. Energischer als eigentlich beabsichtigt fuhr ich der kleinen Roten über den Mund. „Geh an deine Arbeit. Das muss ich dir nicht erklären."

Beleidigt zog Möhrchen ab. War es ihre kleine Rache, die Kaffeekanne mitzunehmen, ohne meine leere Tasse nachgefüllt zu haben? Scheiße. Jetzt war der Zicken-Terror in meinem Büro angekommen.

Der Anruf ließ nicht lange auf sich warten. Manni informierte mich über die Vermisstenanzeige und bat mich, das als Erstes zu erledigen. Anschließend würde er mich in seinem Büro erwarten, um die Pressekonferenz vorzubereiten.

Erich kam herein. Sein wieder mal griesgrämiges Gesicht verkündete mir, dass er am Wochenende keine neuen Frauenbekanntschaften geschlossen hatte. Auch einer, dem die Damenwelt übel mitspielte. Ein kleiner Trost, der mich in eine temporäre Schicksalsgemeinschaft mit Erich einband.

„Morgen, Kollege. Wir müssen sofort los."

„Auch egal."

Kein weiteres Wort, keine Erkundigung nach dem, was anstand. Wir liefen zu Erichs BMW. Zwanzig Minuten später standen wir in der Wohnung der Gertak-Brüder. Erich und ich nahmen dieselben Plätze ein wie schon am Donnerstag.

Die Gesichter der beiden jungen Männer zeigten eine gewisse Anspannung. Unter ihren Augen lagen dunkle Ringe, die von sparsamer Nachtruhe kündeten.

„Sie kommen wegen der Vermisstenanzeige?", fragte Markus.

„Auch", blieb ich vage.

„Was heißt: auch?", wollte Johannes wissen.

„Zunächst möchte ich von Ihnen eine Erklärung hören, warum Sie uns das Grab Ihrer Schwester Maria vorenthalten haben."

Die Brüder tauschten einen bedeutungsvollen Blick aus. Markus überließ dem Älteren das Wort. „Sag du!"

Johannes räusperte sich. „Warum sollen wir Ihnen das vorenthalten haben? Ich kann mich nicht erinnern, dass wir dieses Thema ansatzweise berührt hätten."

„Am Donnerstag haben Sie uns gegenüber gemutmaßt, dass Ihr Vater wegen der Kirche in Essen war. Die sieht man sich wohl kaum im Dunkeln an, oder? Das Grab Ihrer Schwester war ein viel offensichtlicherer Grund, den Friedhof in Haarzopf aufzusuchen."

„Wir haben nicht gewusst, dass er davon Kenntnis erhalten hat."

Verblüfft verlor ich für einen kurzen Moment den Faden. Dann fing ich mich. „Wie meinen Sie das?"

Markus schaltete sich in das Gespräch ein. „Wir haben unserem Vater verschwiegen, wo Maria begraben liegt. Unsere Mutter wollte das so."

„Das müssen Sie uns genauer erklären."

Markus schob per Handzeichen wieder seinen Bruder in den Zeugenstand.

Johannes holte tief Luft. „Da Sie nach Marias Grabstätte fragen, werden Sie wissen, dass sie Selbstmord begangen hat. Im letzten Sommer war das. Vater wurde völlig aus der Bahn gekegelt. Er hat mehrere Wochen auf der Geschlossenen verbracht, anschließend wurde er zur Therapie geschickt. Ein Vierteljahr haben sie ihn zwischengenommen. Wir haben ihn in dieser Zeit wenig gesehen. Schließlich haben ihn die Psychologen einigermaßen leidlich wieder aufgebaut. Er ist danach weiter in Behandlung geblieben.

Mutter hatte Angst, im Angesicht von Marias Grab könnte sich Vaters Zustand verschlimmern. Als sie ihren Beschluss fasste, konnte sie ja nicht wissen, in welchem Zustand er die Klinik verlassen würde. Da er von Berufs wegen Kontakte zu den Friedhofsämtern in Köln besaß, haben wir Marias Leichnam nach Essen überführen lassen. Weil mein Bruder und ich hier studieren. Auch der Bestatter kommt von hier. Wir wollten ausschließen, dass Vater jemals an Marias Grab tritt. Anscheinend hat er trotzdem herausgefunden, wo sie liegt."

Erich wurde munter. „Warum rücken Sie erst jetzt damit heraus?"

„Ein erster Reflex. Vielleicht wollten wir nicht wahrhaben, dass es Vater gelungen ist, Marias letzte Ruhestätte ausfindig zu machen. Hat Sie das sehr in Ihrer Arbeit zurückgeworfen?" In Johannes' Augen lag ein gewisses Lauern. Geschickt von ihm, die Rolle von Fragendem und Befragtem umzukehren.

„Lassen wir das so stehen", eroberte ich die Fragerunde zurück. „Über Ihre Schwester wird zu reden sein, wenn wir die Akte zu Ihrem Selbstmord eingesehen haben."

Ich legte eine Kunstpause ein, um die Wirkung dieser Feststellung auf die Brüder zu beobachten. Ihre Mienen blieben ausdruckslos. Dass wir uns näher mit dem Tod der Schwester beschäftigen wollten, schien sie wenig zu stören. „Uns hat allerdings verwundert, dass ihre Grabstelle wenige Tage nach dem Mord frisch aufbereitet wurde. Wer war das?"

Die Füße der Gertak-Brüder scharrten auf den Küchenfliesen. Markus fasste sich zu einer Antwort. „Das sieht blöd aus, was? Ist aber leicht erklärt. Unsere Schwester hätte letzten Dienstag ihren sechzehnten Geburtstag gefeiert. Das Grab haben wir deswegen in Ordnung gebracht. Und Blumen darauf gestellt."

„Damit haben Sie möglicherweise Spuren zerstört." Richtig empört war Erich.

Johannes wusste sich zu wehren. „Die Nachricht vom Tod des Vaters haben Sie uns erst am Donnerstag überbracht. Unsere Mutter ist verschollen, wie Sie wissen. Sie konnte uns also auch nicht mitteilen, dass sie Vater vermisste. Für uns war alles in bester Ordnung, als wir Marias Grab geschmückt haben."

Für meinen Geschmack etwas zu theatralisch barg Johannes sein Gesicht in den Armen und gab leise Schluchzer von sich. Erich, dessen Beobachtungsgabe gröber beschaffen war als meine, zeigte darüber echte Betroffenheit. So blieb es an mir hängen, das Gespräch in Gang zu halten. „Okay. Zu Ihrer Mutter komme ich jetzt: Wann haben Sie sie das letzte Mal gesehen?"

Die Brüder platzten gleichzeitig los. Johannes: „Am Ende der

Semesterferien." Markus: „Mitte Oktober."

„Sie haben seitdem keinen Kontakt mehr zu Ihrer Mutter gehabt?"

„Nein."

„Kein Anruf?"

Beide Gertak-Brüder schüttelten den Kopf.

„Und Ihre Versuche, sie seit Donnerstag zu erreichen, sind ebenfalls erfolglos geblieben?"

Kopfnicken.

„Gab es zwischen Mitte Oktober und seinem Tod einen Kontakt zu Ihrem Vater?"

Wieder Kopfschütteln.

„Haben Sie eine Idee, wo sich Ihre Mutter aufhalten könnte?"

Johannes: „Nein." Markus: „Keine."

„Ihr Vater wurde auf dem Friedhof in Begleitung einer Frau gesehen …" Erneut schloss ich die Feststellung mit einer kleinen Kunstpause ab. Keiner der Brüder reagierte darauf.

Erich hielt das Schweigen wieder nur kurz aus. Zu kurz. „Ist es möglich, dass Ihre Mutter Ihren Vater auf den Friedhof begleitet hat?"

Markus gab ihm die Antwort: „Woher sollen wir das wissen? Wie gesagt: Ende der Semesterferien haben wir zuletzt mit den Eltern gesprochen."

Ich grätschte mit einem Themenwechsel hinein, ehe Erich zu weiteren Fragen kam. „Hat Ihr Vater während Ihres Besuchs im Oktober davon gesprochen, dass er Marias Grab aufsuchen wollte?"

„Darüber hat er ständig gesprochen. Als wir die Eltern besucht haben, im Oktober, kannte er kaum ein anderes Thema. Es war so furchtbar. Mutter zuliebe sind wir hart geblieben." Johannes' Miene spiegelte die Erinnerung daran wider.

Ich legte die Information sorgfältig in meinem Oberstübchen ab. Darauf wäre noch zurückzukommen.

„Was glauben Sie, wie Ihr Vater nach Essen gekommen ist? Mit dem Zug? Mit dem Auto? Hat ihn jemand gefahren?"

„Keine Ahnung", erwiderte Markus.

„Benutzte er denn normalerweise die Öffentlichen? Oder fuhr er einen eigenen Wagen?"

„Die Eltern fahren so einen silbernen Koreaner. Haben Sie den in der Nähe des Friedhofs gefunden?" In Johannes' Tonfall lag etwas Scheinheiliges, wie ich fand.

Ich mogelte mich an einer Antwort vorbei. „Können Sie uns das Kennzeichen aufschreiben?"

„Nein", riefen die Brüder gleichzeitig.

„Das wird herauszufinden sein", bemerkte Erich, mehr zu mir gewandt.

„Und das werden wir herausfinden!", bestätigte ich ihn überdeutlich. „Zurück zu Ihrer Mutter: Haben Sie ein Bild von ihr zur Hand? Wenn Sie es erlauben, wollen wir es der Presse zur Verfügung stellen."

Die Gertak-Brüder sahen sich an. Dann stand Johannes auf, ging über den Flur in ein Nebenzimmer und kam mit einem Fotoalbum zurück. Dabei öffnete er die Tür zu dem Raum nur gerade so weit, dass er durch den Spalt hindurchschlüpfen konnte. Er schloss sie augenblicklich wieder hinter sich zu. Auf dem Rückweg das gleiche Spiel. Ob es dort unaufgeräumt aussah und uns der junge Mann den Einblick in ihre Haushaltsführung verwehren wollte? Oder wurde etwas anderes dort vor uns verborgen?

Markus und Johannes blätterten im Fotoalbum. Von meinem Sitz aus ließ sich erkennen, dass lauter Urlaubsbilder darin eingeklebt waren. Auf mehreren davon war unser Mordopfer abgelichtet. Deutlich jünger.

Auf einem der Fotos fiel mir die kleine Maria auf, vielleicht achtjährig. Die Szene war an einem Strand aufgenommen worden. Das Mädchen trug ein züchtiges, langes Sommerkleid. Ihre Brüder sprangen neben ihr in Badehosen herum.

Mutter Gertak hatte meistens hinter dem Apparat gestanden, denn sie kam nur selten auf den Bildern vor. Schließlich zeigte Markus auf eines der Fotos. Johannes trennte es vorsichtig aus dem Album heraus und reichte es mir. „Da sind wir im Schwarzwald. Ein besseres Foto von Mutter besitzen wir leider nicht."

Frau Gertak war alleine zu sehen, etwa bis zur Brust. Sie lächelte gequält in die Kamera, wie jemand, der Bilder von sich selbst hasst. Ihr Gesicht war auffallend schmal und lang, die Haare trug sie bis zur Schulter. Um die Mundpartie lag ein Zug von Bitterkeit. Eine Frau, die etwas mit sich herumtrug, so mein spontaner Eindruck.

Erich warf nur einen flüchtigen Blick darauf. „Das Bild ist ziemlich unscharf. Heute fotografiert man doch digital. Haben Sie nicht irgendwo ein aktuelleres gespeichert?"

Markus legte den Finger auf den Mund, als ob er nachdächte. „Mag sein. Wir sind ziemlich schludrig in solchen Dingen, wissen Sie. Wenn wir eines finden, können wir es Ihnen ja als Anhang an einer E-Mail zur Verfügung stellen."

„Gibt es noch etwas, das Sie uns zum Verschwinden Ihrer Mutter sagen möchten?", meldete ich mich zu Wort. „Gibt es vielleicht doch eine Vermutung, wo sich Ihre Mutter aufhält? Können Sie ausschließen, dass sie Ihren Vater zum Friedhof begleitet hat?"

Wieder dieser tastende Blick zwischen den Gertaks. Waren sie mit der Situation überfordert oder verschwiegen sie uns etwas?

„Ich weiß nichts. Und du, Markus?"

„Mir fällt genauso wenig ein. Mag sein, dass sie Vater begleitet hat. Mag nicht sein. Bei uns haben sie sich jedenfalls nicht an- oder abgemeldet."

„Können Sie das herausfinden? Jemanden anrufen? Oder können Sie uns jemanden benennen, den wir anrufen könnten?"

Kopfschütteln. Mir kam die Einsilbigkeit der Brüder langsam verdächtig vor.

„Viel ist das ja nicht gerade, was Sie uns an Anhaltspunkten mitgeben, meine Herren. Wenn Ihnen noch was einfällt …"

Zum Zeichen, dass wir gehen wollten, erhob ich mich. Erich folgte meinem Beispiel. Er hatte die Nase genauso wie ich gestrichen voll von diesen Ahnungslosen.

Mir fiel plötzlich noch etwas ein. Beinahe hätte ich es vergessen, den Brüdern auszurichten: „Ach übrigens: Die Leiche Ihres Vaters ist freigegeben worden. Sie dürfen ihn bestatten."

„Das werden wir miteinander besprechen. Wo müssen wir uns

melden?"

Erich gab Johannes die gewünschte Information. Dann verließen wir, kaum schlauer als vorher, die beiden Brüder.

„Die haben was auf dem Kerbholz", raunte mir Erich zu, sobald wir auf der Straße waren und zu seinem Auto gingen.

„Ist dir während des Gesprächs etwas aufgefallen, was mir entgangen ist?"

„Ihr Verhalten. Da war mir zu wenig Besorgnis um die Mutter."

Treffer, Kollege. Exakt das war mir ebenfalls aufgefallen.

„Hältst du es für möglich, dass sie den eigenen Vater hopsgenommen haben?", fragte Erich.

„In diesem Fall halte ich mittlerweile alles für möglich. Ein konkretes Indiz hast du aber nicht aus dem Gespräch mitgenommen, oder?"

„Nein. Verdammter Mist. Was tun wir jetzt?"

„Du wirst dich in Haarzopf nach diesem Tippelbruder erkundigen. Vielleicht gibt es jemanden, der mehr über ihn weiß als sein Freund Kirch-Mann. Wir müssen ihm unbedingt das Bild zeigen. Bei dem Burschen stimmt zwar einiges nicht im Denkzentrum, aber ich habe das Gefühl, der hat etwas gesehen, was nützlich für uns ist. Seinen Schuhabdruck brauchen wir auch. Um sicherzugehen, dass nicht er es war, der geholfen hat, die Leiche an ihren Fundort zu schleppen."

„Für dich ist unser Mordopfer am Grab seiner Tochter gestorben, stimmt's?"

Die Frauenpause tat ihm gut, dem Erich.

„Ja. So muss es gewesen sein. Und ob die Brüder da gewirkt haben, weil ihre Schwester Geburtstag hatte, oder ob sie Spuren verwischen wollten – wir werden es herausfinden."

„Was meinst du, wo Frau Gertak steckt?"

„Gute Frage, nächste Frage. Entweder hat sie ihren Mann nicht begleitet, dann hätten wir sie allerdings zuhause antreffen müssen. Oder sie war bei ihm auf dem Friedhof und sie war die Frau, die der Berber gesehen hat. Sie könnte dann nach dem Mord an ihrem Mann vom Täter entführt worden sein. Das will ich mir lieber nicht ausmalen, denn seit zehn Tagen liegt keine Lösegeldforderung vor. Dann wird es andererseits immer wahrscheinlicher, dass sie ebenfalls tot ist. Die dritte Möglichkeit: Sie befindet sich auf der Flucht ..."

„Weil sie den Mörder kennt und ihn nicht verraten will ..."

„Zum Beispiel."

„Wer war es dann?"

„Wen hast du in Verdacht?"

„Ehrlich gesprochen? Die beiden Brüder waren gerade derart komisch – die haben was zu verbergen."

„Markus oder Johannes?"

„Gemeinsam. Du brauchst zwei Mann, um eine Leiche zu transportieren."

Ganz falsch lag Erich nicht. „Johannes hat doch das Foto angefasst, das er uns von seiner Mutter mitgegeben hat. Bevor du es diesem Stadtstreicher zeigst, sollten wir es Hartmut geben. Vielleicht passen seine Fingerabdrücke zu denen auf der Krücke."

Zwischenzeitlich hatten wir den Wagen erreicht. „Das sollten wir wirklich", bekräftigte Erich meinen Gedanken, startete den Motor, löste die Handbremse und brauste los.

Auf dem Präsidium angekommen, bat ich Möhrchen, das Foto der Verschwundenen zu scannen und zu vervielfältigen. Ich drückte Erich eine der Kopien in die Hand und er fuhr nach Haarzopf, um die Suche nach Ludwig Wermelt aufzunehmen. Das Original erhielt Falter, um die Fingerabdrücke von Johannes mit denen auf der Gehhilfe zu vergleichen. Die restlichen Exemplare des Fotos klemmte ich mir unter den Arm und ging damit zum Chef, um sie später in der Pressekonferenz an die Reporter zu verteilen.

Manni machte kein langes Federlesen um den Termin mit den Zeitungsleuten. Er besaß Erfahrung damit, was man sagte und was man besser für sich behielt. Im geschickten Umgang mit den Pressefritzen war er mir um Längen voraus. Das gespannte Verhältnis zwischen mir und den Medien hatte sich wegen schlechter Erfahrungen über die Jahre immer weiter zum Negativen gewendet. Den Rest hat mir zum Schluss meiner Kariere das Rauschen im

Blätterwald im Nachgang zum Namibia-Fall gegeben.

Ich setzte Manni in allen Belangen aufs Pferd, damit er auskunftsfähig war. Wir verabredeten, dass ich ihn begleiten würde.

Zwei Stunden später war es soweit. Manni holte mich ab und wir gingen gemeinsam zum Pressezimmer. Mein Chef stellte mich als den ermittelnden Hauptkommissar vor. Damit war mein Beitrag auch schon geleistet. Standhaft berichtete Manni den versammelten Damen und Herren über den Fall und stand geduldig Rede und Antwort. Ich bewunderte ihn einmal mehr für seine Ruhe und Sachlichkeit.

Sogar der Schmierfink von der „Ruhr aktuell" brachte Manni nicht aus der Fassung. Penetrant hielt uns der Typ vor, wir würden der Presse Ermittlungsergebnisse vorenthalten, und stellte bohrende Fragen. Mein Vorturner blieb souverän. Der wusste um mein Manko und dass ich an seiner Stelle irgendwann ausfallend geworden wäre. Er gab mir keine Gelegenheit dazu. Ich war ihm zutiefst dankbar dafür.

Eine dreiviertel Stunde später war der Spuk vorbei. Morgen würde mich das Konterfei von Frau Gertak von den Titelblättern der Gazetten anschauen. „Wer hat diese Frau gesehen?", „Ehefrau des ermordeten Pfarrers verschwunden", „Mysteriöse Ereignisse in Essen-Haarzopf". Ich sah die Schlagzeilen schon vor mir. Insgeheim zweifelte ich daran, dass es uns weiterbrachte.

Nach dem Pressetermin verabschiedete ich mich von Manni und kehrte in mein Büro zurück. Ich erkundigte mich bei Möhrchen, ob sie fündig geworden war.

„Nix, Sigi. Gar nix. Herr Kirch-Mann stammt aus Mettmann, Herr Gertak kam nach der Wende aus Leipzig hierher. Sie haben weder zusammen die Schule besucht noch haben sie am selben Ort studiert. Sie sind sich allem Anschein nach nie begegnet, soweit unsere Quellen es hergeben. Mit dem uns zugänglichen Material werden wir keine Verbindung zwischen den beiden herstellen können."

„Wenn wir dem nachgehen wollen, ist also weitere Feldarbeit angesagt?"

„Feldarbeit auf dem Acker des Verbrechens. So sieht es aus."

„Danke trotzdem, Möhrchen. Ich überlege mir noch, was das für unsere Ermittlungen heißt."

Gegen Feierabend kehrte Erich aus Haarzopf zurück. Möhrchen, die mir gerade den letzten Kaffee des Tages eingegossen hatte, nahm mir die Frage aus dem Mund. „Na, Kollege. Hat er sie erkannt?"

Angenervt fiel Erich auf seinen Stuhl. „Weg ist der. Wie vom Erdboden verschluckt. Sogar bei den Kirch-Manns habe ich angeklingelt und den Pfarrer persönlich gefragt, ob er wüsste, wo sein Spezi steckt. Er hat ihn angeblich seit seiner und Sigis Begegnung mit ihm nicht wiedergesehen. Wo soll man nach so einem suchen? Übrigens äußerst apart, die Kleine."

Ich schnallte sofort, dass er mit „Kleine" die Pfarrerstochter meinte. „Junge, die ist höchstens vierzehn."

„Meine ja bloß. Will ja nix mit der anfangen. Kennerblick eben."

Möhrchen stieß einen zischenden Laut aus und flüchtete mit der Kaffeekanne in der Hand aus Erichs Dunstkreis. Ich verspürte keine Lust, weiter auf seine Bemerkung über blutjunge Schönheiten einzugehen. „Ich stoße morgen eine Fahndung nach Ludwig Wermelt an. Und jetzt ab mit uns nach Hause. Bleibt irgendwie suspekt, der ganze Fall."

Noch eine Leiche

Immerhin durfte sie in Begleitung ihrer Brüder den Jugendkeller besuchen, wenn sie auch gegen zehn Uhr alleine nach Hause kommen musste. Alles andere wäre vom Vater der Gemeinde kaum zu vermitteln gewesen.

So unbeschwert wie diese Abende in dem mit abgelegten Sofas möblierten Raum war sonst nichts in ihrem Leben. Hier kam ihr Vater nie hin. Die Musik wurde von ihren Brüdern auf Discolautstärke gedreht, die Mädchen tanzten dazu, der eine oder andere Junge machte mit. Ihren eifrigsten Verehrer vom Schulhof hatte ihre Anwesenheit bereits angelockt. Die Mutigsten tanzten sich an sie heran. Je mehr es wurden, desto aufreizender wurden ihre Bewegungen. Es tat ihr nach wie vor gut, zu gefallen.

Dann kam der Abend, der alles veränderte. Sie tanzte gerade besonders ausgelassen. Unvermittelt stand ihr Vater in der Tür. Seine Miene verriet nichts. Wie versteinert stand er im Türrahmen. Sie erstarrte ebenfalls.

Plötzlich kam Bewegung in den Vater. Er ging wortlos auf sie zu, mitten auf die Tanzfläche, packte ihr Handgelenk und zerrte sie, die keinerlei Widerstand aufbot, hinter sich her. Er gab sie erst wieder frei, als sie in ihrem Zimmer angelangt waren. Ohne ein Wort der Erklärung verließ er den Raum. Ein wohlbekanntes Geräusch verriet ihr: Sie wurde soeben eingesperrt.

Sie verbrachte die Nacht in Tränen aufgelöst und verzweifelt. Zum Glück gab es eine größere Vase, in die sie akrobatisch ihre Notdurft verrichten konnte. Selbst diese einfachsten körperlichen Bedürfnisse schienen ihrem Vater gleichgültig zu sein.

Worin bestanden ihre Sünden?

Sie wusste nur die eine Antwort, dass sie ein Mädchen war. Ein hübsches dazu.

Wäre sie leichter davongekommen, wenn sie hässlich wäre?

Nie würde sie mit ihrer Familie darüber reden können – das war ihr bewusst. Sie war allein auf der Welt.

Unser Obdachloser blieb nicht lange verschwunden. Bereits am Dienstagmorgen erreichte mich die Nachricht, dass er auf dem Friedhof gefunden worden war. Tot.

Erich saß mir gerade gegenüber und schrieb an einem Bericht. „Lass den Papierkram. Ab zum Friedhof in Haarzopf. Wohin auch sonst. Eine männliche Leiche: unser Zeuge."

„Der Tippelbruder?"

„Bingo."

Wir fuhren nach Haarzopf.

„Die könnten uns langsam einen Stellplatz reservieren. Ich glaube, ich schenke denen mal ein Kennzeichen von meiner Karre", meinte Erich trocken, als er einparkte.

„Wird hoffentlich nicht mehr lange dauern, bis wir ihn haben."

Wir hasteten durch den Haupteingang.

Der Fundort von Ludwig Wermelt war mir genau angegeben worden: am Tor zum Wirtschaftshof. Wir kannten uns mittlerweile aus.

Zwei uniformierte Beamte versuchten mit bescheidenem Erfolg, eine schaulustige Meute von zehn bis fünfzehn Figuren fernzuhalten. „Zurücktreten. Bitte bleiben Sie zurück."

Die Kollegen ernteten die üblichen flachen Kommentare.

„Ihr bei der Polente solltet langsam was unternehmen."

„Dafür werdet ihr schließlich bezahlt."

„Was ist denn bloß hier in unserem Haarzopf los?"

„Wir sind hier alle in Gefahr, glaubt es mir."

„Die Polizei sollte uns endlich vor diesem Massenmörder schützen!"

„Die kriegen den nicht."

„Genau. Ruhen sich auf Beamtengehältern und Pensionen aus. Auf unsere Kosten."

Letzteres sagte ausgerechnet ein etwa siebzigjähriger Mann mit Schlägerkappe, der seinem ganzen Aufzug nach selbst stark nach ehemaligem Beamten aussah.

Die blöden Äußerungen der Gaffer trieben meinen Puls nach oben. „Auf der Stelle treten alle hier zwanzig Meter zurück", bellte ich im Kasernenton, dass einige der Leute sichtlich zusammenzuckten. „Sind Sie sich im Klaren darüber, dass Sie hier Spuren hinterlassen, die Sie in Verdacht bringen können?"

Das saß. Aufgeschreckt stoben die Leute auseinander. Ich trat zur Leiche und nahm sie genauer in den Blick.

Ludwig Wermelt lehnte mit dem Oberkörper am Tor des Wirtschaftshofes. In der Nacht hatte es Frost gegeben und unter wolkenlosem Himmel, der Frostnächte zu dieser Jahreszeit häufig begleitete, glitzerte der Raureif auf seinem löchrigen Wollmantel. Das gab seinem Anblick etwas Unwirkliches, Künstliches, sodass sogar Erich kein Problem damit hatte, direkt neben mir bei der Leiche zu stehen. Der Tippelbruder lag seit gestern Abend hier, sonst hätte seine Körperwärme das Eis getaut.

Neben Ludwig Wermelt lag eine leere Flasche Schnaps, Marke Pennerstolz. „Ob er sich damit gehimmelt hat?", fragte Erich.

Im Grunde stand ich der Geschichte ratlos gegenüber. „Möglich." Mehr fiel mir nicht ein.

„Das wird eine schlechte Gewohnheit hier, Tote unbestattet herumliegen zu lassen", blödelte Hartmut in diesem Moment unpassend herum. Er hatte sich unbemerkt von hinten angeschlichen.

„Sperrt erstmal den Fundort großzügig ab, sonst müssen wir bald den halben Stadtteil verhaften", rief ich so laut, dass auch die letzten Schaulustigen fluchtartig das Gelände räumten. Na also.

Hartmuts Leute gingen daran, den Fundort zu sichern. Wieder flatterte das rot-weiß gestreifte Kunststoffband der Polizei im Wind des Haarzopfer Friedhofs.

Mein Ärger über die Gaffer war verflogen. Keine fünfzig Meter vom Fundort der neuen Leiche lag das Grab von Maria Gertak. Was hatte Ludwig Wermelt hier gesucht? War der Mörder an den Tatort zurückgekehrt? Nein, er war nicht der Mörder. Diese Erklärung passte nicht, brachte ich Frau Gertak in die Überlegung mit ein. Oder hatte Ludwig Wermelt die Frau doch erfunden? War er im Suff Trugbildern aufgesessen? War Pfarrer Gertak alleine hierhergekommen? Darüber würden wir keine Auskunft mehr erhalten.

Ein neuer Gedanke durchzuckte mich: Hatte der Mörder einen Zeugen beseitigt? Für diesen Ansatz sprach eine Menge. Wenn Ludwig Wermelt etwas gesehen hatte, wer sagte, dass er nicht ebenfalls gesehen worden war? Der Mörder kannte Ludwig Wermelt und brachte ihn um. Eine Möglichkeit.

Unwillkürlich wanderten meine Augen zu den Füßen des Toten. Nein, seine Schuhe waren kaum größer als vierundvierzig. Er war es nicht gewesen, der auf das geräumte Grab gelatscht war, auf dem wir Josef Gertak gefunden hatten. Also weder Pfarrer Kirch-Mann noch Ludwig Wermelt. Die Theorie, dass diese beiden unter einer Decke stecken könnten, konnte ich damit getrost begraben.

In dem Moment, als ich an ihn dachte, kam der Pfarrer über den Friedhof gelaufen. Etwas außer Atem langte er bei uns an. „Hört das denn überhaupt nicht auf? Erst mein Kollege Gertak, dann Ludwig. Das macht mich fertig!"

„Guten Morgen, Herr Kirch-Mann. Armer Kerl."

„Wissen Sie schon Genaueres? Ist er etwa auch ..."

„... ermordet worden?", ergänzte ich den Satz des Pfarrers und beobachtete seine Reaktion darauf genau.

„Ist er?"

Nein, keine auffällige Reaktion.

Warum zog ich selbst überhaupt Mord in Betracht? Hatte ich Pfarrer Kirch-Mann damals bei unserem ersten Aufeinandertreffen nicht entgegengehalten, zuerst müsse die Untersuchung eingeleitet werden, ehe man von einem Mord sprechen konnte?

„Das wissen wir noch nicht. Wenn ja: Wer könnte Interesse am Ableben einer so erbarmungswürdigen Existenz haben?"

„Nein, Herr Siebert, dieses Spiel habe ich Ihnen schon mal verweigert. Ich beteilige mich auch jetzt nicht an Verdächtigungen."

„Könnte es der Mörder von Herrn Gertak gewesen sein? Um einen Zeugen zu beseitigen?", ließ ich einen zweiten Versuchsballon von der Leine.

Die Miene des Pfarrers signalisierte Erregung. Ihm ging dabei wohl eher durch den Kopf, welche neuen Fragen seine Schäfchen an ihn richten würden. Davor graute ihm wahrscheinlich.

„Das aufzuklären bleibt Ihr Job. Nach wie vor Ihr Job."

„Okay. Wenn Ihnen was einfällt ..."

Ich beschloss, Pfarrer Kirch-Mann endgültig von der Liste der Verdächtigen zu streichen. Er hatte wirklich nichts mit den Morden zu tun. Notiert blieben Johannes und Markus Gertak. Obwohl es mir übel aufstieß bei dem Gedanken, dass sie den eigenen Vater umgebracht haben sollten.

Der Arzt traf ein. Sie hatten uns wieder Frohmann geschickt. Gewohnt sachlich und routiniert nahm er die Untersuchung der Leiche in Angriff. Wenig später stand er bei uns.

„Keine Spuren von äußerer Gewalt, soweit ich das beurteilen kann. Ist mit Sicherheit mindestens zwölf Stunden tot. Übermorgen haben Sie den Bericht auf dem Tisch liegen. Tag, die Herren." Weg war er.

Keine Spuren von äußerer Gewalt, hallte es unter meiner Schädeldecke nach. Was dann? Eine Vergiftung? Wen ließ ein Ludwig Wermelt so nahe an sich ran, dass dieser Jemand unbemerkt etwas in seinen Fusel schütten konnte? In die Schnapsflasche, die rechts von ihm auf dem Ascheweg lag?

Ich formte mit den Händen einen Trichter und rief zu Hartmut herüber: „Untersucht die Pulle dort auf Giftspuren."

„Machen wir. Warte kurz. Ich gebe dir seinen Perso an."

Falter kam zu uns und reichte mir einen in eine Plastiktüte eingepackten Personalausweis. Seit drei Jahren abgelaufen. Ludwig Wermelt. Geburtsdatum: 13.03.1963. Seinem Aussehen nach hätte ich ihn mindestens eine Dekade älter geschätzt.

„Mein Kollege und ich sind hier fertig", informierte ich mehr Pfarrer Kirch-Mann als Hartmut. „Wissen Sie, wer ihn gefunden hat?"

„Ralf. Er muss gleich das Büro öffnen. In diesen Zeiten ist es wichtig, dass alles möglichst unverändert weiterläuft. Die Leute sind aufgescheucht genug."

„Ihr Job", merkte ich gehässig an, um es sofort zu bereuen. Warum nahm ich den Pfarrer auf die Rolle?

Aus Frust. Natürlich. Ich schämte mich, dass so niedere Beweggründe meinen Selbstanspruch von Objektivität annagten. Ich schnappte mir Erich und wir zogen ab zum Gemeindebüro.

Wir trafen einen ziemlich zerknirschten Gemeindeamtsleiter an. Ralf Möller stand am Fenster und beobachtete durch die entlaubten

Bäume das Geschehen hinten auf dem Friedhof. Er wendete sich zur Begrüßung um, als wir hinter seinem Rücken eintraten.

„Ah. Die Polizei. Guten Morgen"

„Morgen. Dürfen wir Sie kurz befragen, wie und wann Sie die Leiche gefunden haben?"

„Na klar. Setzen wir uns auf die Bank im Flur."

Wir nahmen unter einem Fenster auf einer Eckbank Platz. Ralf Möller erzählte uns, dass er bei trockenem Wetter vor Antritt der Arbeit gerne eine Runde auf dem Friedhof drehte. Eine „Inspektionsrunde", wie er es nannte. Dabei war er auf die Leiche Ludwig Wermelts gestoßen. Er hatte versucht, den vermeintlich Schlafenden zu wecken. Dann hatte er erkannt, dass er einen Toten vor sich hatte, das Handy gezückt und die Polizei informiert.

„Im Prinzip war er ein guter Kerl, der Ludwig. Als es ihm noch besser ging, habe ich seine bescheidene Art gemocht. Dann ist er zusehends im Suff verlottert. Man fragt sich, ob es eine Gnade ist, dass er gehen durfte."

Für Erich und mich gab es nichts weiter zu tun. Wir verabschiedeten uns von Ralf Möller und verließen das Gemeindeamt.

Auf der Zufahrt zum Friedhof trafen wir noch Herhaus. Ich beschrieb dem Staatsanwalt, wo die Leiche gefunden worden war. Ein paar Worte der Routine später trennten wir uns. Erichs und mein Weg führte zurück ins Präsidium.

Möhrchen, die an diesem Morgen wegen eines privaten Termins später erschien, machte große Augen, als wir ihr von der zweiten Leiche erzählten. „Was bedeutet das nun wieder?"

Ich fasste meine Überlegungen kurz für sie zusammen. „Wenn es Mord war, dann besteht ein Zusammenhang mit dem Mord an Josef Gertak. Beseitigung eines Zeugen. War es kein Mord, kommt es aufs Gleiche heraus: Uns fehlt dieser Zeuge. Dieser Tatsache müssen wir ins Auge sehen."

„Habt ihr öfter so einen Fall? Zweifacher Mord, eine verschwundene Frau, bisher kein ersichtliches Motiv. In was für einem Sumpf stecken wir da? Was ist das für ein Mensch, der hinter so etwas steckt?"

„Oder Menschen", warf Erich ein.

Möhrchen sah ihn groß an. „Wie meinst du das?"

„Ich kann mir nicht helfen, mir kommen diese Gertak-Brüder verdächtig vor."

„Du meinst, sie haben ihren Vater … Warum?"

„Genau", mischte ich mich ein. „Das mächtige: Warum? Quälgeist jedes Kriminalpolizisten. Warum musste Pfarrer Gertak sterben? Wenn wir das endlich wissen, davon bin ich überzeugt, haben wir die Lösung." Ich seufzte. „Hilft nix, Leute. Das Motiv muss her. Finden wir es nicht, muss es uns der Täter verraten."

Damit war unsere kleine interne Diskussion beendet.

Gegen Mittag rief Hartmut an. „Na, schon Gift in der Flasche gefunden?", eiferte ich.

„Gemach, Kollege, gemach. Ich dachte, dich würde zuerst interessieren, ob die Fingerabdrücke auf dem Foto auch auf der Krücke zu finden sind."

Der Junge stellte meine Geduld ständig auf die Probe. „Hartmut, du sollst nicht mutmaßen, was mich interessiert, sondern den Ermittler mit gesicherten Informationen versorgen. Raus damit!"

„Was schätzt du?"

„Hart-mut!" Ich bellte die beiden Silben seines Namens in den Hörer hinein.

„Ja, ja. Beruhige dich. Sind sie nicht."

„Wie, nicht?"

„Keine Fingerabdrücke, die dem Foto anhaften – und das sind exakt zwei – stimmen mit einem der Abdrücke auf der Gehhilfe des Opfers überein. Ist das präzise genug ausgedrückt für den ermittelnden Hauptkommissar?"

„Stammen sie von ein und derselben Person?"

„Das tun sie."

„Danke." Mehr sagte ich nicht und hängte Falter ab.

Wieder eine Sackgasse. Blieben Markus' Fingerabdrücke. Sollten wir uns die mit offenem Visier besorgen?

Ich scheute mich vor diesem Schritt. Mit welcher Begründung hätte ich das veranlassen sollen? Zweifelsohne wäre ich mit der

Frage konfrontiert worden, welcher Anlass dafür vorläge. Und trotz Erichs und meiner Eindrücke vom Verhör der Gertak-Brüder war ich noch lange nicht so überzeugt wie Erich, dass die ihren Vater auf dem Gewissen hatten.

*

Ecki und ich starren stumm in unsere Biergläser. In unserem Gespräch ist eine Pause eingetreten, in der jeder seinen eigenen Gedanken nachhängt.

Neben mir steht ein Gast mit einer ziemlich kräftigen Stimme. Ich schnappe auf, dass er von Haarzopf spricht. Was für ein Zufall an diesem Abend. Eine Weile höre ich dem Mann zu. „Habe ich dir schon mal von meiner Tante Luise erzählt? Hat mit achtzehn Jahren ein Fünfmonatskind gekriegt, den Karl-Heinz. Alle nannten ihren Ältesten immer ‚Kalla‘.

Früher hat Haarzopf zu Mülheim-Heißen gehört. Die alten Leutchen sprachen in meiner Kindheit noch Mölmsch Platt, die Mülheimer Mundart. Zum Neunzigsten war ich als Kind bei Tante Luise eingeladen, da hat sie zu ihrer jüngeren Schwester gesagt: ‚Herrchott, wat is min Kalla für’n aulen Kerl wor’n‘. Spricht für die Vitalität des Haarzopfer Urgesteins, wenn eine Neunzigjährige abfällige Bemerkungen darüber verliert, wie alt ihr immerhin zweiundsiebzigjähriger Sohn aussieht. Bei uns in der Familie ist das zu einem geflügelten Wort geworden: ‚Herrchott, wat bis du für’n aulen Kerl wor’n‘ …“

Könnte mich betreffen. Mit meinem lädierten Knie fühle ich mich oft wie ein alter Sack.

Ich höre weg. Ist nicht korrekt, andere Leute zu belauschen. Auch nicht für einen Ex-Kriminalbeamten.

„Das hat dir damals neue Rätsel aufgegeben, die zweite Leiche“, wird Ecki wieder munter.

„Das kannst du wohl sagen. Irgendwann war ich fest von einem zweiten Mord überzeugt. Natürlich mit dem Wunsch im Hinterkopf, diese Leiche würde uns helfen, den Täter aufzuspüren.“

„Ich glaube, ohne die Frau mit dem Auto wärst du wesentlich

länger im Dunkeln umhergetappt.“

„Tolles Erinnerungsvermögen, der Mann! Das Auto wurde zum Schlüssel für die Aufklärung. Da hat es bei mir gefunkt.“

*

Der Mittwoch brachte weitere Enttäuschungen. Hartmut lagen die Laborwerte vor: In der Flasche war kein Gift nachzuweisen. Im Übrigen wäre ich gestern so abweisend gewesen, dass er keine Gelegenheit gehabt hätte, mir die Ergebnisse vom Fundort mitzuteilen.

„Keine verdächtigen Spuren, das wusste ich so.“

Hartmut klang etwas beleidigt. „So macht das keinen Spaß. Wieso sagst du so was?“

„Keine Gewaltanwendung, also falls Mord, dann Gift. Kein Gift in seiner Pulle, also wenn Gift, dann anderswo zu sich genommen. Wenn anderswo, dann keine Spuren eines Mörders am Tatort. Sonnenklar, oder?“

„Kannst ja doch denken, mein Bester. Und ich dachte schon, das wird nix mit diesem Fall, weil der Siebert senil wird.“ „Jetzt mach aber einen Punkt, Hartmut.“

„Mensch, Sigi. Du hast doch sonst Humor. Wir haben wirklich keinerlei Anhaltspunkte dafür, dass außer dem Tippelbruder jemand am Fundort der Leiche war. Trotzdem würde ich gerne hochkommen und einen Kaffee mit dir trinken.“

„Ohne vernünftige Infos?“

„Ich unterhalte mich doch so gerne mit eurem Möhrchen. Darf ich kommen?“

Das war wenigstens ehrlich. „Komm schon her.“

Bald saßen Hartmut, Möhrchen und ich auf einen Kaffee in Erichs und meinem Büro. Mein junger Kollege war mit dem Foto in Haarzopf unterwegs, um dort mögliche Zeugen zu Frau Gertaks Verbleib zu finden.

Solche Gemütlichkeit war selten bei uns im Dezernat. Einfach herumsitzen, Kaffee trinken und über alltägliche Dinge reden – das gönnten wir uns viel zu selten, wie ich finde.

185

Möhrchen gab ein wenig über ihr Privatleben preis. Einen Mann gab es offensichtlich nicht an ihrer Seite. Das stachelte Hartmut an. „Kein Freund? Auch keiner, der dir den Hof macht?"

„Ich bin wählerisch." Die kleine Rote zog kokett die rechte Schulter hoch.

„Wenn ich nicht so alt wäre …" Hartmut ließ den Satz offen.

„Was dann? Würdest du Möhrchen nehmen, wenn du dreißig Jahre jünger wärst?" Ich hasste dieses aufgesetzte Rumgebalze.

„Dreißig Jahre. Gemeinheit. Mach mich nicht älter, als ich bin, Sigi. Sag selbst: Würdest du Möhrchen etwa nicht nehmen? Was hättest du an ihr auszusetzen?"

„Nichts. Wirklich. Nie habe ich eine zuverlässigere Kraft zur Seite gehabt."

Da war mir etwas herausgerutscht, was ich normalerweise für mich behielt. Mir fiel jedoch auf, wie richtig sich das angehört hatte. Die kleine Rote strahlte mich an. Hartmut war für heute abgeschrieben.

Verschnupft rückte Falter unvermittelt ein weiteres Ergebnis seiner Spurensuche heraus. „Die Schuhe von dem Tippelbruder sind übrigens zu klein."

Noch ganz über mein eigenes Lob überrascht, erwischte er mich auf dem falschen Fuß. „Zu klein? Wofür zu klein?"

„Na, es sind nicht die, die wir auf dem Grab neben diesem Gertak gefunden haben."

„Ach so. Das habe ich selbst gesehen. Das ist keine Neuigkeit für mich."

„Schnellmerker!" Hartmut war sichtlich verärgert, dass ich ihm die Pointe geklaut hatte.

Gerade wollte ich dem SpuSi-As einen zurückschieben, da störte das Telefon unsere traute Dreisamkeit. Die Zentrale meldete sich. „Herr Siebert, da ist ein Anruf wegen der Vermissten. Darf ich durchstellen?"

„Sicher."

Es knisterte in der Leitung. Dann hörte ich eine weibliche Stimme. „Hallo?"

„Siebert hier. Guten Tag. Was haben Sie auf dem Herzen?"

„Guten Tag. Ich möchte was zu der Zeitung sagen."

„Zu der Zeitung?"

„Nicht zu der Zeitung natürlich. Ich bin so aufgeregt – wann ruft unsereins bei der Polizei an. Wegen des Artikels über die vermisste Frau …"

Alle meine sieben Hauptkommissar-Sinne wurden in Alarmbereitschaft versetzt. Ich war derart elektrisiert, dass Möhrchen, die mit Hartmut geplaudert hatte, mitten im Satz abbrach und mich mit ihren saphirblauen Augen an der Wand festnagelte. Unbewusst strich sie sich mit dem Handrücken über die Stirn. Bei mir türmte sich genau dort wahrscheinlich ein Wellengang bei Windstärke zwölf auf.

„… die stammt doch aus Köln, nicht? Und sie ist die Frau von diesem Toten auf dem Friedhof von neulich?"

„Genau. Reden Sie ruhig weiter. Ich höre zu."

„Ich war auch da, auf dem Friedhof. Am Tag vor Allerheiligen. Abends. Ich wollte gerade durchs Törchen gehen, da setzte dieser unglaubliche Platzregen ein. Natürlich hatte ich keinen Schirm dabei."

Der Redefluss der Frau geriet ins Stocken. Ich befürchtete, dass sie mitten im Gespräch auflegen würde, und ermunterte sie: „Reden Sie ruhig weiter."

„Ich dachte so bei mir: vielleicht nur ein Schauer. Vielleicht stellst du dich unter. Drüben auf dem Parkplatz neben dem Tennisplatz sind die Bäume besonders dicht.

Also rannte ich über die Straße und suchte dort Schutz. Dabei hatte ich nicht bedacht, dass es ja Herbst ist und die Blätter unten liegen. Da wird man natürlich auch unter Bäumen nass."

Ich entspannte mich etwas und Möhrchens Augen drückten in Widerspiegelung meiner Körperhaltung leichte Enttäuschung aus.

„Da habe ich ihn gesehen, den Wagen. Einen silbernen. Mittelgroß, schätze ich."

Das Wechselbad der Gefühle spülte mich von der Mitte zurück auf die oberste Marke der Erregtheitsskala. „Ein Auto aus Köln?", mutmaßte ich.

„Ja. Kölner Nummer. K–BG 2005."

Konnte das Wirklichkeit sein? Eine Zeugin, die sich nach beinahe zwei Wochen an das exakte Kennzeichen eines x-beliebigen Autos erinnerte? „K–BG 2005", echote ich blöde.

„Genau."

„Verraten Sie mir, gnädige Frau, warum Sie sich so etwas merken können?"

Meine Frage erntete auf der anderen Seite einen Lacher. „Ja, das ist schon komisch. Zuerst dachte ich: Einer aus Köln? Was will der hier? Dann sah ich die Ziffern. 2005 war mein Glücksjahr, wissen Sie. Da habe ich meinen heutigen Mann kennengelernt, in der Kur, in Bad Grönenbach. Dann sah ich die Buchstaben. BG. Bad Grönenbach. Ein toller Zufall, nicht?"

Die Erklärung der Frau für ihr beachtliches Erinnerungsvermögen ließ ihre Aussage zu einer soliden Tatsache werden. „Ein exorbitant toller Zufall. Ist Ihnen sonst noch etwas an dem Fahrzeug aufgefallen? Saß vielleicht jemand drin?"

„Nein. Da war keiner. Dann wurde es mir auch zu nass und ich bin nach Hause geflüchtet. Da habe ich erst mal ein Bad genommen, durchgefroren wie ich war."

Das brauchte ich nicht mehr zu wissen.

„Verraten Sie mir noch Ihren Namen und Ihre Adresse? Ich werde gleich jemanden zu Ihnen schicken, der das Ganze schriftlich festhält."

Die Frau gab mir Name und Anschrift durch und verabschiedete sich. Ich erzählte Hartmut und der kleinen Roten, was ich von der Anruferin erfahren hatte.

„Findest du bitte heraus, Möhrchen, wem der Wagen gehört?"

„Da muss ich nicht lange suchen. BG: Brigitte Gertak. Zwanzignullfünf: geboren am 20. Mai. Hat der Herr noch Wünsche?"

Sie verblüffte mich immer wieder.

„Erhärte das bitte. Tja, Hartmut, wir müssen hier weitermachen. Ich werde Erich anrufen, damit er die Aussage zu Protokoll nimmt. Der ist ja gerade dort draußen unterwegs."

Falter begriff und verdünnisierte sich.

Möhrchen brauchte keine Minute, da hatte sie die Bestätigung für ihre Vermutung recherchiert. „Wie ich gesagt habe", rief sie mir aus dem Nachbarbüro zu.

Ich grübelte vor mich hin. Brigitte Gertaks Wagen. Unzweifelhaft war der Ermordete darin von Köln nach Essen gefahren. Immer noch kein eindeutiger Beweis dafür, dass er in Begleitung seiner Frau auf dem Friedhof gewesen war. Zumindest hatte er aber ihr Auto benutzt.

Wo war das Fahrzeug jetzt? Wer hatte es weggefahren? Doch Frau Gertak?

Der nächste Anruf riss mich aus meiner Starre.

„Frohmann hier. Ich dachte, ich sage es Ihnen gleich persönlich. Der Obdachlose hat erst die Flasche Schnaps geleert, seinem Blutalkoholgehalt nach nicht die erste an diesem Tag, dann hat er einen Herzinfarkt erlitten. Ob er da noch bei Bewusstsein war, ist schwer zu sagen. Jedenfalls deutet nichts darauf hin, dass jemand nachgeholfen hat. Das toxikologische Gutachten steht zwar noch aus, aber das ist für meinen Geschmack reine Formsache."

Ich konnte mich kaum bedanken, da hatte Frohmann bereits wieder aufgelegt. Von der schnellen Truppe, der Mann.

Erich kam gegen Feierabend noch mal herein. Seine Nachforschungen zum Foto waren ohne Erfolg geblieben. Immerhin brachte er die Aussage der Zeugin mit.

Wir besprachen die Lage und beschlossen, morgen eine Büroschicht einzulegen. Auf unseren Schreibtischen häuften sich die Notizen. Das alles wollte in geordnetes Beamtendeutsch zwischen Aktendeckel gepackt werden. Ich hasste diese Art von Arbeit. Trotzdem musste wir sie sorgfältig erledigen.

Meine letzte Tat des Tages bestand darin, die Fahndung nach Brigitte Gertaks Auto loszutreten. Anschließend trollte ich mich heim.

Der Donnerstag wurde so langweilig, wie er sich angekündigt hatte. Dafür brachte er mir die Zeit, das Bisherige zu ordnen. Mir fiel das

Versäumnis auf, dass wir die Akte vom Selbstmord der jungen Gertak noch nicht eingesehen hatten. Ich bat Möhrchen, in Köln Akteneinsicht zu beantragen.

Um die Schreibarbeit wenigstens etwas zu unterbrechen, klingelte ich bei den Gertak-Brüdern durch, um sie nach dem Auto zu befragen. Nach drei vergeblichen Versuchen über den Tag hinweg nahm am Nachmittag endlich jemand ab.

„Johannes Gertak."

„Siebert hier. Guten Tag, Herr Gertak. Ich habe noch eine Frage."

Am anderen Ende blieb es stumm.

„Wissen Sie, wo das Auto Ihrer Mutter abgeblieben ist? Es wurde am Abend der Tat direkt beim Friedhof gesehen."

Ich dachte, die Leitung wäre tot – so lange benötigte Johannes, um sich zu einer Antwort zu sammeln. „Keine Ahnung. Sie meinen, Mutter ist damit unterwegs?"

„Was ich meine, spielt jetzt keine Rolle. Wissen Sie wirklich nichts? Es wäre wichtig."

„Nein. Wirklich."

Mir fiel noch etwas ein. „Wann wird Ihr Vater beerdigt?"

„Morgen um elf auf dem Melaten. Warum? Wollen Sie kommen? Hätten wir Ihnen eine Benachrichtigung zukommen lassen sollen?"

Morgen schon. Die hatten es eilig, ihren Erzeuger zu verscharren, die Brüder Gertak.

Instinktiv wich ich der Frage von Johannes aus. „Ich wünsche Ihnen, dass Sie in Würde Abschied nehmen können von Ihrem Vater. Ich weiß, wie schwer das ist, nach einem solchen Verbrechen."

„Danke. War es das?"

„Ja. Auf Wiederhören, Herr Gertak."

„Tschüss." Schon hatte er mich weggedrückt.

„Wir haben morgen etwas vor", informierte ich Erich, der gerade an seinem Textprogramm schwitzte. Das Schriftliche war nicht unbedingt seine Stärke. Wenn er denn überhaupt eine wirkliche Stärke besaß außer seinem willigen Fleiß.

„Super. Nur raus aus diesem Schuppen. Was denn?"

„Wir werden ein wenig auf dem Melatenfriedhof in Köln rum-schnüffeln. Gertak wird morgen dort beerdigt. Man erfährt häufig einiges auf Beerdigungen."

„Alles, nur nicht dieser Papierkram. Und das mit den Friedhöfen, das scheint dieser Fall einfach mitzubringen. Daran habe ich mich mittlerweile gewöhnt."

Möhrchen kam herein. „Wenn ihr schon in Köln seid, dann soll-tet ihr euch gleich die Akte ansehen. Ihr könnt jederzeit vorbeikom-men, wurde mir gesagt. Nur eine halbe Stunde vorher diese Num-mer anrufen." Die kleine Rote gab mir einen Zettel.

Dankbar schaute ich Möhrchen an. „Passt. Also morgen ein Tag in ‚us Kölle'. Die Aussicht versetzt mir einen richtigen Kick für die Erledigung dieses Schmierkrams."

„Angeber!", rief mir Erich über den Schreibtisch zu. Für den Rest des Tages hielten wir unsere Klappen und arbeiteten bis Dienstschluss konzentriert an den Akten.

Ein aufschlussreiches Begräbnis

Am nächsten Morgen fand sie die Zimmertür wieder aufgesperrt vor. Von jetzt an stand sie unter besonderer Beobachtung durch den Vater. Es war so offensichtlich, dass selbst ihre Brüder ab und zu einschritten und ihn darauf ansprachen. Es half nichts. Seine Nachstellungen begleiteten sie bis in ihre Träume.

Durch Zufall entdeckte sie einen Zusammenhang, der ihr den Umgang damit etwas erleichterte. Aus ihrem Fenster konnte sie zur Kirche hinübersehen, die am Tag für Besucher offenstand. Wenn sie den Vater aus dem Seitenportal herauskommen sah, war damit zu rechnen, dass er kurze Zeit darauf unangemeldet bei ihr hereinplatzte. Anscheinend holte er für diese Verletzung ihrer Privatsphäre jedes Mal im Gebet den Segen seines Gottes ein. Anders vermochte sie sich sein Verhalten nicht zu erklären.

Derart vorbereitet auf sein Erscheinen fiel es ihr leichter, sich darauf einzustellen. Meistens traf er sie an ihrem Schreibtisch an, über Schulbücher gebeugt. Welche Vergehen hoffte er, durch sein ständiges unangemeldetes Erscheinen aufzudecken?

Eines Tages verfolgte sie das Pech. Ihr war entgangen, dass der Vater in der Kirche gewesen war. Verzückt betrachtete sie gerade einmal mehr ihren tätowierten Bauchnabel im Wandspiegel, das Zeichen des Aufbegehrens gegen seine Herrschaft. Sie hielt ihr T-Shirt hoch und spitzte den Mund wie zu einem Kuss.

In dieser Pose erwischte er sie. Plötzlich stand er neben ihr. Die entsetzt aufgerissenen Augen verzerrten sein Gesicht zu einer Maske. Sie fixierten den Stern, als handele es sich dabei um ein Mal des Leibhaftigen.

Lauthals rief der Vater nach der Mutter, die prompt hinter ihm erschien. Er fragte sie, ob sie die Erlaubnis dazu erteilt habe. Die eingeschüchterte Mutter begann sofort zu weinen und beteuerte, nichts davon gewusst zu haben. Sie vermochte nicht einzuschätzen, ob das ungläubige Kopfschütteln der Mutter mehr ihrer Waghalsigkeit oder ihrem Ungehorsam galt.

In diesem Moment schlug der Vater zu. Nur einmal. Dieses eine Mal.

Er würde sie vom Schulausflug abmelden, der im Herbst geplant war. Sein Vertrauen hätte sie endgültig verspielt. Der Lehrerin würde er von ihrem Ungehorsam erzählen. Wenn ihre Mitschüler fragten, warum sie nicht mitführe, *könne sie ihnen auch gleich die Gründe für ihr Fehlen erklären.*

Gründe? Welche Gründe? Hatte ihr der Vater jemals seine Gründe erklärt?

Der Vater schubste die Mutter aus dem Zimmer und wieder wurde die Tür abgeschlossen. Sie blieb als verwirrtes Bündel zurück. Er hatte ihr letztes Geheimnis gelüftet. Und ihre Mitschüler würden sie verspotten.

Wir trafen gegen halb zehn am riesigen, geschichtsträchtigen Kölner Melatenfriedhof ein. Es war ein kalter, trüber Tag. Das schöne, wenn auch frostige Wetter Mitte der Woche hatte sich infolge eines Tiefs verkrochen. Mir machte sowas normalerweise nichts aus, war ich es schließlich wegen meiner Autofahr-Abstinenz gewohnt, häufig draußen unterwegs zu sein. Heute fröstelte mich. War das dem Anlass unseres Besuchs geschuldet?

Der Friedhofsgärtner wusste, welches Grab für Pfarrer Gertak vorgesehen war. Er zeigte uns dessen Lage auf einem Plan. Ich prägte mir den Weg ein und erkundigte mich, wo der Trauergottesdienst stattfand. Die Kirche, die uns der Friedhofsgärtner nannte, war die, an der wir mit dem Kollegen Multhaupt vorbeigekommen waren.

Erich und ich gingen zunächst zur Grabstelle. Wir folgten der Hauptachse, dann bogen wir ins Gelände ab. Die Grabmale, die unseren Weg säumten, transportierten unterschiedlichste Botschaften. Vom Engel bis hin zu anderen Symbolen, die den Angehörigen für die zu ihren Füßen bestatteten Menschen passend erschienen waren, wie etwa aufgeschlagene Bücher oder steinerne Rosen. Es war so ziemlich alles vertreten, was ich mir an Gedenksteinen vorstellen konnte.

Josef Gertaks letzte Ruhestätte wurde gerade ausgehoben. Ein kleiner Bagger, eine richtige Miniaturausgabe der uns geläufigeren Straßenmaschinen, griff in gleichmäßigem Rhythmus ins Erdreich hinein. Einen seiner Brüder kannten wir schon vom Betriebshof des Haarzopfer Friedhofs. Selbst die notwendigen Handgriffe eines Begräbnisses – automatisiert.

Ich wunderte mich, dass der Pfarrer in einem Einzelgrab

bestattet werden sollte. Als wenn seine Familie damit rechnete, dass seine Frau niemals neben ihm zur ewigen Ruhe gebettet würde.

Es wurde Zeit, die Besucher des Trauergottesdienstes zu beobachten.

Wir verließen den Melatenfriedhof und suchten uns eine verdeckte Stelle in günstiger Lage zum Kirchenportal. Von hier aus hatten wir den kleinen Vorplatz gut im Blick, ohne gleich aufzufallen.

Nach und nach versammelte sich die Trauergemeinde. Es kamen keineswegs viele, geschätzt an die fünf Dutzend Leute, die meisten jenseits der Fünfzig. Beim Begräbnis eines Mannes der Kirche hätte ich größeren Andrang erwartet.

Die Gertak-Brüder stießen erst ziemlich spät dazu. Von allen Seiten wurden ihnen die Hände geschüttelt, manche der Trauergäste nahmen sie tröstend in den Arm. Eine Frau im Talar trat aus der Kirche zu ihnen hinaus. Auch sie schüttelte den beiden jungen Männern die Hände. Dann sprach sie ein paar Worte zu den Versammelten und die Trauergemeinde zog gemessenen Schrittes ins Gotteshaus. Die Pforte wurde geschlossen.

„Hast du Frau Gertak gesehen?"

Erich trat von einem Bein aufs andere. Er war mit Lederjacke und Jeans für langes Stehen bei diesem Wetter zu kalt angezogen. „Nö."

„Komm. Wir gehen zurück zum Friedhof."

Mein Kollege war sichtlich froh, sich bewegen zu können. Wir legten einen besonders strammen Schritt auf, um den Kreislauf anzukurbeln.

Auch in der Nähe des mittlerweile komplett präparierten Grabes fanden wir einen passenden Ansitz. Erichs Zitterpartie ging von vorne los. Der hatte doch gewusst, was ihn hier erwartete. War nicht mein Bier. Sollte er endlich eine Frau auftun, die ihn bemutterte.

Wir warteten bestimmt eine Stunde. Endlich erspähten wir den Trauerzug, der sich zäh den Weg entlangwälzte. Vorneweg zogen zwei befrackte ältere Herren eine Karre mit dem Sarg. Zu beiden Seiten gingen jeweils zwei ihrer Spiegelbilder. Alle trugen Zylinder.

Dem Sarg folgte die Pfarrerin. Sie führte die Trauergäste an, hinter ihr Johannes und Markus. Danach lauter Leute, die wir nicht kannten. Niemand von den Frauen besaß Ähnlichkeit mit Frau Gertak. Sie war definitiv nicht zum Begräbnis ihres Mannes erschienen. Wo steckte sie?

Ein schmächtiger Mann in Schwarz empfing den Trauerzug an der Grabstätte. Die Leute versammelten sich um die ausgehobene Kuhle. Der Schmächtige wieselte geschäftig um sie herum. Er gab den Sargträgern Anweisungen. Wahrscheinlich war es der Bestatter.

Die Träger hoben den Sarg vom Karren und stellten ihn auf zwei Bohlen über dem Erdloch ab. Die Pfarrerin sprach ein paar Worte, die wir aus der Entfernung nur als weihevolles Murmeln vernahmen. Dann wurde der Sarg an Seilen in die Erde hinabgelassen. Zwei, drei Frauen zückten ihr Taschentuch. Alle anderen kamen mir ziemlich gefasst vor, selbst Johannes und Markus, die als Erste ans Grab traten und jeder eine Schaufel Erde zum Sarg hinabwarfen. Anschließend stellten sie sich seitlich auf.

Die Trauergäste taten es den Gertaks nach. Sie verharrten kurz vor dem Grab, nahmen die Schaufel zur Hand. Manche warfen auch Blumen hinab, die seitlich in einem Korb bereitstanden. Anschließend kondolierten sie den Brüdern. Alles nicht auffällig.

„Das war wohl nix", kommentierte Erich das Geschehen.

„Bis jetzt nicht. Folgen wir gleich den Gertak-Brüdern. Mich interessiert, wo sie von hier aus hingehen."

Wir mussten nicht mehr lange warten. Die Trauergemeinde löste sich rasch auf. Niemand verharrte länger bei den Brüdern, niemand fiel aus der Rolle. Ein sehr nüchterner, abgezirkelter Abschied von einem Menschen, wie ich fand.

Nachdem sich die letzten Trauergäste von den Gertaks verabschiedet hatten, folgten Erich und ich den Brüdern in gehörigem Abstand quer über den Melaten. Anscheinend waren sie von der entgegengesetzten Seite des Friedhofs gekommen. Sie sprachen aufgeregt miteinander, was wir aus der Distanz nicht hören konnten. Einmal sah es so aus, als ob Markus sich umdrehen wollte. Wie zwei ertappte Pennäler hechteten Erich und ich hinter eine Thuja. Markus drehte sich nicht um. Ich war sicher, dass die beiden nichts von unserer Verfolgung bemerkt hatten.

Durch eine mächtige Pforte verließen wir den Friedhof. Zwei Straßenecken weiter hielten die Brüder neben einem silbernen Auto an. Es war zu weit weg, um das Nummernschild erkennen zu können.

Erich wurde munter. „Meinst du, der ist es?"

„Darauf verwette ich meinen Hintern. Komm, wir nehmen Deckung hinter der Mauer da. So wie der Wagen steht, werden sie in unsere Richtung losfahren."

Ich behielt Recht. Gleich nachdem die Brüder an uns vorbeigefahren waren, erhaschte ich einen Blick auf Kennzeichen und Marken-Emblem ihres Autos. Es war der Koreaner ihrer Mutter.

„Sag ich doch. Die waren in Haarzopf dabei", jubelte Erich.

„Das müssen wir jetzt annehmen", bestätigte ich.

„Verhaften. Einbuchten. Fall geklärt."

„Spinnst du? Bisher haben wir nur Indizien, keinen Beweis. Falls wir Markus' Fingerabdrücke auf der Krücke finden, okay. Damit wissen wir immer noch nicht, wo ihre Mutter abgeblieben ist."

„Und nun?" Erichs Enttäuschung hallte in seiner Stimme nach.

„Jetzt suchen wir uns eine Pommesbude, schlagen uns die Mägen voll und dann schauen wir in die Akte von diesem Selbstmord."

„Pommesbude ist geritzt. Akte finde ich immer blöd. Aber muss ja sein. Die Reihenfolge stimmt jedenfalls."

Wir fanden nicht weit vom Melatenfriedhof entfernt einen Imbiss und kehrten ein. Es schmeckte mir hier deutlich schlechter als letzte Woche in Haarzopf. Die Pommes trieften vor Fett und die Wurst besaß eine gummiartige Konsistenz. Einzig die Soße war passabel. Tomatig-fruchtig und scharf.

Vom Ort unseres kulinarischen Reinfalls gingen wir zurück zu Erichs BMW. Ich meldete unseren Besuch unter der von Möhrchen notierten Nummer bei der Akten führenden Stelle an. Dort angekommen, führte man uns in einen muffigen Raum, dessen Decke mit Neonröhren übersät war. Eine davon flackerte nervös. In dieser heimeligen Atmosphäre tauchten wir in die Geheimnisse der Pfarrersfamilie ein.

Die Akte zum Selbstmord Maria Gertaks entpuppte sich als der reinste Horrorroman. Wir lasen die Vernehmungsprotokolle von Johannes und Markus, der Mutter und vor allem des Vaters. Eine Dokumentation der Ratlosigkeit und des Versagens einerseits und der Nötigung andererseits.

Die Sichthüllen mit den Fotos vom Tatort waren vorne in die Akte eingeheftet worden. Mir prägte sich eine Farbe grässlich ein: Rot. Blutrot. Eine blutrote Lache, die den Teppichboden durchtränkte und auf der die hübsche Maria leblos ausgebreitet lag.

Erich wurde beim Anblick der Bilder spontan schlecht. Ein erster Schwall Erbrochenes landete direkt in der Akte, dann stürzte er zur Toilette. Currywurst-Pommes rückwärts. Ich war zwar härter im Nehmen als mein junger Kollege, doch auch mir wurde flau im Magen. Beinahe wäre ich ihm auf die Toilette gefolgt.

Als Erich wiederkam, sackte er blass auf den unbequemen Holzstuhl. Er hatte Papierhandtücher mitgebracht. Damit wischte er sein Malheur notdürftig von den Sichthüllen mit den Fotos ab. Er bemühte sich, möglichst wenig hinzusehen. Es war ihm äußerst peinlich. Als er damit fertig war, legte er die Arme auf den Aktentisch und den Kopf darauf ab. Der war fertig für heute.

Die Fotos dokumentierten das tragische Ende eines langen Prozesses. Einer Familientragödie, den Protokollen gemäß ausgelöst durch Marias Vater, unser Opfer. Diese Akte barg für mich das heiß ersehnte Motiv für den aufzuklärenden Mord. Da bestand kein Zweifel.

Den Kopf voller Eindrücke und neuer Fakten starteten Erich und ich irgendwann nach Hause ins Wochenende.

„Sollen wir den Brüdern direkt auf den Zahn fühlen? Das hätten sie uns schon vorher deutlicher auseinandernehmen können, meinst du nicht?"

„Lassen wir ihnen ein wenig Zeit, die Trauer zu verarbeiten. Wenn sie nach dieser Geschichte überhaupt trauern. Ich prophezeie dir: Wenn wir jemanden festnehmen, dann werden das alle Gertaks am Stück sein. Jeder von ihnen hat etwas zum Mord und den Ereignissen danach beigetragen. Ich muss mir nur noch den richtigen

Vers auf alles machen. Wir sind ganz nah dran."

Aus dem Auto rief ich Manni an. Ich berichtete ihm von dem, was wir entdeckt hatten, und bat ihn, die Fahndung nach Brigitte Gertaks Auto einstellen zu lassen. Außerdem quatschte ich ihm die Veranlassung einer Überwachung der Wohnung der Gertak-Brüder für achtundvierzig Stunden ab, beginnend heute Abend um zwanzig Uhr.

*

Ecki lenkt mich von den trüben Gedanken an die Kölner Akte ab. „Und genau an diesem Wochenende hast du angestrichen." Ein unverschämtes Grinsen zieht sich auf seinem Gesicht von einer Hamsterbacke zur anderen.

„Genau." Ich wollte mich nicht daran erinnern.

„Komm, erzähl. Das gehört zwar nicht zum Fall, ist aber wenigstens was Lustiges so zwischen Sodom und Gomorra."

„Du weißt, ich erzähle nicht gerne von Ereignissen, bei denen ich schlecht wegkomme."

Ecki sieht mich künstlich bittend an. „Gib deinem Herz einen Stoß. Unterhalte deinen Freund Ecki ein wenig. In seinem Leben herrscht so viel Trübsal – du tust ein gutes Werk damit!"

Trotz seiner kindlichen Quengelei kann er sich das feiste Grinsen nicht verkneifen.

Na gut. Er ist ein alter Freund. Kann man so einem eine Bitte abschlagen?

Ich beschränkte mich allerdings auf das Finale der Aktion.

*

Natürlich gingen mir die Umstände um Maria Gertaks Tod an diesem Wochenende nicht aus dem Kopf. Die halbe Nacht lag ich wach und verarbeitete, was ich in Köln gelesen hatte.

Das Bild vom Geschehen rundete sich während dieser Stunden in meinem Kopf ab. Nur sollte ich mich nicht zu sehr davon ablenken lassen – schließlich wollte ich Lotte gegenüber unbedingt mein Image als Heimwerker aufpolieren. Was gründlich fehlschlug.

Über die vielen Missgeschicke bei der Vorbereitung der Anstreichaktion hüllen wir lieber das Mäntelchen des Schweigens. Das Siebert'sche Heimwerker-Gesetz schlug unbarmherzig zu: Wenn es schieflaufen soll, dann läuft es richtig schief.

Ich bearbeitete gerade eine der Wände mit der Farbrolle. Dabei stand mir die Leiter im Weg, die ich trotz einer durchaus ballettösen Seitwärtsbewegung im Stolpern mitriss. Daran hing, an einem Fleischhaken, der Farbeimer …

Die Leiter folgte ungebremst den Gesetzen der Schwerkraft, geradewegs in Richtung Balkontür. Ein weißer Schwall spritzte durch das Zimmer und saute die Glasfront ein. Erste Farbtropfen strebten von der Fensterbankkante tränend dem Boden zu.

Lotte kam angerannt. „Was war das denn? Ist dir was passiert, Sigi? Hast du dir wehgetan?"

Nein, ich hatte mir nicht nennenswert wehgetan. Ich war nur auf dem Podex gelandet.

Weh tat mir die Bescherung. Oh gnädiger Do-it-yourself-Gott. Wie kannst du deinen Jüngern Derartiges antun?

„Lotte, ich …", stammelte ich hilflos. In meinem Oberstübchen herrschte umfassende Leere.

„Hör zu, mein Lieber. Ich gebe dir jetzt frisches Wasser und dann siehst du zu, wie du die Sauerei beseitigt kriegst. Gleich rufe ich Heinz an. Wenn er Zeit hat, kann er deinen stümperhaften Anstreichversuch in den nächsten Tagen fortsetzen. Sobald du alles sauber hast, kommst du mir aus dem Zimmer raus und packst nichts mehr an! Verstanden?"

Ja, ich hatte verstanden. Heinz würde es richten. Die Schmach würde mich lebenslang verfolgen.

*

Ich proste Ecki mit meinem Bier zu, der sich bei meiner Schilderung des Wohnzimmer-Projekts abgerollt hat vor Lachen.

„Überflüssig zu erwähnen, dass die Decke scheckig blieb wie eine gefleckte Kuh. Überflüssig zu erwähnen, dass Lotte auch heute noch kleine Farbspritzer von unseren Fensterrahmen, der Fensterbank und dem Heizkörper abknibbelt. Die Folie war durch die fallende Leiter aufgerissen worden und die Farbe darunter auf den Boden gelaufen. In den Ritzen des Parketts finden wir immer noch Spuren davon.

Sprechen wir nicht davon, dass Schwager Heinz zwei Tage später wie der Supermann des Malergewerbes bei uns auflief, den Job in vier Stunden tadellos erledigte – natürlich versäumte er nicht, mir vorher einen Kübel Malerweisheiten überm Kappes auszukippen –, und meine Lotte ihn für seine geschickten Dienste bis in den Klee lobte und das heute noch gelegentlich tut. Ein Weiß war das, ein Weiß … Richtig geblendet war Lotte von diesem strahlenden, perfekten Weiß.

Ganz unwichtig dabei, dass beim Entfernen der Folie durch Schwager Heinz zwei, drei Stellen zu feucht waren und die Farbe Schlieren auf Fußleiste und Schrank hinterließ. Geschenkt, dass wir ein Jahr später den Wohnzimmerschrank gegen einen neuen austauschten und Heinz – mich ließ Lotte nicht mehr ran – die Stirnwand neu anstreichen musste, während er mich verspottete: Kannstes immer noch nicht?"

Ecki liefen dicke Lachtränen übers Gesicht. „Das habe ich wie heute im Ohr, dass du später, als wir uns hier getroffen haben, geschimpft hast wie ein Rohrspatz."

Ich seufze. „Es ist wieder soweit. Lotte liegt mir in den Ohren, wir sollten mal wieder das Wohnzimmer anstreichen. Mir graust davor."

Wohlwollend versetzt mir Ecki einen leichten Klaps auf die Schulter. „Jetzt stell dich nicht so an. Guido, zwei Samtkragen. Sigi hat Nervenflattern." Dann wechselt mein Thekenpartner abrupt das Thema. „Du wurdest ja immerhin unmittelbar nach der Beseitigung des Chaos wenigstens mit einem polizeilichen Erfolg belohnt, stimmt's? Das war doch genau an diesem Sonntag?"

Ja, genauso war es gewesen.

Die Samtkragen kommen. Perfekt, um einerseits den Ärger der verlorenen Heimwerkerehre hinunterzuspülen, andererseits um mich für die Schilderung der Lösung im Haarzopfer Mordfall zu präparieren. Ecki besitzt Timing, das muss ich ihm lassen.

In Gedanken an die Aufklärung des Falls stürze ich den Kurzen hinunter.

Durchbruch

Wie sollte das weitergehen?

Sie kauerte sich in die Ecke unter dem Fenster, legte ihre Arme um die Knie und wiegte ihren Oberkörper in einem unhörbaren, fernen Rhythmus. In ihrem Kopf tat sich ein Gespinst aus Bildern von Begegnungen mit dem Vater auf, unentwirrbar, verstörend, unerklärlich. Nie hatte er ihr einen Anhaltspunkt dafür gegeben, was er eigentlich von ihr erwartete. Nie hatte er das Gespräch mit ihr gesucht. Immer war er moralischer Konjunktiv geblieben, ein Konjunktiv, der keiner Erklärungen und Worte bedurfte – seiner Meinung nach.

Würde der Schlag des Vaters die Spirale ihrer Erniedrigungen auf ein neues Niveau heben? Zuerst die permanente Überwachung und Bespitzelung, dann das Wegsperren, nun der Schlag. Ständig gewärtig sein zu müssen, für irgendeine weitere Nichtigkeit abgestraft zu werden – das würde sie nicht länger ertragen.

Ihr Trotz bröckelte. War er ihr bisher Rüstung gegen die Allgegenwart des Vaters gewesen, ein Panzer, unter dem sie sich getraut hatte, gelegentlich aufzubegehren, Widerstand zu leisten, hatte der Schlag des Vaters den Trotz zu einer stumpfen Waffe zerstoßen. Aller Mut sank zusammen.

Nein, so wollte sie nicht weiterleben!

Sie war vorbereitet auf diesen Moment. Sie hatte dem Vater eine seiner Rasierklingen entwendet und in der verborgensten Ecke ihres Zimmers versteckt. Aus einem Anatomiebuch hatte sie die Seite mit dem Verlauf der Blutadern auf den Unterarmen abgepaust. Sie verwahrte die Zeichnung in ihrer Bibel – dort, wo der Vater niemals suchen würde.

Maria nahm die Rasierklinge aus ihrem Versteck. Sie setzte sich vor ihrem Bett auf den Boden und tastete die Pulsgegend an ihren Unterarmen ab. Es würde kurz wehtun. Dann würde sie sich lang auf dem Boden ausstrecken und ihre Erlösung zum ewigen Leben abwarten. Ein Leben außerhalb der Reichweite des Vaters.

Dieses Wochenende wäre zum Allzeittief-Wochenende des Jahrzehnts geworden, hätten nicht gegen achtzehn Uhr die Sirenen meines Diensthandys geschrillt. Spontan vergaß ich Farbe und Sauerei und riss das Handy ans Ohr. „Siebert."

„Hallo, Herr Siebert. Rüdiger hier. Beobachtungsposten Zielobjekt Altendorfer Straße. Die drei Verdächtigen verlassen gerade das Haus."

„Zwei junge Männer, einer davon mit Vollbart, und eine schmächtige Frau in mittlerem Alter?"

„Exakt. Die Frau scheint die vom Fahndungsfoto zu sein. Zugriff?"

„Lassen Sie die Herrschaften einfach gehen. Ich weiß, wo sie hinwollen. Sie können Feierabend machen. Vielen Dank, Herr Rüdiger."

Der Kollege konnte sich nicht mehr verabschieden, so schnell beendete ich das Gespräch und rief Erich an.

„Du hast mir wirklich gefehlt, Sigi", knötterte mein junger Kollege in den Apparat.

„Egal, was du gerade tust, Erich: Du setzt deinen Hintern augenblicklich in Bewegung und holst mich ab. Wir fahren nach Köln."

„Spinnst du? Ich komme soeben vom Laufen und stehe nackt vor der Dusche."

„Allein?"

„Leider."

„Das wäre der einzige Grund gewesen, dir fünf Minuten länger zu geben. Auf der Stelle steigst du in die Klamotten und fährst los."

„Ich stinke."

„Das spielt bei einer Verhaftung keine Rolle."

„Verhaftung?" Erichs Verblüffung war selbst durchs Handy deutlich zu hören.

„Genau. Komm mit Blaulicht und schnalle dir den dicksten Barren Blei unter den Gasfuß, den du finden kannst."

Ich drückte das Gespräch in voller Überzeugung weg, dass Erich verstanden hatte.

Knappe dreizehn Minuten später stand er vor unserem Haus, wie mir die blinkenden blauen Lichtreflexe in der Küchengardine verrieten. In dieser Zeit hatte ich Lotte meine Eile erklärt, eine Katzenwäsche hingelegt und die Klamotten gewechselt. Meine Beste verstand, dass es nicht anders ging. Sie war mir irgendwann gnädig geworden und hatte angefangen, mich dabei zu unterstützen, im Wohnzimmer aufzuräumen. Sie protestierte nicht einmal, dass ich sie Hals über Kopf mit dem Schlamassel alleine ließ.

In Riesensprüngen stürzte ich die Treppe hinunter und schmiss mich neben Erich auf den Beifahrersitz. „Zur Adresse der Gertaks. Los, Mann. Die Festbeleuchtung hast du ja bereits aufs Wagendach gepappt. Den Fuß nimmst du mir erst wieder vom Gas, wenn wir angekommen sind."

Das ließ sich Erich kein zweites Mal sagen. Eine autorisierte flotte Fahrt war ganz nach seinem Geschmack. Er tat sein Bestes, das muss ich sagen. Was zur Folge hatte, dass ich immer kleiner in meinem Sitz wurde, je näher wir unserem Ziel kamen.

Unterwegs erläuterte ich Erich den Zusammenhang, den ich fest überzeugt war, nun zu kennen. Er staunte nicht schlecht, wandte aber ein paar Gründe ein, die gegen meinen Täter sprachen. Überzeugt hatte ich ihn noch nicht. Er zweifelte auch daran, dass die Gertaks nach Köln zu der uns bekannten Wohnung fahren würden.

In Höhe von Leverkusen schrillten erneut die Sirenen meines Diensthandys.

„Herr Siebert? Von der Polizei? Hölter hier, die Nachbarin von Gertak. Herr Siebert, nebenan tut sich was. Jetzt, wo die Frau in der Zeitung war, dachte ich, das könnte wichtig sein."

Eine wunderbare Nachricht. Meine Spekulation hatte ins Schwarze getroffen. Ich wurde gleich hektisch. „Was genau tut sich denn gerade?"

„Erst waren Geräusche auf der Treppe. Dann bin ich an den Türspion gegangen und habe gesehen, wie einer der Söhne in der Wohnung verschwand. Vorhin bin ich vorsichtig drüben horchen gegangen. Da läuft ein Radio oder Fernseher."

„Frau Hölter, bleiben Sie bitte in Ihrer Wohnung. Innerhalb der nächsten halben Stunde sind wir da. Wenn Sie zwischendurch wieder Geräusche im Flur hören sollten, bleiben Sie bitte ebenfalls in Ihrer Wohnung. Beobachten Sie aber den Flur durch den Türspion. Haben Sie verstanden?"

Die Hölter flüsterte ihre Antwort. „Ja … Ich habe Angst."

Ich wunderte mich. Warum sollte von den Gertaks eine Gefahr ausgehen?

„Angst brauchen Sie nicht zu haben. Ganz bestimmt nicht. Solange Sie niemandem öffnen, sind Sie sicher."

„Machen Sie schnell", trug mir die Frau noch auf. Dann herrschte Funkstille.

„Sie sind da", triumphierte ich.

„Sigi, alle Achtung. Deinen Riecher möchte ich haben", raunte Erich mehr sich selbst als mir zu.

„Denk nicht so viel an die Weiber. Dann wird das vielleicht."

„Du hast gut reden. Du bist versorgt."

Au Backe. Ich musste plötzlich an die zu Hause wienernde Lotte denken und mir wurde ganz undefinierbar zumute.

Drei Straßenecken vor Erreichen der Zieladresse bat ich meinen Chauffeur, das Blaulicht auszuschalten. Diesmal hatten wir Glück mit dem Parkplatz. Direkt vor dem silbernen Koreaner mit dem uns bekannten Nummernschild fand Erich eine Lücke, keine fünfzig Meter von der Wohnung entfernt. Er stand nicht ganz, da war ich bereits aus dem Wagen herausgesprungen und stürmte los. Erich folgte mir augenblicklich und holte mich an der Haustür ein. Ich klingelte bei Frau Hölter, die sich nach längerer Geduldsprobe zögerlich an der Sprechanlage meldete.

Ich bemühte mich, einen beruhigenden Tonfall anzuschlagen. „Siebert und Terschüren, Polizei Essen. Drücken Sie bitte auf", säuselte ich in den Lautsprecher. Der Türsummer brummte.

Zwei Blitze enterten im Dunkeln die zweite Etage. Durch den Spalt unter der Wohnungstür der Gertaks stahl sich ein fahler Lichtstreifen in den Flur.

Ich stellte mich breitbeinig auf und hämmerte mit der Faust gegen das Türblatt. „Polizei. Öffnen Sie bitte."

Eine Sekunde später erlosch der Lichtstreifen. Dass sie sich damit verrieten, war den Brüdern nicht klar. „Machen Sie schon. Wir wissen, dass Sie da sind. Schließlich haben Sie eben das Licht ausgemacht. Sonst zwingen Sie uns, gewaltsam Zutritt zu erlangen."

Die Wohnungstür machte keinen massiven Eindruck. Ich gab Erich ein Zeichen, Aufstellung zu nehmen, um sie einzurammen.

Das wurde nicht notwendig. Vorsichtig, als handele es sich bei der Tür um einen zerbrechlichen Gegenstand, öffnete jemand. Hinter ihm wurde die Deckenlampe angeknipst, sodass der Mann als Schattenriss vor uns stand. Johannes Gertak.

„Was soll der Lärm? Ist es verboten, in der Wohnung der Eltern nach dem Rechten zu sehen?"

„Verboten auf keinen Fall. Nur verdächtig. Bitte lassen Sie uns herein und dann bringen Sie uns zu Ihrer Mutter."

„Zu unserer Mutter?" Johannes war ein schlechter Schauspieler. Er gab seinen Worten einen viel zu theatralischen Klang, um glaubwürdig zu wirken. Im Grunde verscheuchte er damit meine letzten Zweifel an meinem Verdacht. In genau diesem Moment, im Treppenhaus vor der Pfarrerswohnung stehend, wurde meine Tathypothese für mich zur bestätigten Gewissheit.

Geduldig redete ich auf Johannes ein: „Dürfen wir endlich eintreten? Oder soll ich Ihnen das, was am Tag vor Allerheiligen auf dem Haarzopfer Friedhof passiert ist, hier im Hausflur erzählen? Vielleicht interessiert es ja die Nachbarn." Ich zeigte auf den Türspion gegenüber, der plötzlich hell wurde. Frau Hölter hatte dahinter auf der Lauer gelegen. Brave Zeugin!

Johannes gab missmutig den Türausschnitt frei. Wir folgten ihm ins Wohnzimmer, wo Markus im Stehen unser Eintreffen erwartete. Er nickte eingeschüchtert zur Begrüßung.

„So, meine Herren. Jetzt werde ich Ihnen erläutern, wie Ihr Vater meiner Meinung nach ums Leben gekommen ist. Wollen wir uns dazu setzen?"

Die Brüder nahmen auf einem Zweisitzer Platz. Wie zwei schuldbewusste Schüler, die beim verbotenen Rauchen erwischt worden waren, saßen sie dort Seite an Seite. Erich und mir blieben die Sessel oder der Dreisitzer. Ich suchte mir den rechten Einzelplatz aus und ließ Erich den linken, der günstig in Nähe der Wohnzimmertür stand. Ich ging zwar nicht von einem Fluchtversuch aus, aber sicher war sicher. Erich musste ich die Gründe für diese Sitzordnung nicht weiter erläutern, das schnallte er auch so.

Ein wenig befiel mich das Mitleid mit den beiden Jammergestalten. Ich holte tief Luft. Tastend breitete ich meine Lösung des Falls vor ihnen aus, ihre Reaktionen darauf genau beobachtend. „Ihre Eltern sind am Abend vor Allerheiligen von hier aus aufgebrochen, um das Grab Ihrer Schwester aufzusuchen. Ich weiß nicht, ob es das erste Mal war oder ob sie vorher bereits dort gewesen sind. Das werden Sie mir noch verraten.

Die Straße am Friedhof ist vollgeparkt. Vermutlich ist Ihre Mutter gefahren, denn es ist ihr Wagen – er trägt zumindest ihr Nummernschild. Vielleicht ist Ihr Vater wegen seines Hüftleidens gar nicht mehr in der Lage gewesen, ein Auto zu bewegen.

Ihre Mutter findet einen freien Parkplatz neben dem Tennisverein. Die beiden steigen aus und gehen zum Friedhof hinüber. Sie sind noch nicht am Nebeneingang angekommen, da fängt es heftig an zu regnen. Die Friedhofsbesucher senken ihre Köpfe und verlassen das Gelände fluchtartig. Niemand achtet auf den anderen, alle wollen nur noch ins Trockene kommen. Deshalb gibt es bis heute keine Zeugen, die ihre Eltern gesehen haben …“

„Dann ist ja alles gut“, gab Markus einen blödsinnigen Kommentar ab, vermutlich, um mich aus dem Konzept zu bringen. Das gelang ihm nicht. „… bis auf einen Obdachlosen, der sich in der Nähe des Grabes Ihrer Schwester aufgehalten hat. Er berichtete mir von einem dreibeinigen Mann in Begleitung einer Frau. Der Dreibeinige, das war Ihr Vater mit seiner Gehhilfe. Die Frau war Ihre Mutter.

Die Atmosphäre zwischen Ihren Eltern ist emotional aufgeladen. Zwischen ihnen gärt eine Auseinandersetzung. Sie verlassen den Friedhof nicht wegen des Regens wie alle anderen. Den Stadtstreicher bemerken sie nicht. Sie sind zu sehr miteinander beschäftigt.

Ihre Eltern gehen ungeachtet des Regens bis zum Grab Ihrer Schwester. Maria hieß sie, richtig?

Ihr Vater kniet trotz der Nässe vor der Ruhestätte seiner Tochter nieder. Seine Gehhilfe legt er beiseite. Ob ihn seine Trauer übermannt, ob er etwas aufheben will, ob er spontan das Bedürfnis hat, zu beten – Ihre Mutter wird uns das auseinanderlegen können.

Dann muss etwas geschehen sein, was Ihre Mutter aus dem Gleis geworfen hat. Mag sein, Ihr Vater hat etwas Gehässiges zu ihr gesagt. Mag sein, er hat ihr Vorwürfe gemacht. Mag sein, die Geste selbst, das Niederknien vor dem Grab seines Opfers – aus der Perspektive Ihrer Mutter ist Maria Opfer ihres Vaters –, hat die Eskalation in Gang gebracht.

Ihre Mutter verliert endgültig die Gewalt über sich. Alles kocht in ihr hoch, was in den Akten über den Selbstmord Ihrer Schwester dokumentiert ist: die jahrelange Demütigung von Maria, die Schuldzuweisungen ihres Mannes, Marias fürchterlicher Tod, die Verhöre danach, das Gefühl, eine Mitschuld an diesen Ereignissen zu tragen. Sie nimmt die Gehhilfe auf, fasst sie ungefähr so unten an", ich staffelte meine Fäuste übereinander, als wäre ich der Täter, und hob sie in dieser Haltung über meinen Kopf, „holt aus und versetzt ihrem Mann einen heftigen Schlag in den Nacken. So wie man uns Ihre Mutter beschrieben hat, schmächtig und zerbrechlich, muss eine geradezu übermenschliche Portion Wut ihr Ventil in diesem Schlag gefunden haben. Ihr Vater sackte tot auf Marias Grab zusammen."

Ich legte eine Pause in meiner Schilderung ein und beobachtete Johannes und Markus aufmerksam. Sie waren noch tiefer in die Polster versunken, als suchten sie dort Schutz. In ihren jungen Augen las ich die Bestürzung der Ertappten. Ich war auf dem richtigen Weg.

„Etwa zur gleichen Zeit fällt das Auto Ihrer Mutter einer Zeugin auf, die auf dem Parkplatz Schutz vor dem Regen gesucht hat. Aus Zufall, weil es aus Köln stammt und sie Ziffern und Buchstaben an ein persönliches Ereignis erinnern, war sie in der Lage, uns das Kennzeichen anzugeben.

Die Zeugin ist bereits nach Hause aufgebrochen, als ihre Mutter verzweifelt vom Friedhof gerannt kommt und – weil sie in ihrer Not nicht weiß, wohin –, zu Ihnen beiden fährt. Sie erzählt Ihnen, was geschehen ist. Sofort sind Sie beide einig darin, dass Ihrer Mutter die Festnahme erspart bleiben muss. Sie raten ihr davon ab, sich der Polizei zu stellen. Ihre Mutter, immer noch verwirrt, bringt wenig

Widerstand dagegen auf.

Nach einer kurzen Beratschlagung brechen Sie ohne die Mutter in ihrem Wagen zum Friedhof in Haarzopf auf. Sie haben vor, möglichst alle Spuren der Tat zu verwischen.

Es gießt in Strömen. Sie gehen zum Grab Ihrer Schwester, wo Ihr Vater liegt. So wollen sie ihn dort nicht liegenlassen. Einerseits setzt er hier einen deutlichen Hinweis auf den familiären Zusammenhang, andererseits rührt es Sie an, ihn dort zusammengekrümmt zu sehen.

Sie, Markus, nehmen die Gehhilfe auf, die Ihre Mutter nach vollbrachter Tat im ersten Entsetzen einfach aus den Händen geglitten war, und werfen sie weiter hinten ins Gebüsch. Wir werden ihre Fingerabdrücke darauf finden. Sie ahnen nicht, dass in diesem Dickicht wilde Katzen hausen, die dort von einer Tierliebhaberin versorgt werden. Diese Frau findet die Krücke bald nach der Tat und liefert sie im Pfarrhaus ab. Dort haben wir sie sichergestellt.

Zurück zum Friedhof.

Sie schleppen die Leiche Ihres Vaters gemeinsam zu der Stelle, wo er am nächsten Tag gefunden wird. Sie legen ihn ausgestreckt auf den Rücken, drücken seine Augen zu, falten seine Hände und nehmen ihm alle persönlichen Gegenstände ab. So hoffen Sie, würden wir ihn nicht identifizieren können. In Haarzopf – da sind Sie sicher – kennt ihn niemand. Darin haben Sie sich getäuscht. Es war zwar mühsam, wir haben aber trotzdem jemanden gefunden.

Dann fahren Sie nach Hause. Ihre Mutter verstecken Sie in Ihrer Essener Wohnung. Sie schärfen ihr ein, dass sie sich niemandem zeigen darf, bis Sie ein sicheres Schlupfloch gefunden haben. Als mein Kollege und ich Sie das erste Mal aufgesucht haben, hat sie vermutlich im Nebenzimmer vor Angst gezittert. Wahrscheinlich haben Sie gedacht, sie hätten mehr Zeit, um Ihre Mutter endgültig zu verstecken. Als wir gingen, blieb Ihnen nichts übrig, als eine Vermisstenanzeige zu stellen. Alles andere wäre verdächtig gewesen.

Als mein Kollege und ich das zweite Mal bei Ihnen aufkreuzen, merken Sie selbst an Ihren eigenen wackeligen Antworten, wie brüchig Ihr Lügengebäude ist. Es gelingt Ihnen noch, das Grab Ihrer

Schwester aufzubereiten, um letzte mögliche Spuren vor uns zu verbergen. Ihr Plan ist, die Mutter nach der Beisetzung des Vaters wegzubringen. Hätten wir Ihr Telefon abgehört, wüssten wir heute wahrscheinlich, wohin.

Als ich Sie am Melatenfriedhof im Auto Ihrer Mutter gesehen habe, kam ich ins Nachdenken. Es steht unten. Sie haben es also weiter benutzt. Sie konnten nicht ahnen, dass der Wagen am Friedhof in Haarzopf gesehen worden war. Wahrscheinlich haben Sie auch nicht unbedingt damit gerechnet, dass uns das Auto Ihrer Mutter interessieren würde. Also fühlten Sie sich sicher. Ein Irrtum.

Und jetzt will ich Ihnen sagen, warum Sie heute Abend hier sind …"

Zwei entsetzte Augenpaare fixierten mich. Die beiden waren geknackt. Gleich würden sie die Fassade verlieren und ihrerseits auspacken.

Im Flur klappte eine Tür. „Mutter, lauf. Die wollen dich holen!"

Wie eine gespannte Stahlfeder schoss Erich aus dem Sessel und erreichte die Wohnzimmertür in zwei Sätzen. Sein Einsatz war unnötig. Als er zur Seite trat, tauchte hinter ihm eine unsichere Gestalt auf. Die Zeugen hatten sie richtig beschrieben: Brigitte Gertak war eine zierliche, schmächtige Person.

Auch ich war aufgesprungen. „Kommen Sie herein und setzten Sie sich zu Ihren Söhnen", bat ich die zerbrechliche Frau.

Brigitte Gertak folgte meiner Aufforderung. Johannes und Markus rückten zu den Seiten und machten ihrer Mutter zwischen sich Platz. Sie passte leicht in die auf dem Zweisitzer entstandene Lücke. Ohne jedwede Körperspannung fiel sie ins Polster. Ihre beiden Söhne legten jeder einen Arm um Ihre Schultern.

„Ihre Kinder haben Ihnen vorgegaukelt, sie könnten Sie in Sicherheit bringen, stimmt's?"

Brigitte Gertak nickte kaum merklich. So wie sie dort saß, zusammengefallen, den Blick zu Boden gerichtet, tat sie mir aufrichtig leid. Ich wusste noch nicht, welche Geschehnisse sie auf dem Haarzopfer Friedhof zum Totschlag getrieben hatten, hatte vorhin nur Vermutungen ins Blaue hinein geäußert. Aber diese Frau war definitiv kein kaltblütiger Racheengel – daran bestand für mich kein Zweifel.

Erich war anzusehen, dass ihm diese Familientragödie nahe ging. Sein weicher Kern war ihm in unserem Beruf oft hinderlich, zeichnete ihn aber auf eine Art aus. Es blieb meine Sache, das Hervorlocken eines Geständnisses voranzutreiben. „Möchte jemand von Ihnen sein Gewissen erleichtern?"

Markus schluckte, ehe er antwortete. „Er hat Maria gequält. Jahrelang gequält. Wir haben nicht gemerkt, wie sie darunter gelitten hat. Waren ja selbst noch Kinder.

Er hat ihr gedroht, sie vom Schulausflug abzumelden. Als Strafe, dass sie sich ohne Erlaubnis hatte tätowieren lassen. Ich bin mir ziemlich sicher, er hat nur auf einen Vorwand dafür gewartet. Das passte ihm nicht, Maria eine Woche lang unbeobachtet zu wissen.

Sie hatte sich so darauf gefreut! Sie hat uns schon Monate vorher von der Reise vorgeschwärmt. Nach Italien sollte es gehen, nach Rom und am Ende drei Tage an den Strand. Wenn sie nicht mitdurfte: Damit hätte sie ihr Gesicht gegenüber ihren Mitschülern verloren.

Geschlagen hat sie der Vater. Dann ist er in seine Kirche gegangen und hat dort mindestens zwei Stunden lang gebetet. Keine Ahnung, was er dort von Gott wollte. Sich entschuldigen? Oder eine Bestätigung für die Richtigkeit seines Handelns einholen? Unsere Mutter hat jedenfalls nicht gewagt, Maria während dieser zwei Stunden zu befreien. Sie war das Kuschen längst gewöhnt.

Als Vater zurückkam und das Zimmer unserer Schwester aufsperrte, fand er sie in ihrem eigenen Blut. Die Pulsadern hat sie sich aufgeschnitten. Maria muss das lange als letzten Ausweg geplant haben. Sie war bestens vorbereitet gewesen, hatte eine Rasierklinge und anatomisch alles richtig gemacht.

Vater ist durchgeknallt. Vielleicht hat ihn die Reue gepackt. Vielleicht. Ich möchte an diesen Funken Verstand bei ihm glauben. Ihn wird aber auch ein anderes Gefühl umgetrieben haben. Ein Leben, von Gott geschenkt, dann von eigener Hand beendet und dem Herrn damit ins Handwerk gepfuscht: die reine Blasphemie in seiner engstirnigen Welt.

Auf der Geschlossenen haben sie ihn drei Wochen lang aufgepäppelt. Dann ist er in eine Reha-Maßnahme verlegt worden. Wir haben diese Zeit genutzt, Maria in Haarzopf zu bestatten. Es war Mutters Wunsch, sie aus Köln wegzubringen. Johannes und ich sollten uns um das Grab kümmern, das sie Vater unter keinen Umständen verraten wollte. Ihn vor Marias Grab stehen zu sehen – das wäre für sie unvorstellbar, hat sie uns anvertraut."

Markus hatte angefangen, leise zu weinen. Mutter und Bruder saßen reglos daneben.

Ich war nach diesen Erklärungen zunächst sprachlos. In Erichs Augen sah ich ebenfalls Feuchtigkeit schimmern. Einer musste jetzt etwas sagen. Schließlich waren wir hier, um einen Mord aufzuklären und die Beteiligten zu verhaften. Bei Erichs Verfassung fiel es auf mich, das Gespräch weiter in Gang zu halten.

Ich sah Brigitte Gertak an. „Was sagen Sie dazu, Frau Gertak?"

Plötzlich tropften dicke Tränen auf den Rock der Frau. Sie blickte auf, mir direkt in die Augen, und sprach mit flatternder Stimme die ersten Worte: „Ich weiß nicht, was da in ihm steckte. Nach beinahe drei Jahrzehnten liegt sein Innerstes immer noch als Geheimnis vor mir verborgen. Ich habe mich nicht einmal getraut, das Gespräch darauf zu bringen. War zu feige. Feige, feige, feige. Eine Feigheit, deren Folgen ich heute umso bitterer tragen muss.

Diese feindliche Seite den Frauen und allem Weiblichen gegenüber, die habe ich, als er damals um mich warb, nicht erkannt. Ein junger Vikar war in unsere Gemeinde gekommen. Er war strenger als andere junge Männer, wenn es um Sitte und Anstand ging, um die großen Themen Keuschheit und Liebe – das war mir aufgefallen. Ich war ein schüchternes Mädchen, wissen Sie. Überraschend genug, dass dieser junge Vikar um mich warb.

Mir imponierte, dass es jemanden gab, der immer genau wusste, was sich ziemte und was nicht. Das gab mir Halt, schwach, wie ich war. Irgendwie brauchte ich diese Art von Orientierung.

Meine Ehe war nicht schlecht. Mein Mann wies mir eine klare Rolle zu. Wenn ich sie ausfüllte, blieb er mir gegenüber freundlich und zuvorkommend. Ich unterlag dem Irrtum, das wäre Ausdruck von Achtung und Respekt. Ich redete mir das nur zu gerne ein. Falsch. Sein Rollenverständnis fußte auf seiner Auffassung von Gehorsam. Dem unbedingten Gehorsam der Frau ihrem Mann gegenüber.

Ich ertrug seine Bevormundung, seine überspitzten Erwartungen an meine Unterwürfigkeit. Wenn er in Rage war, hat er mir hilfreiche Bibelzitate für seine Sicht der Dinge heruntergebetet. Das ging mir zum einen Ohr hinein und zum anderen hinaus. Ansonsten habe ich stets den unteren Weg gesucht. Ob er grundsätzlich eine abfällige Meinung über die Frauen besaß, die nicht aus seiner Religion, sondern anderswo herrührte, oder ob sein Frauenbild von seinem Glauben geformt wurde – ich vermag es bis heute nicht zu sagen.

So leicht wie ich haben es ihm andere Frauen nicht gemacht. Mit Kolleginnen hatte er es besonders schwer. ‚Die Katholiken machen es richtig. Die kennen keine Priesterinnen.' Nun sind aber Pfarrerinnen in unserer Kirche eine Tatsache. Das hat ihn regelrecht aufgefressen.

Die Jungs hat er dagegen auf Händen getragen. Auf die war er stolz. Er ging mit ihnen auf den Fußballplatz, balgte mit ihnen herum, tat alles für sie.

Als Maria noch klein war, fügte sie sich in diesen Zirkel ein. Sie war in jungen Jahren ein burschikoses Mädchen, das bei den Raufereien der Jungs gut mithielt. Sie gehörte zum Kreis der Männer, aus dem ich als Mutter ausgeschlossen blieb. Oft sagten mir die Leute, ich dürfe mich glücklich schätzen, eine so wohlfunktionierende Familie zu haben. Dafür ertrug ich, was sich hinter den Mauern des Pfarrhauses abspielte. Ich war außen vor.

Irgendwann legte Maria ihre Burschikosität ab und interessierte sich für Dinge, für die sich alle Mädchen interessieren. Sie entdeckte ihre weibliche Seite.

Jetzt war es aus mit der Duldung ihres Vaters. Alle Register, die er bei mir zog, zog er doppelt und dreifach gegenüber Maria. Er entwickelte einen regelrechten Verfolgungswahn, beobachtete ihr Verhalten, wann immer es ihm möglich war. Er schloss einen Ring der Kontrolle um mein Mädchen, den sie nur selten durchbrechen konnte. Ihr blieben ganz wenige Geheimnisse, die sie nicht einmal mit mir teilte, denn meine Schutzlosigkeit erkannte sie schnell. Wahrscheinlich hat sie mich als Anhängsel des Vaters gesehen, die im schlimmsten Fall immer auf seiner Seite stehen würde.

Das konnte auf Dauer nicht gutgehen. Ich habe versagt, habe mit meinem Kuschen geduldet, was mein Mann ihr antat. An mir wäre es gewesen, mein kleines Mädchen vor dieser Gewalt zu schützen, zur Not, ihren Vater zu verlassen.

Schließlich beging Maria Selbstmord …"

Brigitte Gertaks Redefluss verebbte in einem Weinkrampf. Beide Söhne beugten sich zu ihr in einer Haltung, die an Vögel erinnerte, die ihre Schwingen über ihrem Nest ausbreiten. Sie versuchten, mit einfühlsamen, getuschelten Worten die Mutter zu trösten.

Ich sah zu Erich herüber. Er verfolgte die Szene mit bestürzter Miene.

Es entstand eine schwer auszuhaltende Pause, angefüllt mit Trostworten und Schluchzen. Ich wusste, dass ich gezwungen war, das mit anzusehen, die Not dieser Familie, schlussendlich das Tatmotiv. Es hätte keinerlei Zweck gehabt, Fragen zu stellen, um das Gespräch wieder anzukurbeln. Die Minuten verstrichen wie Stunden.

Endlich fing sich Brigitte Gertak wieder. Schleppend setzte sie ihre Aussage fort: „Wir haben ihm verheimlicht, wo Maria begraben liegt. Ich wollte verhindern, dass er ihr Andenken beschmutzt. Er sollte ihr nicht mehr begegnen, auch nicht an ihrem Grab. Eine kleine Widergutmachung gegenüber Maria für mein eigenes Versagen.

Immer wieder ist er in mich gedrungen. Er machte mir Vorwürfe: Ich würde verhindern, dass er seinen Seelenfrieden wiederfände, er müsse genau wie ich mit Marias Selbstmord abschließen. Alle seine Druckmittel setzte er unverändert weiter gegen mich ein. Das ganze Spiel begann von vorn.

Als sein Therapeut ebenfalls anfing, mich zu bearbeiten, habe ich nachgegeben. Wieder mal. Ich hielt es einfach nicht aus, das durchzusetzen, was ich mir vorgenommen hatte. Zu lange war ich gewohnt, keinen Widerstand gegen meinen Mann aufzubringen.

Wir beschlossen, am Abend vor Allerheiligen gemeinsam eine Kerze auf Marias Grab anzuzünden. Das gab mir ein paar Tage Zeit und schien mir am leichtesten auszuhalten, denn ich konnte mich hinter diesem Grund verstecken. Ich hasse mich heute für diesen Gedanken.

Am frühen Abend sind wir losgefahren. Ich habe hinter der Tür mitgehört, was Sie gesagt haben, Herr Siebert. Sie haben richtig vermutet: Fahren konnte mein Mann wegen seiner kranken Hüfte nicht mehr. Jedenfalls keine längeren Strecken. Die Ärzte haben ihm lange zu einer künstlichen Hüfte geraten. Das hat er abgelehnt. Er nahm auch nie Schmerzmittel. ‚Gott hat mir diesen Pfahl ins Fleisch gegeben – er wird wissen, warum. Ich muss es als seine Gabe hinnehmen.‘

Alles ist so passiert, wie ich es vorhin hinter der Schlafzimmertür mit anhören musste. Ich stand mit meinem Mann vor Marias Grab und versuchte, die Kerze, die wir mitgebracht hatten, anzuzünden. Wind und Regen haben das verhindert. Dominant, wie mein Mann nun mal war, hat er mir das Grablicht und die Streichhölzer aus der Hand gerissen. An seiner Krücke hat er sich auf die Knie hinabgekämpft. Er legte sie auf dem Weg ab, direkt zu meinen Füßen.

Da kauerte er vor mir an der Andachtsstelle seines Opfers, meines Kindes, und mühte sich, die Kerze zu entzünden. Mich überkam ein unbeschreiblicher Ekel. Der Mörder meines Kindes besudelte dessen Grab mit seiner Anwesenheit. Mir wurde schlagartig klar: Es würde mir nicht gelingen, mich hinter dem Ritual des Entzündens einer Kerze zu verstecken. Meine Selbstlüge zerbarst.

Ich ertrug das Bild zu meinen Füßen nicht länger. Wie ein Fingerzeig war mir die Krücke als Werkzeug meiner Rache zugespielt worden. Ich nahm sie auf, fasste sie am unteren Ende mit beiden Händen, holte weit über dem Kopf aus und schlug mit allem Hass, mit aller Verachtung, gerüstet mit allen Demütigungen der langen Jahre, ein einziges Mal auf ihn ein. Er brach sofort zusammen.“

Wieder trat eine Pause ein. Nun war Frau Gertaks Gesicht

gefasst, entschlossen. Ihre Haltung signalisierte selbst dem Kennerblick eines Kriminalpolizisten keine Reue. Hier war etwas zu Ende
gebracht worden, war ein Schlussstrich gezogen worden unter ein
bitteres Martyrium.

„Ich wusste keinen besseren Rat, als zu meinen Söhnen zu fahren und ihnen alles zu beichten. Den Rest haben Sie bereits erahnt,
Herr Siebert", schloss die Pfarrersfrau ihr Geständnis ab.

Hier blieb nur noch wenig zu klären.

„Und Sie beide, Markus und Johannes, haben Ihre Mutter in Ihrer Essener Wohnung versteckt und wollten heute mit ihr die Koffer
packen und sie in Sicherheit bringen. Verhält es sich so?"

Die Brüder sahen betreten auf ihre Hände. Diesmal antwortete
Johannes: „Sie trägt doch keine Schuld. Er hat doch sein eigenes
Schicksal herbeigeführt. Um seinen Mord an Maria geht es. Nur da-
rum.

Ja, wir haben Mutter versteckt. Wir mussten sie dazu erst überreden. Eigentlich war sie selbst zu keinem Entschluss mehr fähig,
seit sie klitschnass vor unserer Wohnungstür stand, an diesem
Abend vor Allerheiligen. Wie soll ein Mensch das alles verkraften?

Mein Bruder und ich, wir machen uns ebenfalls Vorwürfe. Wir
haben jahrelang weggesehen. Nie haben wir Partei für Maria ergrif-
fen oder die Mutter unterstützt. Das war ihre Sache. Sollten sie die
Querelen mit dem Vater doch selbst ausfechten. Das ging uns nichts
an. Wir schienen sowieso auf der richtigen Seite zu stehen, denn uns
behelligte er nicht. Das mussten wir an Mutter doch wiedergutma-
chen, oder?

Wir sind hergekommen, um Mutter heute Nacht zu einer Adresse in Frankreich zu bringen. Ein Kloster vermietet dort Zimmer
und man kann am klösterlichen Leben teilnehmen. Die Vorberei-
tungen haben länger gebraucht als wir dachten. Deshalb sind wir
erst heute hergekommen.

Wir wollten doch nur, dass Mutter Ruhe findet. Das ist doch
nicht falsch, oder? Vielleicht hätte sie sich später, mit Abstand zu
dieser ganzen Geschichte, gestellt. Wenn sie das Ganze verarbeitet
hat. Ist das denn falsch?"

Gar nicht so selten, diese Frage in unserem Berufsalltag als Polizisten.

Ich ließ Johannes' Frage im Raume stehen – wie eigentlich immer, wenn sie mir gestellt wird. Erich und ich waren als Kriminalbeamte hier, als diejenigen, deren Aufgabe es war, Verdächtige und Schuldige der Justiz zuzuführen. Für Gefühle durfte dabei kein Platz sein, trotzdem sie natürlich existierten.

„Ich muss Sie alle drei bitten, uns nach Essen zu begleiten. Mein Kollege nimmt Sie mit, Frau Gertak, ich fahre mit Ihren Kindern hinterher. Im Polizeipräsidium sehen wir weiter."

Keine zehn Minuten später fuhren wir in der besprochenen Verteilung Richtung Heimat. Ohne Blaulicht und gemäß den Verkehrsvorschriften. Ich saß neben Johannes auf dem Beifahrersitz. Bis zum Eintreffen im Polizeipräsidium fiel kein weiteres Wort.

Mir ging im Nachgang zu den Aussagen auf, dass niemand aus der Familie den Vornamen von Pfarrer Gertak in den Mund genommen hatte. Er schien aus dem Sprachschatz seiner Frau und seiner Söhne getilgt. Der Anfang eines Prozesses, ihn aus der Familienchronik zu werfen?

Wie sehr hatte er seine Lieben verletzt, dass es so weit gekommen war!

Nachhall

Spät wurde es an diesem Abend. Bis alle Formalitäten erledigt waren, wir beruhigende Gespräche mit den Festgenommenen geführt hatten – die immer wieder um die Themen Schuld und Moral kreisten –, und sie endgültig in Gewahrsam genommen waren, stand Mitternacht kurz bevor.

Hartmuts Spurenlese ergab später, dass die Fingerabdrücke, die über denen von Pfarrer Kirch-Mann am unteren Ende der Gehhilfe sichtbar waren, Brigitte Gertak gehörten. Was Eckis These, wie man eine Gehhilfe anfasst, um damit zuzuschlagen, im Nachhinein bestätigte. Die letzten unidentifizierten Fingerabdrücke gehörten zu Markus. Er hatte sie beim Werfen der Mordwaffe ins Gebüsch hinterlassen. Die Fußtritte an der Fundstelle des Opfers wiederum passten zu Johannes. Wir stellten das Paar Schuhe – Größe siebenundvierzig – später in der Wohnung der Brüder sicher. Für den Tathergang fanden wir also objektive Beweise, obwohl die nach dem Geständnis der Familie eigentlich nicht mehr notwendig gewesen wären. Nun gut – es war immer besser, wenn man Staatsanwalt und Gericht eine Beweiskette präsentierte.

Erich fuhr mich in dieser Nacht noch nach Hause. Als er vor dem Haus anhielt, drückte ich ihm die Hand. „Danke, Erich."

„Fürs Fahren?"

„Für alles. Eigentlich ist unsere Zusammenarbeit doch prima. Findest du nicht?"

„Klar, Chef. Übrigens: Brauchst du mich morgen?"

Ich überlegte kurz. Natürlich stand jetzt der ganze Formalkram an. Aber der Fall war gelöst und das war die Hauptsache. Erich durfte gerne eine kleine Auszeit nehmen.

„Mach ruhig frei. Der Papierscheiß erfordert keine Eile."

„Dann springe ich jetzt zu Hause unter die Dusche – du hast mich vorhin ja drunter weggezerrt – und stürze mich in Düsseldorf ins Nachtleben. Ich muss mich unbedingt ablenken von diesem Drama. Würde sowieso schlecht schlafen."

Beute machen will er, dachte ich.

„Verfolgt dich etwa die Arbeit auch manchmal in die Nächte hinein?"

„Was meinst du denn? Diese Story hier ist für mich jedenfalls eine von den harten."

„Für mich auch, Erich. Für mich auch. Gute Nacht. Und viel Erfolg in Düsseldorf."

Erich musste über meine Bemerkung grinsen. „Nacht, Sigi. Mit dem Erfolg schauen wir mal!"

Ich stieg aus und suchte den kürzesten Weg ins Bett.

Am Folgetag brach ich nicht gewohnt früh ins Polizeipräsidium auf. Möhrchen spähte erstaunt um die Ecke, als ich endlich im Büro eintraf. „Hallo, Sigi. Was ist los?"

„Wir haben den Täter", informierte ich sie knapp und ließ mich auf meinen Stuhl plumpsen.

„Wie das?" Möhrchens Gesicht war ganz Neugier.

Ich erzählte in groben Zügen, was vorgefallen war, und genoss die Anerkennung in den saphirblauen Augen.

„Eine furchtbare Geschichte. Das arme Mädchen. Vom eigenen Vater in den Tod getrieben. Ich verstehe ihre Mutter nur zu gut. Und dass ihre Söhne sie vor dem Knast retten wollten, verstehe ich auch."

„Pfarrer war der. Genau wie Kirch-Mann. Der Gertak war doch den christlichen Werten genauso verpflichtet wie sein Kollege. Das irritiert mich total."

„Es ist manchmal erstaunlich, welch unterschiedliche Blumen auf demselben Acker wachsen."

Sie überraschte mich immer wieder, unsere kleine Rote.

Plötzlich huschte ein Lächeln über das liebe Gesicht. „Was hast du denn da, Sigi?"

„Wo?"

„Na da, hinterm Ohr! Nein, nicht rechts. Links!"

Ich ertastete etwas wie eine Kruste, das sich vom Haaransatz herunter bis zum Wangenknochen zog. Sofort wusste ich, was es war. „Ist es weiß?"

„Strahlend weiß."

„Mache ich sofort weg!"

Mit den Spuren meines verpatzten Anstrichs auf der Wange hatte ich gestern Abend die Gertaks festgenommen. Seriös ging anders.

Gleich nach dem Gespräch mit Möhrchen bestellte mich Manni zum Rapport. Dann wollte der Haftrichter ins Bild gesetzt werden. Der Justizapparat nahm seine üblichen Abläufe auf.

Am Montagabend versammelte sich Familie Siebert ausnahmsweise komplett um den Tisch. Mich drückte etwas.

„Du, Lucy, ich muss dir was sagen."

„Ja, Paps?" Unsere Tochter sah mich richtig lieb an.

„Ich war etwas heftig, als du uns neulich von deinem Studienwunsch erzählt hast. Mag sein, dass ich Bildung zu sehr mit dem praktischen Berufsleben in Verbindung bringe. Nach so vielen Jahren, in denen man selber drinsteckt, denkt man halt so. Lucy, das tut mir leid. Deine Mutter hat es ganz richtig formuliert: Es ist schön, wenn du weißt, was du willst. Und ich möchte dir versprechen, dass wir dich dabei unterstützen werden. Ist gar keine Frage."

Lucy zwinkerte mir zu. „Das ist der Paps, den ich kenne. Erst bellt er, dann wedelt er freundlich mit dem Schwanz."

Lottes Augen glänzten feucht. „Immerhin gibst du Fehler zu, Sigi. Ich kann nur unterstreichen, was du Lucy da gerade versprochen hast. Und es ist ein echter Sigi: Der Fall muss erst abgeschlossen sein, ehe du zur Besinnung kommst."

Ja? War ich so?

Etwas gerührt angesichts solch plötzlicher familiärer Eintracht, rückte ich um den Tisch an meine Mädels heran und schloss sie beide in die Arme. Richtig gut tat das.

Einen Tag später brach ich am Vormittag vom Büro auf dem bekannten Weg noch mal zu Fuß nach Haarzopf auf. Mir war gerade nach gefühlsmäßigem Entrümpeln zumute und ich wollte mich bei Pfarrer Kirch-Mann für meine Verdächtigungen entschuldigen. Damit hatte ich meiner Karriere bestimmt keinen Glanzpunkt aufgesetzt.

Auf dem Weg vom Präsidium in den Stadtteil, den ich vor gut zwei Wochen das erste Mal entlangspaziert war, legte ich mir meine Worte zurecht. In der Kleingartenanlage nahe dem Haarzopfer Zentrum wurde ich langsamer. War es wirklich notwendig, sich zu entschuldigen?

Ich gab mir einen Ruck. Schaden konnte es nicht. Er hatte schließlich sichtlich unter diesen Verdächtigungen gelitten.

Pfarrer Kirch-Mann öffnete mir persönlich. Hinter seinem Rücken schauten mich zwei neugierige Kinder an.

„Hallo. Wer seid ihr denn?"

„Guten Morgen, Herr Siebert. Das sind meine beiden Söhne, Björn und Malte."

Die Kinder zogen sich ins Haus zurück und ihr Vater bugsierte mich in sein Büro. „Nun, Herr Siebert. Was hat die Polizei auf dem Herzen?"

Umständlich steuerte ich auf mein Ziel zu. „Wir haben den Fall gelöst."

„So? Dann steht endgültig fest, dass ich nicht der Täter bin? Oder wollen Sie mich verhaften? Existiert ein weiteres Verbrechen, für das ich infrage komme?" Trotzdem ich Häme heraushörte, fand ich sie nicht im Gesicht meines Gegenübers.

„Machen Sie keine Scherze. Ich bin gekommen, mich in aller Form bei Ihnen dafür zu entschuldigen, dass ich Sie ungerechtfertigt verdächtigt habe. Auch dafür, wie ich mit Ihnen umgesprungen bin."

Pfarrer Kirch-Mann war sichtlich überrascht. „Gehört das Verdächtigen nicht zu Ihrem Beruf?"

„Ja, könnte man sagen. Nehmen Sie meine Entschuldigung an?"

Der Pfarrer lachte trocken auf. „Wenn das Verdächtigen zu ihrem Beruf gehört, dann gehört das Verzeihen wohl irgendwie zu meinem Beruf."

Ich wand mich. „Sie sollen mir nicht beruflich verzeihen, ich bitte Sie, mir als Mensch zu verzeihen."

„Natürlich verzeihe ich Ihnen. Als Mensch und beruflich."

Wir hatten uns noch nicht gesetzt. Zwischen uns stand der

Schreibtisch. Der Pfarrer kam um das Möbel herum und ergriff mit beiden Händen meine Rechte. In diesem Moment fiel mir ein Stein vom Herzen.

„Darf ich Ihnen die Lösung des Falls schildern? Es würde mich erleichtern. Sie vielleicht auch. Ich meine, falls eines Ihrer Schäfchen danach fragt."

„Gerne. Nehmen Sie Platz."

Während ich meinem Gesprächspartner die Ereignisse auf seinem Friedhof und was dem vorangegangen war auffächerte, wurde seine Miene immer versteinerter. Mich befreite das Erzählen dafür ein wenig von der Last. Hier wurde ich bei einem Mann der Kirche los, dass etwas schiefgelaufen war in seinem Verein, der in der Öffentlichkeit mehr an seinen Werten und Worten gemessen wird als jede andere Institution. Etwas, das ich seit der Lösung des Falls und vor allem seit der Einsichtnahme in die Akte über Maria Gertaks Selbstmord mit mir herumtrug.

Als ich mit meinem Bericht endete, kehrte eine Minute des Schweigens im Büro des Pfarrers ein. Dann blickte er mich fest an. „Erwarten Sie von mir Antworten?"

„Nicht direkt. Oder möglicherweise doch?" Ich war unsicher. Dass ich auch deswegen hier sein könnte, das war mir selbst nicht in den Sinn gekommen.

„Sie wollen wissen, warum Gott so etwas zulässt? Warum es Kriege gibt, Hungersnöte und Krankheiten? Mich trifft hart, was Sie mir da anvertraut haben. Es rüttelt an Dingen in mir, die ich versuche, durch meinen Glauben zu leben. Ich habe keine Antwort für Sie parat. Nicht hier und jetzt."

Ich fühlte mich ertappt. „Schade. Das wäre einfach für mich gewesen."

„Für mich genauso."

Wieder Schweigen.

Wieder brach es Pfarrer Kirch-Mann: „Kommen Sie am Ewigkeitssonntag um achtzehn Uhr in unsere Andacht. Möglich, dass ich bis dahin meine Antwort weiß."

Ich in der Kirche? Ein Gedanke, der mich seltsam berührte.

Kirchen und Gottesdienste hatte ich bisher möglichst gemieden.

„Gerne", log ich.

„Also dann bis Sonntag."

Ein wenig Höflichkeitsgeplänkel. Dann verabschiedete ich mich.

Lotte war nicht zu überreden, am Ewigkeitssonntag mit in die Kirche zu gehen. Also spazierte ich den vertrauten Weg nach Haarzopf im Dunkel des frühen Abends. Feiner Nieselregen ließ das Herbstlaub im Schein der Straßenlaternen glänzen. Unten im Tal herrschte absolute Stille. Fast unheimlich.

Die Kirche war nur spärlich besucht. Ich drückte mich in eine der hinteren Bänke, als ob ich nicht dazugehörte.

Nach einem Orgelvorspiel, der Begrüßung und einem Gemeindelied kündigte Pfarrer Kirch-Mann die Aufführung des Chors an.

„Inhaltlich geht es in Herzogenbergs Stück um den ‚Dialog leidender und verklärter Seelen'. Es wird a cappella dargebracht. Statt eines vorgesehenen zweiten Chors haben wir vier Solisten gewonnen, die mit unserem Kirchenchor in diesen Dialog eintreten. Ich wünsche uns offene Ohren."

Die Sänger nahmen Aufstellung auf der Treppe vor dem Altar. Auf der Empore hinter mir raschelte es ebenfalls. Der Chorleiter gab ein Zeichen, und vorne setzten hauchend Frauenstimmen ein. „Ist doch der Mensch gar wie Nichts …" Weitere Stimmlagen folgten und es entstand ein regelrechter Klangteppich. „… seine Zeit fährt dahin wie ein Schatten …"

Dem Chor antworteten die Solisten von der Empore aus. Ich war überrascht, wie die Stimmen der Profis das Kirchenschiff ausfüllten.

Als die letzten Töne verklungen waren, betrat Pfarrer Kirch-Mann die Kanzel. Er knipste das Leselicht an, bedankte sich bei den Sängern und hielt eine kurze Predigt.

An vieles erinnere ich mich nicht mehr. Er sprach vom Tod und dem ewigen Leben. Ich gab mich eher der Atmosphäre im Gotteshaus hin als seinen Worten. Mein Blick wanderte hoch zum Chorfenster und blieb eine Weile daran kleben. Die Nacht dahinter ließ seine Farben nur erahnen.

Dann kam die Passage in der Predigt, die mich schlagartig aufhorchen ließ.

„Im 2. Korintherbrief, Kapitel 12 Vers 7, spricht der Apostel Paulus darüber, dass ihm ein Pfahl ins Fleisch gegeben ist. Wir wissen nicht genau, was es mit diesem Pfahl – in anderen Übertragungen heißt es auch Stachel oder Dorn – auf sich hat. Wir wissen nicht genau, was ihn quält, ob er etwa an einer Krankheit leidet, an einer Betrübnis, einer Sorge, an Verfolgung oder eigenem Unvermögen. Wir können nur nachempfinden, dass er wirklich leidet, denn im gleichen Vers spricht er von ‚Satans Engel, der mich mit Fäusten schlagen soll‘.

Es gehört zu einem jeden Menschenleben, dass Dinge geschehen, die ihn überfordern. Mich, das will ich hier offen gestehen, haben die jüngsten Ereignisse auf dem Grund unserer Gemeinde überfordert – wie wahrscheinlich uns alle. Zuerst der Tote auf dem Friedhof, dann die schreckliche Enthüllung, dass ihn seine eigene Frau umgebracht hat, und zum Schluss die Gründe, die sie zu dieser Tat getrieben haben. All das konnten wir in der Zeitung nachlesen und all das lässt uns ratlos und überfordert zurück.

Der Apostel Paulus betet drei Mal zu Gott, fleht ihn um Erlösung von seiner Last an. Die Antwort auf seine Gebete lässt er uns in Vers 9 wissen: ‚Und er hat zu mir gesagt: Lass dir an meiner Gnade genügen; denn meine Kraft ist in den Schwachen mächtig.‘

Liebe Gemeinde, auch uns steckt dieser Pfahl, dieser Stachel, der Dorn der Ereignisse tief im Fleisch. Trotzdem können wir nichts ungeschehen machen, wie auch Gott dies nicht für uns ungeschehen machen wird. Wir werden unsere Welt so, wie sie uns gegenübertritt, ertragen müssen, soweit es außerhalb unserer Kraft steht, Dinge zu verändern. Diese Last nimmt uns Gott nicht ab. Er nimmt uns auch die Schwäche der Überforderung und Ratlosigkeit nicht ab. Auch uns muss seine göttliche Gnade als Trost genügen."

An dieser Stelle seiner Predigt sah er mich von der Kanzel herab an. Ich verstand: Er hatte seine Antwort gefunden.

*

Ecki ist erschöpft vom langen Zuhören, das sehe ich ihm an. Er gähnt. Trotzdem muss ich noch etwas loswerden: „Dreiundzwanzig Morde habe ich in meinem Berufsleben als Kriminalpolizist aufgeklärt. Der letzte hat mich da unten in Namibia zum Krüppel gemacht. Ich habe in Abgründe geschaut, habe einen gut gefüllten Rucksack menschlicher Gräueltaten mit mir herumzuschleppen.

Wir wünschen uns eine heile Welt ohne diese Grausamkeiten. Eine ideale Welt, die es so nicht gibt. Jeder dieser dreiundzwanzig Fälle steckt mir wie dieser biblische Pfahl im Fleisch. Während meiner aktiven Zeit als Kriminalbeamter war ich zu abgelenkt, zu sehr auf den Erfolg meiner Ermittlungen konzentriert, um das an mich ranzulassen. Heute als Frührentner habe ich Zeit zum Grübeln. Mir laufen die Schicksale der Opfer nach, wie auch die der Täter. Das kommt alles wieder hoch."

Ecki fährt den Rand seiner Pilstulpe mit dem Finger nach. „Deshalb haben wir den ganzen Abend darüber geredet."

„Wie oft müssen wir verkraften in unserem Job, wozu Menschen fähig sind."

Mein Tresenkumpel lenkt von meinen Gedanken ab. „Weißt du, was aus der Frau geworden ist?"

„Sie hat ein recht mildes Urteil erhalten. Das Gericht hat auf Totschlag erkannt. Im Frauenknast soll die Gertak richtig aufgeblüht sein. Sie wurde für die anderen so eine Art Beichtmutter, zu der jede mit ihren Problemen kommen durfte. Später habe ich gehört, sie betreibt eine soziale Anlaufstelle für gefallene Mädchen in Köln. Soll mittlerweile eine kleine lokale Berühmtheit sein."

Ecki stößt Luft aus. „Dann hat sie der Totschlag an ihrem eigenen Alten zu was Besonderem gemacht? Sie sozusagen befreit zu großen Taten? Das soll einer kapieren!"

Ich hebe mein Glas, nicht mehr ganz klar im Kopf, wehmütig.

Mein Freund prostet zurück. „Wir haben genug. Lass uns zahlen."

Ich merke, dass Ecki die Nase voll hat von meiner Vergangenheitsbewältigung. Dabei gäbe es noch so viel zu erzählen. Zum Beispiel den Stoppenberg-Fall. Aber mein Kumpel muss morgen halbwegs fit zum Dienst erscheinen.

Ohne großartig zu protestieren greife ich in die Gesäßtasche meiner Jeans, krame mein Portemonnaie hervor und gebe Guido das Zeichen zum Abrechnen.

Anmerkungen des Autors

Die Schauplätze in diesem Roman sind authentisch und wurden im Bemühen beschrieben, ihnen so gerecht wie möglich zu werden. Die im Roman vorkommenden Personen sind dagegen – mit Ausnahme des Architekten Max Benirschke und des Komponisten Heinrich von Herzogenberg – sämtlich fiktiv.

Zum Zeitpunkt, auf den sich die Handlung bezieht, gab es in Essen-Haarzopf keine Pfarrerfamilie mit drei Kindern und auch für alle anderen Figuren gibt es keine realen Vorbilder. Sollten Ähnlichkeiten mit lebenden Personen aufgetreten sein, so geschah dies zufällig und völlig unbeabsichtigt.

Für die Beschreibung und die Geschichte der evangelischen Kirche in Essen-Haarzopf waren hilfreich:

Geschichte der Evangelischen Kirchengemeinde Essen Haarzopf 1910–1960, Verfasser: Alfred Neuse
Ev. Kirche Haarzopf. „Ein Besuch", 1993, Verfasser: Joachim Siemer

Das Lied „Herr, deine Liebe ist wie Gras und Ufer" stammt von Ernst Hansen 1970 nach dem schwedischen „Guds kärlek är som stranden och som gräset" von Anders Frostenson, 1968.

Über weitere Bücher des Autors
informiert ständig aktuell die Webseite
www.klausheimann.de

Krimi, Historisches, Dystopie, Kinder

Hier lesen Sie richtig!

Vielen Dank für Ihr Interesse

Klaus Heimann